루쉰문고

07

새로 쓴 옛날이야기

루쉰문고 07 새로 쓴 옛날이야기

초판 1쇄 인쇄 _ 2011년 7월 1일
초판 1쇄 발행 _ 2011년 7월 10일

지은이 · 루쉰
옮긴이 · 유세종

펴낸이 · 유재건 | 주간 · 김현경
편집 · 박순기, 주승일, 태하, 임유진, 김혜미, 강혜진, 김재훈, 고태경, 김미선, 김효진
디자인 · 서주성, 이민영 | 마케팅 · 정승연, 황주희, 이민정, 박태하
영업관리 · 노수준, 이상원, 양수연

펴낸곳 · (주)그린비출판사 | 등록번호 · 제313-1990-32호
주소 · 서울시 마포구 동교동 201-18 달리빌딩 2층 | 전화 · 702-2717 | 팩스 · 703-0272

ISBN 978-89-7682-137-9 04820 978-89-7682-130-0 (세트)
이 도서의 국립중앙도서관 출판시도서목록(CIP)은 e-CIP 홈페이지(http://www.nl.go.kr/
ecip)와 국가자료공동목록시스템(http://www.nl.go.kr/kolisnet)에서 이용하실 수 있습니다.
(CIP제어번호 : CIP2011002699)

그린비출판사 나를 바꾸는 책, 세상을 바꾸는 책
홈페이지 · www.greenbee.co.kr | 전자우편 · editor@greenbee.co.kr

새로 쓴 옛날이야기

故事新編

유세종 옮김

청B
그린비

| 차례 |

| 일러두기 |

1 이 책은 중국에서 출판된 『魯迅全集』 1981년판과 2005년판(이상 北京: 人民文学出版社) 등
  을 참조하여 우리말로 옮긴 책이다.
2 각 글 말미에 있는 주석은 기존의 국내외 연구성과를 두루 참조하여 옮긴이가 작성한
  것이다.
3 단행본·전집·정기간행물·장편소설 등에는 겹낫표(『 』)를, 논문·기사·단편·영화·연
  극·공연·회화 등에는 낫표(「 」)를 사용했다.
4 외국의 인명이나 지명, 작품명은 〈국립국어원〉에서 펴낸 '외래어 표기법'에 근거해 표기
  했다. 단, 중국의 인명은 신해혁명(1911년) 때 생존 여부를 기준으로 현대인과 과거인으
  로 구분하여 현대인은 중국어음으로, 과거인은 한자음으로 표기했으며, 중국의 지명은
  구분을 두지 않고 중국어음으로 표기하는 것을 원칙으로 했다.

새로 쓴 옛날이야기

『새로 쓴 옛날이야기』(故事新編)는 루쉰이 1922년부터 1935년 사이에 쓴 소설 8편을 수록하고 있다. 1936년 1월, 상하이 문화생활출판사에서 바진(巴金)이 주편한 '문학총간'(文學叢刊)의 하나로 처음 출판되었다. 루쉰 생전에 모두 7쇄 간행되었다.

서언[1]

이 작은 작품집을 쓰기 시작해 책으로 묶기까지는 상당히 긴 시간이 걸렸다. 꼬박 13년이나 걸렸다.

「하늘을 땜질한 이야기」(원제목은 「부저우산」不周山)는 1922년 겨울에 쓴 것이다. 그때 생각으로는 고대에서 현대까지 여러 곳에서 두루 재료를 취해 단편소설을 쓰려 했었다. 「부저우산」은 '여와女媧가 돌을 달구어 하늘을 보수했다'라는 신화에서 소재를 취해 시험 삼아 지어 본 첫 작품이었다. 처음에는 매우 진지하였다. 단순히 프로이트의 학설로 창조——인간과 문학——의 연관관계를 해석하려 한 것에 지나지 않았지만, 어떤 사정이 있어 중도에 그만 붓을 놓았다. 그러던 중 우연히 신문을 보다가 불행하게도 누군가가——이름은 잊었다——쓴 왕징즈 군의 『혜초의 바람』에 대한 비평문을 읽게 되었다. 그는 눈물로 간청하노니 젊은이여 다시는 이런 글을 쓰지 말라고 호소하고 있었다.[2] 이 가련하고 음험한 비평을 보면서 나는 좀 장난을 치고 싶은 생각이 들었다. 그리고 다시 소설을 쓰게 되면서 옛날 의관을 차려입은 작은 사내를 여와의 가랑이 사이에 배치하지 않고는 견딜 수가 없었다. 이것이 바로 내가 처음 이 소설을 쓸 때의 진지함에서 장난기로 빠져들게 된 발단이었다. 장난기는 창작에서 큰 적이다. 나는 나 자신에 대하여 아주 불만스러웠다.

나는 다시는 이런 유의 소설을 쓰지 않으리라 결심했다. 그래서 소설집 『외침』을 출판할 때, 「부저우산」을 그 작품집 끝에 수록하면서 이것이 처음이자 마지막이 될 것이라고 결심하였던 것이다.

그 무렵 우리의 비평가이신 청팡우 선생께서는 창조사 입구에 내건 '영혼의 모험'이라는 깃발 아래서 도끼를 마구 휘두르고 계셨었다.[3] 그는 '통속'이라는 죄명을 씌워 나의 『외침』을 갈가리 토막쳐 버렸다. 그런데 오직 「부저우산」만은 좋은 작품——물론 결점은 좀 있는 모양이었으나——이라고 칭찬했다. 솔직히 말하자면, 바로 그 점 때문에 나는 그 용사에게 승복할 수 없게 되었고 그를 또 경멸하게 되었다. 나는 '통속'을 가볍게 생각하지 않으며 오히려 '통속'을 기꺼워한다. 역사소설이 문헌을 폭넓게 조사해야 하고, 말하는 것에 있어서도 반드시 그 근거를 대야 한다고 하여 '교수소설'敎授小說이라고 비난하는 사람들도 있다. 그러나 사실은 구성이 매우 까다로운 작품인 것이다. 하찮은 소재를 취해 멋대로 윤색을 가해서 한 편 만들어 내는 데는 뭐 대단한 기량이랄 것이 필요한 건 아니다. 하물며 '물을 마시는 물고기가 물의 차고 뜨거움을 잘 아는 것과 같은' 경우임에랴. 속된 말로 하자면 '자기 병은 자기가 안다'고나 할까.

「부저우산」의 후반은 아주 엉성하게 쓴 것이어서 절대로 좋은 작품이랄 수 없다. 만일 독자가 그 모험가의 말을 믿었다고 한다면, 스스로 잘못한 것이며 나 또한 다른 사람을 잘못되게 만든 셈이 된다. 그래서 나는 『외침』 제2판을 찍었을 때[4] 이 소설을 삭제함으로써 그 '영혼' 선생에게 답례로 정수리에 일침을 가했던 것이다. 말하자면 내 단편소설집에 '통속'만을 남겨 제멋대로 설치게 두었다.

그리고 1926년 가을이 되었다. 나는 혼자 샤먼廈門의 석조 건물에 살았다.[5] 바다를 바라보며 고서를 뒤적이노라면 사방에 인기척이라고는 없고 마음은 딩 빈 듯 허허로웠다. 그때 베이징의 웨이밍사[6]에서 잡지에 실릴 원고 독촉 편지가 계속 날아왔다. 나는 그 당시 현재의 문제에 관심을 갖고 싶지 않았다. 그래서 마음속 저 밑에 침전된 것을 회상하여 『아침 꽃 저녁에 줍다』朝花夕拾 열 편을 썼고, 고대의 전설 같은 데서 소재를 따다가 한번에 이 『새로 쓴 옛날이야기』故事新編 여덟 편을 완성하고자 했다. 그러나 「달나라로 도망친 이야기」奔月와 「검을 벼린 이야기」鑄劍(발표 당시의 제목은 「미간척」眉間尺)만을 쓰고는 광저우로 도망갔기 때문에 이 작업도 완전히 중단되고 말았다. 그 뒤로 이따금씩 소재를 얻으면 급하게 써 보기도 하였으나 계속 정리를 하지 못했었다.

이제야 겨우 한 권의 책으로 묶을 수 있게 되었다. 이 중에는 급히 쓴 것이 대부분이어서 '문학개론'에서 말하는 이른바 소설이라 하기에는 부족한 것들이 있다. 사건을 기술하면서 어떤 것은 옛날 책에 근거를 둔 것도 있지만, 어떤 것은 마음대로 써 내려간 것도 있다. 더구나 옛날 사람에 대한 나의 태도는 현대인에 대한 것처럼 그렇게 정성스럽거나 공경스러운 것이 못 되어서 수시 장난기가 발동함을 억누를 수 없었다. 13년이 흘렀지만 여전히 별다른 진전은 없다. 정말로 여전히 「부저우산」과 같은 수준을 면치 못하였다"이다. 그래도 옛날 사람을 다시 죽게 쓰지는 않았으니, 잠시 동안은 세상에 존재할 만한 여지가 있을 것이다.

1935년 12월 26일, 루쉰

주)_____

1) 원제는 「序言」이다.

2) 1922년 8월에 시집 『혜초의 바람』(蕙的風)이 출판되었을 때, 당시 난징의 둥난대(東南大) 학생인 후명화(胡夢華)가 글을 발표하여 이런 유의 애정시는 "타락하고 경박한" 작품으로 "부도덕한 혐의"가 있다고 하면서 악평하였다. 루쉰은 「'눈물을 머금은' 비평가를 반대한다」(反對'含淚'的批評家;『열풍』熱風)를 발표하여 후명화를 비판했다. 왕징즈(汪靜之, 1902~1996)는 안후이(安徽) 지시(績溪) 사람으로 시인이다.

3) 청팡우(成仿吾, 1897~1984)는 후난(湖南) 신화(新化) 사람으로 문학평론가이다. 5·4시기 문예운동단체인 창조사(創造社)를 주도한 인물이다. 문학의 '자아표현'을 중시하였고 '순문학'을 주장하였다. 1927년 이후에는 궈모뤄(郭沫若) 등과 함께 혁명문학운동을 발기하였고 대장정에도 참여했다. 루쉰의 『외침』(吶喊) 출판 후 청팡우는 『창조계간』(創造季刊) 2권 2기(1924년 2월)에 『『외침』 평론」을 발표하여 『외침』 가운데 「광인일기」, 「쿵이지」, 「약」, 「아Q정전」 등은 모두 '천박'하고 '통속'적인 '자연주의' 작품일 뿐이며 그 가운데 「부저우산」만이 "만족스럽지 않은 곳이 있지만" 그런대로 "좀더 발전한다면 순문학의 궁전에 들어갈" 수 있는 '걸작'이 될 것이라고 평했다. 청

팡우는 이 글에서 프랑스 작가 아나톨 프랑스(Anatole France)가 『문학생활』(*La Vie littérature*)에서 했던 말, 문예비평은 "걸작 속에서 이뤄지는 영혼의 모험"이란 말을 인용하여 "만일 비평이 영혼의 모험이라 한다면 이 외침의 웅장한 소리는 영혼이 모험을 시도하고 있는 것이라 할 만하지 않은가?"라고 했다. "영혼의 모험"이라는 본문의 말은 루쉰이 청팡우의 이 부분을 비꼬아 한 말이다. 청팡우와 루쉰 간의 이 설전은 기존 문단세력(루쉰)에 대한 청년비평가(청팡우)의 비판이란 점에서 단순한 문예관의 차이를 넘어서 세대 간의 문화적 긴장과 차이, 권력관계 등의 사적(史的) 컨텍스트를 봐야 하는 부분이다.

4) 1930년에 『외침』의 13쇄를 발행했다. 이때 「부저우산」을 삭제하였기 때문에 새로운 판본이 된 셈이다. 그래서 여기서 "제2판"이라고 한 것이다.

5) 루쉰이 샤먼대학에 임시 교사로 있을 때 거주했던 건물, '집미루'(集美樓)를 말한다.

6) 웨이밍사(未名社). 1925년 베이징에 설립된 문학단체로 루쉰, 웨이쑤위안(韋素園), 차오징화(曹靖華), 리지예(李霽野), 타이징눙(臺靜農), 웨이충우(韋叢蕪) 등이 회원이었다. 주로 러시아문학을 중심으로 한 외국문학을 소개했고 반월간인 『웨이밍』(未名)과 '웨이밍총서'(未名叢書), '웨이밍신집'(未名新集) 등을 발간했다. 1931년에 해산되었다.

하늘을 땜질한 이야기[1]

1.

여와女媧[2]는 갑자기 깨어났다.

그녀는 꿈을 꾸다 놀라 깬 것 같았다. 그러나 무슨 꿈을 꾸었는지는 또렷이 생각나지 않았다. 단지 가슴이 답답하고 무언지 미흡한 듯한, 그리고 무언지 너무 많은 듯한 느낌이 들었다. 산들산들 불어오는 따뜻한 바람이 훈훈하게 그녀의 기[3]를 온 우주에 가득 퍼지게 했다.

그녀는 눈을 비볐다.

분홍빛 하늘에는 석류꽃빛 채운彩雲이 굽이굽이 떠 있었다. 별은 그 뒤편에서 홀연히 나타났다 홀연히 사라지며 깜박거리고 있었다. 하늘 가장자리 핏빛 구름 속에는 사방으로 광선을 쏘아 대는 태양이 있어, 마치 유동하는 황금빛 공이 태고의 용암 속에 휩싸여 있는 듯했다. 저쪽 편은 쇠붙이처럼 차갑고 하얀 달이다. 그러나 그녀는 어느 쪽이 지고 있고, 어느 쪽이 떠오르고 있는지 마음에 두지 않았다.

지상은 온통 신록新綠이다. 잎이 크게 자라지 않는 소나무와 잣나무까지도 유난히 여릿여릿 보드랍다. 복사꽃빛과 연푸른 빛깔의 이름 모를 큰 꽃들이, 가까이에선 분명치 않다가 먼 곳에서는 알록달록 아지랑이가 되었다.

"아아 이렇게 따분한 적이 없었어!"

그녀는 이렇게 생각하며 갑자기 힘차게 일어섰다. 그러고는 통통하게 살이 오른, 정력이 넘치는 팔을 뻗어 하늘을 향해 기지개를 한번 켰다. 그러자 하늘은 갑자기 빛을 잃고 신기한 복삿빛으로 변해 잠시 동안 그녀가 있는 곳도 분간할 수 없게 되었다.

그녀는 이 연분홍빛 천지 사이를 걸어 해변으로 갔다. 그녀 온몸의 곡선이 연한 장밋빛 같은 바닷속으로 녹아들었다. 몸 가운데가 짙은 순백의 빛이 될 때까지 녹아들었다. 파도는 모두 깜짝 놀랐지만 질서 있게 일어났다 가라앉았다 했다. 물보라가 그녀 몸 위로 올라와 흩어졌다. 그 순백의 그림자가 바닷물 속에서 요동치자 마치 그녀의 전신이 사방팔방으로 흩어지며 나가는 듯했다. 그러나 그녀에게는 그것이 보이지 않았다. 그녀는 무심하게 한쪽 무릎을 꿇고 손을 뻗어 물기를 머금고 있는 부드러운 흙을 쥐어 올렸다. 동시에 그것을 몇 번 비벼댔다. 그러자 곧바로 자기와 거의 비슷하게 생긴 작은 것들이 양손에 생겨났다.

"아, 아니!"

그녀는 그것이 정말 자기가 비벼 만든 것이라고 생각했다. 그런데 그것들이 마치 고구마처럼 원래는 진흙 속에 파묻혀 있었던 것이 아니었나 생각하니 경이로움을 금할 수 없었다.

그 경이로움은 그녀를 기쁘게 했다. 지금까지 없었던 의욕과 기쁨이 생겨났다. 그녀는 헉헉 숨을 내쉬며 땀에 흥건히 젖을 때까지 일을 계속했다.

"Nga! nga!"[4]

그 작은 것들이 소리를 지르기 시작하였다.

"아, 아니!"

그녀는 깜짝 놀랐다. 자기 온몸의 털구멍에서 무언가가 날아가 모두 흩어지고 있다고 생각했다. 그러자 지상에는 뽀얀 젖빛 안개가 가득 덮이게 되었고, 그녀는 겨우 정신을 진정했다. 그 작은 것들도 입을 다물었다.

"Akon, Agon!"

작은 것들 몇 놈이 그녀를 향해 말했다.

"아아, 귀여운 놈들."

그녀는 그것들을 응시하며 흙 묻은 손가락을 뻗어 그 하얗고 포동통한 얼굴들을 살짝 건드렸다.

"Uvu, Ahaha!"

그들이 웃었다. 이것은 그녀가 천지간에서 처음 본 웃음이었다. 그래서 그녀도 처음으로 입이 다물어지지 못할 정도로 웃었다.

그녀는 그것들을 어르는 한편 만들기를 계속했다. 만들어진 것들이 모두 그녀 둘레를 에워쌌다. 그러나 그것들은 점점 멀리 갔고 점점 많은 말을 하게 되었다. 그녀도 점점 알아들을 수 없게 되었다. 단지 귓전 가득 왕왕거리는 소리만 들릴 뿐이었다. 시끄러워 머리가 멍해질 지경이 되었다.

오래 지속되는 회열 속에서 그녀는 일찌감치 피로를 느꼈다. 그녀는 숨을 거의 다 쉬어 버렸고, 땀을 다 흘려 버렸으며, 머리조차 아득해지고, 두 눈은 흐릿해지기 시작했다. 양 볼에도 점점 열이 나기 시작했다. 자기 자신도 무미건조한 느낌이 들어 견딜 수 없게 되었다. 그러나 그녀는 여전히 손을 놀려 무의식적으로 그저 만들기를 계속했다.

마침내, 팔다리기 시큰거리며 아파왔다. 그녀는 일어섰다. 완만하고 평평한 높은 산에 기대어 위를 한번 올려 보았다. 하늘은 온통 고기비늘 같은 하얀 구름 일색이었다. 아래쪽은 무겁고 무거운 검은빛의 진초록이었다. 그녀는 왠지 모르게 몸의 좌우가 마음대로 되지 않음을 느꼈다. 초조한 마음에 손을 뻗어 잡히는 대로 와락 잡아당겼다. 산 위에서부터 하늘 끝까지 뻗어 있던 등나무가 뿌리째 뽑혔다. 그 등나무에는 갓 피어난, 형용할 수 없이 아름다운, 커다란 보라 꽃들이 송이송이 달려 있었다. 그녀가 한번 휘젓자 등나무는 가로로 땅 위에 쓰러지듯 넘어졌고, 보라와 흰빛이 어우러진 꽃잎들이 천지에 가득 흩어졌다.

이어 그녀가 다시 한번 손을 내젓자마자 등나무는 곧바로 흙과 물속에서 몸체를 뒤집었고, 동시에 물과 반죽된 흙이 튀어 올랐다. 그 흙과 물이 땅 위로 떨어지자 조금 전 그녀가 만들었던 것과 같은 작은 것들이 무수히 생겨났다. 그런데 그것들 대부분은 멍청한 머리에다 쥐 눈을 한 밉상스런 것들이었다. 그러나 그녀는 그런 데 신경 쓰고 있을 겨를이 없었다. 단지 재미있고 분주하게, 못된 장난기가 발동한 손놀림으로 뒤집기를 계속하였다. 뒤집고 뒤집으면서 저절로 속도가 빨라졌다. 등나무는 마치 끓는 물을 뒤집어쓴 상처 입은 뱀처럼 물과 흙투성이가 되어 땅 위에서 데굴데굴 굴렀다. 흙방울도 마치 폭우처럼, 등나무 몸체에서 흩어져 날아갔고, 땅 위에 채 떨어지기도 전 공중에서 응애, 응애 울어 대는 작은 것들로 변했다. 그것들은 땅 가득히 흩어져 이리저리 기어오르고 내렸다.

그녀는 거의 넋을 잃을 지경이 되었으나 계속 휘저었다. 이제는 다리와 허리만 아플 뿐 아니라 양팔도 힘이 없어졌다. 그래서 그녀는 자신도 모르게 몸을 비스듬히 기울여 머리는 높은 산에 기대고 칠흑 같은 머리칼은 산봉우리에 뉘었다. 잠시 숨을 헐떡인 후, '푸' 하고 큰 숨을 내쉬더니 두 눈을 감았다. 등나무는 그녀의 손에서 떨어져 나갔다. 그 나무 역시 참을 수 없을 정도로 지친 듯 녹자지근한 모습으로 땅 위에 몸을 뉘었다.

2.

콰앙!!!

천지가 무너지는 소리에 여와는 깜짝 놀라 깨었다. 깨어남과 동시에 그녀는 동남쪽으로 그대로 미끄러져 떨어졌다.[5] 발을 뻗어 멈춰보려 하였으나 아무것도 발에 걸리지 않았다. 다급하게 팔을 뻗어 산봉우리를 붙들었다. 그제서야 겨우 더 이상 아래로 미끄러지지 않는 꼴이 되었다.

그런데 이번에는 물과 모래가 등 뒤에서 그녀의 머리 위와 몸 옆으로 와르르 굴러 내려가는 것을 느꼈다. 잠시 돌아보고자 했으나, 입안 가득 그리고 두 귀로 물이 들어왔다. 그녀는 얼른 머리를 숙였다. 지표면이 끝없이 요동치고 있는 것이 눈에 들어왔다. 다행히 그 요동이 점점 진정되어 가는 것 같았다. 그녀는 뒤로 물러나 일단 안전하게 앉았다. 그러고는 손을 올려 이마 가장자리와 눈가의 물을 좀 훔치고 어떻게 된 형국인지 자세히 살펴보았다.

형세는 분명치 않았다. 사방에 폭포처럼 물이 흐르고 있었다. 아마도 바닷속인가 보다. 몇 군데는 아주 뾰족한 파도가 다시 일어서고 있었다. 그녀는 그저 멍하니 기다리는 수밖에 없었다.

이윽고 아주 조용해졌다. 큰 파도가 조금 전의 산 높이 정도에 불과해 마치 육지 곳곳이 울퉁불퉁 모서리를 드러낸 석골石骨 같았다. 그녀가 막 바다를 향해 눈을 돌리는데, 몇 개의 산이 흘러들어 와, 파도더미 속에서 소용돌이치고 있었다. 그녀는 그러한 산들이 자기 발에 부딪힐까 걱정되어 손을 내밀어 건져 올렸다. 산들의 밑자락을 보니 지금까지 본 적이 없는 것들이 무수히 숨어 있었다.

그녀는 팔을 오므려 산을 가까이 당겨 자세히 보았다. 그것들 옆의 땅 위에는 토해낸 것들이 낭자하게 흩어져 있었다. 마치 금이나 옥의 분말 같았다. 거기에는 씹어서 잘게 부서진 송백松柏의 잎과 어육魚肉 같은 것들이 섞여 있는 듯했다. 그것들도 서서히 하나둘씩 고개를 들기 시작했다. 여와는 눈을 동그랗게 떴다. 그제야 그것들이 아까 자기가 만들어 낸 작은 것들임을 겨우 알 수 있었다. 단지 그것들은 기괴한 꼴을 하고 있었다. 이미 무엇인가로 몸을 감싸고 있는 것이었다. 그중 몇 개는 또 얼굴 하반부에 새하얀 털들이 나 있었다. 바닷물에 엉겨 붙어 끝이 뾰족뾰족한 백양나무잎 같긴 하였지만.

"아니, 아니!"

그녀는 놀라고 그리고 무서워하며 외쳤다. 마치 송충이라도 만진 듯 피부에는 소름이 돋았다.

"도사님,[6] 살려 주세요……."

얼굴 아래쪽에 흰 털이 난 것이 고개를 들고 구역질을 하면서 숨 넘어가는 소리로 말했다.

"살려 주세요……. 신臣들은…… 신선의 술법을 배우고 있습니다. 악운이 닥쳐 천지가 무너질 줄을 누가 알았겠습니까……. 이제 다행히…… 도사님을 만났으니……. 부디 이 미천한 목숨을 살려 주시고……. 또한 선, 선약仙藥을…… 베풀어 주시옵기를……."

그러면서 그는 머리를 한번 들어 올렸다 한번 떨어뜨렸다 하면서 이상한 동작을 반복했다.

"뭐라고?"

그녀는 너무 얼떨떨해 이렇게만 말했다.

그것들 중 다른 많은 것들도 입을 열었다. 한결같이 구역질을 하면서 한편으로는 "도사님, 도사님" 하고 외치고 이어서 다시 이상한 동작을 반복했다. 그녀는 그들 때문에 마음이 어지러워졌다. 번거롭다는 생각도 들었다. 그녀는 후회했다. 쓸데없이 나무를 잡아당겨 영문 모를 재난을 불러들인 것에 대해. 어찌할 바를 몰라 사방을 둘러보니, 커다란 거북이 떼가 바다 위에서 헤엄치며 놀고 있는 것이 보였다. 그녀는 자기도 모르게 너무나 기뻤다. 곧 그 산들을 거북이 등 위에 올려놓으며 부탁했다.[7)]

"좀 안전한 곳으로 태우고 가 다오!"

거대한 거북이들은 마치 고개를 끄덕이는 듯하더니, 떼를 지어 그것들을 태우고 멀리 가 버렸다. 그런데 아까 좀 세게 잡아당기는 바람에 얼굴에 흰 털 있는 것 하나가 산에서 내동댕이쳐져 떨어졌다. 지금 그것은 뒤쫓아 가지도 못하고 또 헤엄칠 줄도 몰랐다. 그는 해변에 엎드려 자기 뺨을 때리고 있었다. 이는 여와로 하여금 가엾다는 생각이 들게 했으나 역시 모른 척하기로 했다. 사실 그녀는 그런 것까지 신경 쓸 겨를이 없었기 때문이다.

그녀는 한숨을 한번 내쉬었다. 가슴이 다소 가벼워졌다. 다시금 자기 주변으로 눈을 돌려 살펴보았다. 흐르던 물이 이제 상당히 빠져나가 여기저기 널찍한 땅과 돌이 드러나기 시작했다. 돌 틈 사이에도 많은 것들이 끼어 있었다. 쭉 뻗은 것도 있고, 아직 움직이고 있는 것도 있었다. 그녀가 힐끗 보니 그중 하나가 눈동자를 하얗게 하여 그녀를 멀뚱하니 보고 있었다. 그것은 온몸을 수많은 쇳조각으로 싸매고 있었다. 얼굴의 표정은 무척 실망스럽고 두려워 보이는 듯했다.

"무슨 일이냐?"

그녀는 아무렇게 나오는 대로 물어보았다.

"아아, 하늘은 재앙을 내리시도다."

그것은 처량하고 슬픈 듯이 말했다.

"전욱께서 부덕하여 우리 군주에게 거역하였도다. 우리 군주께서 친히 천벌을 행하고자 벌판에서 싸우셨으나, 하늘은 덕 있는 자를 돕지 않으시어 우리 군사가 도리어 패하였고……."[8]

"뭐라고?"

그녀는 이제까지 이런 말을 들어 본 적이 없었으므로 매우 기이하게 생각했다.

"우리 군사가 도리어 패하였고 우리 군주께서 그 목을 부저우산에 부딪히셨도다. 이로 인해 하늘 기둥이 부러지고, 이로 인해 땅이 갈라졌으며, 우리 군주 또한 붕어하셨도다. 오호라 진실로……."

"됐어, 됐어. 난 네 말 뜻을 모르겠어."

그녀는 얼굴을 돌려 버렸다. 그런데 또 즐거워 보이기도 하고 거만해 보이기도 한 얼굴의 한 놈이 눈에 띄었다. 그것도 숱한 쇳조각으로 온몸을 감싸고 있었다.

"무슨 일인가?"

그녀는 그때서야 비로소 그 작은 것들이 여러 가지 다른 모습의 얼굴로 변할 수 있다는 걸 알았다. 그래서 그녀는 아까와는 달리 알아들을 수 있는 대답을 들어 볼 생각으로 다시 물었다.

"인심人心이 옛날 같지 않아, 강회康回가 참으로 짐승 같은 마음으로 천위天位를 넘보도다. 우리 군주께서 친히 천벌을 행사하사 교외에서 싸우셨으니, 하늘은 진실로 덕 있는 자를 도왔도다. 우리 군사가 공격하매 대적할 자 없으니 강회를 부저우산에서 패망시켰도다."[9]

"뭐라고?"

그녀는 여전히 이해하지 못한 듯했다.

"인심이 옛날과 같지 않아……."

"됐어, 됐어. 또 그 타령!"

그녀는 화가 나 양 볼이 귀밑까지 금방 빨개졌다. 등과 머리를 급히 돌려 그녀는 다른 곳을 살폈다. 이번에서야 비로소 쇳조각으로 몸을 싸지 않은 것이 눈에 띄었다. 그것은 벌거벗은 몸에 상처가 나 아직도 피가 흐르고 있었다. 허리에만 누너기를 두르고 있었다. 그는 방금 쭉 뻗어 버린 자의 허리에서 그 누더기를 풀어내 제 허리에 황급히 둘렀다. 그런데도 용모는 아주 단정해 보였다.

그녀는 그자가 쇳조각으로 몸을 싼 자들과는 다른 종류니 반드시 어떤 단서를 찾아낼 수 있으리라 생각하여 물었다.

"무슨 일인가?"

"무슨 일이겠지요."

그자는 약간 고개를 쳐들고 말했다.

"좀전의 그 소동은……?"

"좀전의 그 소동 말씀입니까?"

"전쟁이겠지?"

하는 수 없이 그녀 스스로 추측해 보았다.

"전쟁일까요?"

그런데 그도 되물었다.

여와는 한숨을 쉬었다. 얼굴을 들어 하늘을 쳐다봤다. 하늘에는 굉장히 깊고 큰 균열이 가 있었다. 그녀는 일어나 손톱으로 한번 살짝 튕겨보았다. 맑고 깨끗한 소리가 나지 않고 깨진 그릇 같은 소리가 났다. 그녀는 미간을 찌푸린 채 사방을 살펴보고는 잠시 생각을 하더니, 머리칼의 물을 털어내고, 머리칼을 어깨 위 좌우로 갈라 놓았다. 정신을 수습한 뒤 여러 곳에서 땔감으로 쓸 갈대를 뽑았다. 그녀는 이미 '먼저 수리부터 하자'[10]고 작정을 한 것이다.

그때부터 그녀는 밤이나 낮이나 갈대를 쌓아 올렸다. 장작더미가 높이 쌓여 올라감에 따라 그녀도 그만큼 야위어 갔다. 형편이 그 전과 비교할 수 없이 달랐기 때문이다. 올려다보면 기우뚱 균열이 생긴 하늘이요, 내려다보면 뒤죽박죽 엉망이 된 땅이어서 눈과 마음을 즐겁게 해줄 수 있는 것이 하나도 없게 된 것이다.

땔감으로 쓸 갈대가 그 갈라진 하늘 구멍에까지 다다르자, 그녀는 푸른 돌을 찾아 나섰다. 처음에는 하늘과 같은 색으로 순수하게 새파란 색의 돌만 쓸 생각이었다. 그러나 그런 돌이 지상에 그렇게 많지 않았으며 또 큰 산은 쓰기가 아까웠다. 때로는 시끌벅적한 곳으로 자잘한 돌을 찾으러 가기도 했다. 이를 본 사람들은 냉소를 하거나 욕지거리를 하고 혹은 주운 돌을 도로 빼앗거나 심지어 그녀의 손을 물어뜯기도 하였다. 그래서 그녀는 할 수 없이 흰 돌도 조금 섞었다. 그래도 모자랐으므로 불그레한 것이나 희끄무레한 것까지 주워 모았다. 그리하여 마침내는 찢어진 구멍을 거의 모두 메웠다. 불을 붙여 한번에 녹이기만 하면 일은 끝나는 것이다. 그러나 그녀는 눈앞이 어지럽고 귀가 울릴 정도로 지쳐 서 있을 수가 없게 되었다.

"아아, 이렇게 재미없어 본 적이 없는데."

그녀는 산꼭대기에 앉아 양손으로 머리를 받쳐 들고 숨을 헉헉거리며 말했다.

이때 쿤룬산 위 고대 삼림에서 일어난 거대한 불은 아직 꺼지지 않고 있었으며[11] 서쪽 하늘가는 온통 새빨간 빛으로 물들어 있었다. 그녀는 서쪽을 한번 힐끗 노려보더니, 불타고 있는 큰 나무를 거기에서 가져다 갈대 장작더미에 불을 붙여야지 하고 생각했다. 그런데 그녀가 막 손을 뻗치려 했을 때 무엇인가가 발가락을 찌르고 있는 걸 느꼈다.

그녀가 아래로 내려다보니 예상했던 대로 아까 만든 작은 것이었다. 그런데 그것은 더욱 이상한 꼴이 되어 있었다. 무슨 천 같은 것을 온몸에 주렁주렁 걸치고 있고, 허리에는 십여 겹의 천을 유별나게 걸고 있었다. 머리도 무언지 모르는 것으로 싸매고 있었고, 머리 맨 위에는 까맣고 자그마한 장방형의 널빤지[12]가 있었다. 손에는 작은 조각의 무슨 물건을 들고 있었다. 그녀의 발가락을 찌른 것이 바로 그것이었다.

그 장방형의 널빤지를 머리에 쓰고 있는 것은 바로 여와의 가랑이 사이에 서서 위를 쳐다보고 있었다. 그녀가 눈길을 돌리는 것을 보자마자 그는 황급히 손에 있는 작은 조각을 들어올렸다. 그녀가 받아서 들어보니 윤이 반짝반짝 나는 청죽靑竹으로 된 조각이었다. 그 위에는 떡갈나무 이파리의 검은 반점보다 훨씬 작은 검은 점들이 두 줄로 이어 있었다. 그녀는 그 섬세한 손재주에 탄복했다.

"이게 뭐지?"

호기심을 누르지 못해 그녀는 묻지 않을 수 없었다.

네모난 널빤지를 머리에 인 것은 죽편竹片을 가리키며 청산유수처럼 암송했다.

"벌거벗고 음탕함에 빠지는 것은 덕德을 잃고 예禮를 무시하는 것이며, 정도正道를 저버리는 것이니 금수의 짓이라. 나라에 형벌이 엄하노니, 이를 금하노라!"

여와는 그 네모난 널빤지를 향해 눈을 흘겼다. 멍청하게 물어보았다는 생각에 혼자 쓴웃음을 지었다. 그녀는 이제 이런 것에게 말을 걸어 보았자 통하지 않을 게 분명하다는 것을 알게 되었다. 그래서 그녀는 더 이상 입을 열지 않고 손을 내려 죽편을 그것의 머리 위 네모난 널빤지 위에 놓았다. 그녀는 손을 돌려 숲 속에서 불타고 있는 큰 나무 하나를 뽑아 갈대 장작더미에 불을 붙이려 했다.

그런데 갑자기 "흑흑" 하는 소리가 들렸다. 이것도 아직까지 들어 본 적이 없는 소리였다. 그녀는 짐짓 아래쪽을 향해 다시 눈길을 꽂았다. 네모난 널빤지 아래 있는 작은 눈 속에 겨자씨보다 더 작은 눈물이 두 방울 맺혀 있었다. 그것은 그녀가 이전에 익히 들었던 "nga nga" 하는 울음소리와 전혀 달랐기 때문에, 그것도 일종의 울음소리라는 것을 알지 못했다.

그녀는 불을 붙였다. 한곳에만 붙인 것이 아니다.

불길은 세차지 않았다. 갈대 장작이 잘 마르지 않았기 때문이다.

그래도 '우지직' 소리가 났다. 한참이 지나자 마침내 무수한 불꽃의 혓바닥들이 날름대며 위로 위로 핥아 나갔다. 또 한참이 지나자 불꽃은 하나로 합쳐져 겹꽃이 되었고, 다시 거대한 불기둥을 만들며 쿤룬산 위 붉은 빛을 향해 붉디붉게 육박해 들어갔다. 갑자기 큰 바람이 일자 불기둥은 둥글게 선회하며 울부짖었다. 파란 돌과 가지각색의 돌도 모두 하나같이 새빨간 빛이 되어 엿처럼 녹아들어 갈라진 틈을 메웠다. 흡사 꺼지지 않는 번갯불 같았다.

바람과 불의 기세에 말려 올라간 그녀의 머리칼은 사방으로 흩어져 소용돌이쳤다. 땀이 폭포처럼 흘렀다. 커다란 불길이 그녀의 몸을 도드라지게 비추었다. 그리하여 우주로 하여금 그녀의 마지막 살빛을 천지간에 드러내게 했다.

불기둥이 점점 위로 올라가자 장작 잿더미만 남았다. 하늘이 새파란 색이 되고 나서야 그녀는 손을 뻗어 쓰다듬었다. 아직도 꽤 우둘투둘한 감촉이 손끝에 느껴졌다.

'기력을 회복하고 다시 하리라…….'

그녀는 속으로 생각했다.

그래서 그녀는 허리를 굽혀 나뭇재를 움켜쥐었다. 한 움큼씩 집어 땅 위의 큰 물 속을 메웠다. 아직 다 식지 않은 재는 물에 떨어지자마자 피식피식 끓어오르며 그녀 주위를 잿물로 가득 튀겼다. 큰 바람이 멎을 기미를 보이지 않더니, 바람 가득 재를 싣고 그녀를 향해 덮쳐 왔다. 그리고 그녀를 잿빛으로 완전히 삼켜 버렸다.

"으윽……!"

그녀는 마지막 숨을 내쉬었다.

하늘 끝 핏빛 구름 속에는 사방으로 빛을 발하는 태양이 있었다. 그것은 마치 태곳적의 용암에 휩싸여 유동하고 있는 황금 공 같았다. 저쪽 편에는 쇠처럼 차갑고 하얀 달이 걸려 있었다. 그러나 어느 쪽이 지고 있고 어느 쪽이 솟아오르고 있는지는 알 수 없었다. 이때 그녀는 자신의 모든 것을 다 써 버린 몸이 되어 해와 달 사이에 쓰러져 누웠다. 그리고 다시는 숨을 쉬지 않았다.

천지사방에는 죽음보다 깊은 정적이 감돌았다.

3.

어느 매우 추운 날, 소란스러운 소리가 들려왔다. 금위군禁衛軍이 한꺼번에 몰려온 것이었다. 그들은 쿤룬산의 불빛이나 연기가 보이지 않게 될 때까지를 기다렸다. 그래서 늦게 도착했다. 그들의 왼편에는 노란 도끼가 하나, 오른편에는 검은 도끼가 하나, 후미에는 어마어마하게 크고도 아주 고풍스런 군기가 하나 있었다. 그들은 벌벌 떨면서 여와의 시신 가까이 쳐들어갔다. 그러나 아무런 동정도 발견하지 못했다. 그들은 시신의 배 위에 진을 쳤다. 그곳이 지방질이 제일 두터웠기 때문이다. 그들의 이런 검증과 선택은 정말 영리한 것이었다. 그런데 그들은 갑자기 말투를 바꾸었다. 오로지 자신들만이 여와의 직계라고 주장했다. 동시에 큰 깃발 위에 썼던 과두문자도 바꾸어 '여와씨의 창자'女媧氏之腸라고 썼다.[13]

해변가에 떨어졌던 늙은 도사도 자손이 무수하게 대를 이어 나갔다. 그는 임종 때, 신선이 살았던 산이 커다란 거북의 등에 업혀 바다로 나갔다고 하는 중대한 뉴스를 제자들에게 전수했다. 제자는 다시 그 제자에게 전하였다. 나중에 한 방사方士가 진시황제의 총애를 얻고자 하여 그 일을 아뢰었다. 진시황제는 방사에게 명하여 찾아보게 하였다.[14]

방사가 신선산을 찾아내기 전에 진시황은 죽어 버렸다. 한무제가 다시 찾게 하였으나 역시 그 그림자도 없었다.[15]

아마도 그때 그 큰 거북들은 여와의 날을 잘 알아듣지 못하였으리라. 우연히 신통하게도 알아차린 듯 고개를 끄덕인 것에 불과할 뿐이리라. 아무렇게나 대충 등에 싣고 가다가 모두 뿔뿔이 흩어져 잠이 들어 버린 것이리라. 신선의 산도 같이 물속에 가라앉은 것이리라. 그래서 지금까지 그 산의 반 토막조차 본 사람이 없고 고작해야 그저 야생의 섬 몇 개를 발견한 것에 불과하리라.

1922년 11월

주)_____

1) 원제는 「補天」이다. 1922년 12월 베이징 『천바오 4주기 기념 특대호』(晨報四周紀念增刊)에 「부저우산」(不周山)이란 제목으로 처음 발표되고 소설집 『외침』(吶喊)에 수록되었다. 1930년 1월 『외침』 13차 인쇄 시 작가가 이를 소설집에서 삭제했고 제목도 「하늘을 땜질한 이야기」로 수정하여 『새로 쓴 옛날이야기』에 수록했다.
2) 황토를 주물러 인류를 창조했다고 전해지는 중국 고대 신화 속의 시조(始祖) 여신. 『태평어람』(太平御覽) 78권에 한대 응소(應劭)의 『풍속통』(風俗通)을 인용해 이렇게

말하고 있다. "속설에 천지가 개벽하여 하늘과 땅이 열렸으나 사람이 없었다. 이에 여와가 황토를 굴려 사람을 만들었다. 열심히 일하다 힘이 다했지만 쉴 여가가 없게 되었다. 그러자 밧줄을 진흙에 담갔다가 들어 올려 사람을 만들었다. 부유하고 귀한 사람은 황토로 만들었으며, 가난하고 천박하고 평범한 사람은 줄로 만들었다." 본문에 나오는 여와가 진흙으로 사람을 빚는 얘기는 이런 전적에 근거하고 있다.

3) 원문은 '氣力'. 기운과 힘 혹은 정신과 힘으로 번역이 가능하다.

4) "응아! 응아!"와 다음에 나오는 "아콩, 아공!", "우, 아하하!"는 모두 원문에 라틴 자모로 표시되어 있다.

5) 『회남자』(淮南子) 「천문훈」(天文訓)에 다음과 같은 얘기가 나온다. "옛날 공공(共工)이 임금 자리를 두고 전욱(顓頊)과 싸우다 화가 나 부저우산에 부딪혔다. 그러자 하늘을 떠받치고 있는 기둥이 부러지고 땅이 갈라졌다. 하늘은 서남쪽으로 기울어 해, 달, 별들이 그쪽으로 이동하고 땅은 동남쪽이 비어 있어 물과 하천, 쓰레기가 그곳으로 모였다." 공공과 전욱은 중국의 신화전설 속 인물이다.

6) 원문은 '上眞'. 수련하여 득도한 사람을 도교에서 진인(眞人)이라고 했다. 상진은 진인에 대한 존칭이다.

7) 『열자』(列子) 「탕문」(湯問)에 나오는 얘기다. "보하이(渤海) 동쪽은 몇억만 리(里)인지 알 수가 없다.……그 가운데 다섯 개의 산이 있는데……그곳에 사는 사람은 모두 신선이나 성인 같은 부류다.……그런데 다섯 산의 뿌리가 연결되어 있지 않아서 늘 조수와 파도를 따라 위아래로 움직여 잠시도 우뚝 서 있지질 못했다. 신선이 이를 싫어해 상제에게 아뢰었다. 상제는 물이 서쪽으로 흘러갈까, 또 뭇 성현들의 거처가 사라질까를 걱정하여 우강(禺彊)에게 명해 큰 거북이 열다섯 마리로 하여금 산을 싣고 가게 했다. 3교대로 6만 년에 한 번 교대하여 옮겼다. 그러자 다섯 산이 비로소 우뚝 섰다." 우강은 『산해경』(山海經) 「대황북경」(大荒北經)에 나오는 중국 신화 속 반인반수로 베이하이(北海) 물가에 살고 있는 신이다. 사람 머리에 새의 몸, 푸른 뱀의 귀에 붉은 뱀의 다리를 하고 있다고 한다.

8) 공공과 전욱의 싸움에서 공공이 한 말이다. 여기서의 군주란 공공을 말한다. 이 말과 뒤에 나오는 말들은 모두 『상서』(尙書) 같은 고문의 어투를 모방한 것이다.

9) 이 말은 전욱이 한 말이다. 강회(康回)는 공공의 이름이다. 군주는 전욱을 말한다.

10) 『회남자』 「남명훈」(覽冥訓)편에 여와가 '돌을 녹여 하늘을 수리'(煉石補天)한 것에 대한 신화가 나온다.

11) 쿤룬산(崑崙山)은 중국 서쪽에 있는 신화 속의 산으로 갖가지 신화와 전설이 전해진 다. 부저우산은 이 쿤룬산의 서북쪽에 있다고 한다. 쿤룬산의 고대 삼림에서 일어난 불에 대한 기록은 다음과 같다. 『산해경』 「대황서경」(大荒西經), "쿤룬산이라고 부르 는 큰 산이 있었는데,……그 바깥에 옌훠산(炎火山)이 있어 물건을 던지면 곧바로 타 버렸다."

12) 중국 고대의 제왕과 제후들이 사용했던 예관(禮冠)의 머리 위에 얹혀 있는 장식 판 으로, 옛 명칭은 '연'(延) 혹은 '면판'(冕板)이다. 머리에 장방형의 널빤지를 쓰고 있 는 작은 것들이란 이 책 「서언」에서 루쉰이 언급한, 작가가 고의로 여와의 가랑이 아 래 배치한 "옛날 의관을 차려입은 작은 사내"를 말한다.

13) 과두문자(蝌蚪文字)는 중국 고대의 문자로, 글자 모양이 머리는 크고 꼬리부분이 가 늘어 마치 올챙이(과두) 같다고 하여 붙여진 이름이다. 여와의 창자가 열 명의 신으 로 변했다는 신화가 있다. 『산해경』 「대황서경」의 기록이나. "열 명의 신(神)이 있었 다. 이늘은 여와의 창자라고 불리는 것들이 변해 신이 된 것으로 율광(栗廣)의 들판 에 살았다." 이에 대해 곽박(郭璞)이 주를 달아 설명했다. "여와는 고대의 여신이며 제왕으로 사람 얼굴에 뱀의 몸을 하고 있다. 하루에도 일흔 번을 변신하며 그 창자 는 신으로 변했다."

14) 진시황이 신선의 산을 찾은 이야기는 『사기』(史記) 「진시황본기」(秦始皇本紀)에 나 온다. "제(齊)나라 사람 서불(徐市)이 상서를 올려 바다 한가운데 펑라이(蓬萊), 팡 장(方丈), 잉저우(瀛州) 등 세 개의 신선산이 있고 그곳에 신선이 살고 있다고 했다. 재계를 올리고 어린 남녀와 함께 가서 이를 찾아보고자 청원했다. 이에 진시황은 서 불과 아동 수천 명을 선발, 파견하여 바다로 들어가 신선을 찾게 했다.……오랜 세 월이 흘렀으나 돌아오지 않았다."

15) 한무제(漢武帝)가 신선의 산을 찾은 이야기는 『사기』 「봉선서」(封禪書)에 다음과 같 이 나온다. 방사인 "이소군(李少君)이 (한무제에게) 상소하여 말하길, '신이 바다에 서 놀다가 안기생(安期生)을 만났는데, 그는 오이만 한 크기의 대추를 먹었습니다. 안기생은 신선으로 펑라이산(蓬萊山)을 오고가다가 마음에 들면 사람을 만나고 그 렇지 않으면 숨어 버립니다.' 이에 천자는 친히 사직에 제례를 올리고 방사를 바다 로 파견해 펑라이의 안기생 등을 찾도록 했다. 이 일은 나중에, 붉은 주사(硃砂)를 여 러 약재에 섞어서 황금을 제조하는 일로 변했다.……그런데 방사가 신인(神人)을 찾아 바다로 들어가 펑라이를 찾는 일은 끝내 효험이 없었다."

달나라로 도망친 이야기¹⁾

1.

영리한 짐승은 사람의 마음을 잘 헤아린다. 말은 멀리서 집의 대문이
보이자 걸음을 늦추고 등에 탄 주인과 동시에 머리를 끄덕거렸다. 한
번 걸을 때마다 한 번 끄덕, 마치 쌀 찧는 절굿공이 같았다.

　　저녁노을이 대저택을 뒤덮었다. 이웃집 지붕 위로는 밥 짓는 연
기가 하얗게 날아올랐다. 벌써 저녁 식사 때가 된 것이다. 말발굽 소리
를 듣고 식솔들이 부지런히 대문 밖으로 마중 나와 두 손을 모으고 꼿
꼿하게 서 있었다. 예羿²⁾는 쓰레기더미 옆에서 기운 없는 모습으로 말
에서 내렸다. 식솔들이 얼른 다가가 말고삐와 채찍을 받아 쥐었다. 대
문을 막 넘어서던 예는 머리를 숙여 허리춤 화살통에 가득 있는, 새 화
살촉의 화살과 망태 안에 들어 있는 까마귀 세 마리와 화살 맞아 살이
찢긴 작은 참새를 내려다봤다. 몹시 망설여지는 마음이었다. 그러나

얼굴에 철판을 깔고는 성큼성큼 안으로 걸어 들어갔다. 화살이 통 안에서 짤랑짤랑 울렸다.

안뜰에 들어서자마자 예는 둥근 창문 너머로 머리를 기웃거리며 밖을 살피는 상아嫦娥를 보았다.[3] 눈치 빠른 상아가 벌써 자기가 잡아 온 까마귀 몇 마리를 보았으리라고 생각하자 예는 저도 모르게 움찔하였고 옮기려던 걸음도 멈추었다. 그러나 안으로 들어가는 수밖에 없었다. 하녀들이 달려 나와 화살을 벗기고 그물 망태를 풀어 주었다. 그는 하녀들이 비웃고 있는 것 같은 생각이 들었다.

"부인……."

예는 손과 얼굴을 문지르고 안방으로 들어서면서 아내를 불렀다.

둥근 창문 밖으로 저녁 하늘을 내다보고 있던 상아는 천천히 머리를 돌리더니 듣는 둥 마는 둥 그를 힐끗 쳐다보고는 아무 대답도 하지 않았다.

예가 이런 상황에 익숙해진 지는 벌써 한 해가 넘는다. 늘 하던 대로 예는 가까이 걸어가 털 빠진 낡은 표범 가죽이 앞에 깔린 나무 평상에 걸터앉아 머리를 긁었다. 그리고 떠듬떠듬 말했다.

"오늘도 여전히 운이 좋질 않았소. 또 까마귀밖에……."

"흥!"

상아는 버들잎 같은 눈썹을 치켜세우며 발딱 일어섰다. 그러고는 바람처럼 휑하니 밖으로 나가며 투덜거렸다.

"또 까마귀 자장면, 또 까마귀 자장면! 뉘 집에서 일 년 내내 까마귀 고기 자장면만 먹는지 좀 물어봐요. 내 정말 무슨 팔자를 타고났는지 모르겠어. 이리 시집와 일 년 내 까마귀 자장면만 먹었으니!"

"부인."

예도 급히 일어나 따라 나가며 낮은 소리로 말했다.

"그래도 오늘은 괜찮은 셈이오. 참새를 한 마리 잡았거든. 당신에게 반찬은 해줄 수 있게 되었소. 여신아!"[4]

그는 큰소리로 하녀를 불렀다.

"너, 그 참새를 가져다 마님께 보여 드려라!"

잡아 온 날짐승들은 벌써 주방에 가져다 놓았다. 여신은 급히 뛰어가 참새를 두 손에 받쳐 들고 상아 면전에 대령하였다.

"흥!"

상아는 참새를 힐끗 보고 천천히 손을 뻗어 들춰 보더니 새침해졌다.

"망태가 됐군! 다 부서진 거잖아? 살이 어디 있어?"

"그래요."

예는 매우 당황하였다.

"화살에 맞아 부서졌소. 내 활은 너무 세고 활촉은 너무 크단 말이오."

"왜 좀 작은 살로는 쏠 수 없어요?"

"작은 게 없소. 커다란 멧돼지나 구렁이 같은 것을 사냥하면서부터⋯⋯."[5]

"이게 멧돼지나 구렁이란 말이에요?"

상아는 방으로 도로 들어가며 고개를 돌려 여신에게 명했다.

"국이나 한 그릇 끓여!"

객실에 멍청하니 혼자 남게 된 예는 벽에 기대앉아 부엌에서 나무가 타면서 내는 '탁탁' 튀는 소리를 듣고 있었다. 그는 회상에 젖었다. 그 해에 멧돼지는 얼마나 컸던가! 멀리서 바라보면 마치 작은 산처럼 보였지. 그때 쏴 죽이지 않고 지금까지 놔두었더라면 반년은 잘 먹을 수 있었을 텐데, 그랬더라면 어찌 날마다 반찬거리 때문에 이 걱정을 하랴. 또 구렁이로는 국을 끓일 수 있었을 것인데…….

여을이 등잔에 불을 켜러 들어왔다. 맞은편 벽에 걸려 있는 붉은 활과 화살, 검은 활과 화살, 쇠뇌,[6] 장검, 단검들이 모두 희미한 물빛 아래 드러났다. 예는 그것들을 바라보자 고개를 숙이고 한숨을 쉬었다. 이때 여신이 저녁을 가지고 들어와 방 한가운데 있는 상 위에 올려 놓는 것이 보였다. 왼쪽에 밀가루 국수가 다섯 그릇, 오른쪽에 밀가루 국수 두 그릇과 국 한 사발이, 가운데는 까마귀 고기로 만든 자장 한 사발이 놓였다.

예는 자장면을 먹으면서 그 자신도 맛이 없다고 생각했다. 상아를 몰래 곁눈질해 보았다. 상아는 자장으로 눈길 한번 주지 않았다. 국에다 국수를 말아 반 사발쯤 먹고는 도로 내려놓았다. 예는 그녀의 얼굴이 전보다 좀 누렇게 수척해진 것을 보고 그녀가 병날까 두렵다는 생각이 들었다.

저녁 아홉 시쯤 되자 상아는 기분이 좀 나아진 듯 침대 가에 걸터앉아 말없이 물을 마셨다. 예는 옆에 놓인 나무 평상에 앉아 털이 빠진 낡은 표범 가죽을 손으로 쓰다듬고 있었다.

"여보."

예는 부드럽게 말했다.

"이 서산의 표범은 우리가 결혼하기 전에 잡은 거지. 그때는 얼마나 예뻤는지. 전체가 황금빛이었지."

그는 그때 먹었던 것들을 회상하였다. 곰을 잡아서는 네 발바닥만 먹었고, 낙타를 잡아서는 등의 혹만 남기고 나머지는 하녀와 식솔들에게 나눠 주었다. 나중에 큰짐승들을 다 잡아 버리게 되자, 이젠 멧돼지와 산토끼, 들오리를 잡아먹기 시작했다. 궁술에 뛰어난 그는 원하는 대로 다 잡았다.

"아……."

그는 저도 모르게 탄식했다.

"내 궁술이 너무 뛰어난 탓이야. 결국 땅에 사는 짐승이란 짐승은 남김없이 다 쏴 버렸으니. 이젠 까마귀만 남았어. 그걸로만 반찬을 만들게 될 줄 그때 어찌 짐작이나 했겠소……."

"흥."

상아는 엷디엷게 웃었다.

"그래도 오늘은 재수가 좋은 셈이오."

예도 기분이 좋아졌다.

"예상 밖의 참새를 한 마리 잡았으니 말이오. 30리나 멀리 돌아가 겨우 잡은 거요."

"왜 좀더 멀리 갈 순 없었어요?"

"그렇소. 여보, 나도 그렇게 생각하오. 내일은 좀더 일찍 일어날 생각이오. 당신이 일찍 일어나거든 날 좀 깨워 주오. 50리쯤 더 멀리 나가볼 작정이오. 노루, 토끼 같은 것이 있을지도 모르겠소. 하지만 그리 쉽진 않을 거요. 내가 멧돼지와 구렁이를 잡을 때만 해도 짐승들이 얼마나 많았소. 당신도 아직 기억하고 있을 거요. 당신의 친정집 문 앞으로 항상 곰이 지나다니곤 했는데. 내가 꽤 여러 차례 쏴 죽이질 않았소……."

"그랬나요?"

상아는 기억이 잘 나지 않는 모양이었다.

"그런데 그것들을 모조리 잡아 없앨 줄이야 누가 알았겠소. 생각하면 앞으로 살아갈 일이 그저 막막하기만 하오. 나야 그 도사님이 주신 금단만 먹으면 언제라도 하늘로 올라갈 수 있으니 별문제가 없소만. 그러나 나에겐 당신이 제일 먼저요……. 그래서 내일은 좀더 멀리 나가 볼 작정이오."

"흥."

상아는 벌써 물을 다 마시고 천천히 자리에 눕더니 눈을 감았다.

기름이 다 된 등잔 불빛이 화장이 지워진 상아를 비추었다. 분가루는 지워졌고 눈 가장자리도 누리끼리했다. 눈썹을 칠한 색도 양쪽이 서로 다른 것 같았다. 그러나 입술만은 불타는 듯 여전히 붉었다. 웃지는 않았지만 양 볼에는 살짝 볼우물이 패여 있었다.

"아아, 이런 사람에게 난 일 년 내내 까마귀 자장면만 먹이다니……."

예는 수치스런 생각에 두 볼이 귀까지 화끈거렸다.

2.

밤이 지나고 이튿날이 되었다.

눈을 번쩍 뜬 예는 햇빛이 서쪽 벽에 든 것을 보고 늦었다는 걸 알았다. 상아를 보니 아직 네 활개를 펴고 깊이 잠들어 있었다. 예는 조심스레 옷을 걸치며 표범 가죽을 깐 침대에서 기어 내려와 절룩거리며 밖으로 나갔다. 그는 세수를 하면서 여경을 불러 왕승에게 가 말을 준비시키라고 일렀다.

예는 일이 바빠 오래전부터 아침 식사를 걸렀다.[7] 여을은 구운 떡 다섯 개와 파 다섯 뿌리, 고추장 한 봉지를 망태에 넣어 화살과 함께 그의 허리에 매 주었다. 예는 허리띠를 꼭 졸라매고 살그머니 문을 나서며 마주 오는 여경에게 일렀다.

"내 오늘은 먹이를 구하러 좀 멀리 갈 예정이라 돌아오는 것도 좀 늦을 것 같다. 마님께서 일어나 아침을 드신 후 기분이 좀 좋아졌을 때를 살펴, 미안하지만 저녁 식사를 좀 기다려 달라고 여쭈어라. 알겠느냐? 아주 미안해하더란 말을 꼭 전하거라."

그는 빠른 걸음으로 대문을 나서 말에 올랐다. 문지기들을 뒤에 남기고 그는 금세 마을을 벗어났다. 앞에는 날마다 다녀 익숙해진 수수밭이 펼쳐 있었다. 여기에는 이제 아무것도 없다는 걸 알고 있다. 그는 조금도 곁눈을 팔지 않았다. 채찍질 두 번에 나는 듯 줄달음을 쳐 한숨에 60여 리를 지났다. 앞으로 멀리 무성한 숲이 보였다. 말도 숨을 헐떡거리며 온몸에 땀을 흘렸다. 저절로 속도가 느려졌다. 10여 리를 더 가서야 숲에 이르렀다. 그러나 눈에 뜨이는 건 말벌, 분홍나비, 개미, 메뚜기뿐 짐승의 흔적이라곤 조금도 찾아볼 수 없었다.

예가 이 새로운 곳을 멀리서 바라봤을 때는 적어도 여우나 토끼 같은 것이 한두 마리 정도는 있을 줄 알았다. 그제야 그것이 꿈인 것을 알았다. 그는 하는 수 없이 숲을 빠져나갔다. 숲 뒤편은 새파란 수수밭이었다. 멀리 작고 작은 토옥土屋들이 몇 채 흩어져 있었다. 바람과 날씨는 따뜻했고 개나 닭 소리도 들리지 않았다.

"운이 없군!"

예는 있는 힘을 다해 큰소리를 질러 갑갑한 마음을 해소했다.

그런데 앞으로 열 걸음 남짓 걸어가던 예는 기뻐 어쩔 줄을 몰랐다. 웬 집 앞뜰에 큰 비둘기 같은 날짐승 한 마리가 걸어 다니며 모이를 쪼고 있는 것이 멀리서도 분명 보였던 것이다. 그는 얼른 활을 벗겨 살을 먹이고 시위를 힘껏 당겼다 놓았다. 화살은 마치 유성처럼 날아갔다.

지체할 까닭이 없었다. 지금까지 백발백중이었다. 화살이 날아간 쪽으로 말을 몰아 달리기만 하면 어김없이 사냥감을 주울 수 있었다. 그런데 누가 알았으랴. 가까이 다가가 보니 어떤 할머니가 화살 맞은 큰 비둘기 같은 것을 들고는 고래고래 소리를 지르며 그의 말머리를 향해 달려오고 있는 것이 아닌가.

"당신 대체 뉘시오? 어쩌자고 우리 집 가장 좋은 씨암탉을 쏴 죽인단 말이오? 어찌 이리도 경우가 없단 말이오……?"

예의 심장이 저도 모르게 펄떡펄떡 뛰었다. 급히 말을 세웠다.

"아니! 닭이었다구요? 전 비둘기인 줄 알았는데."

그는 당혹스러워하며 말했다.

"눈이 멀었군! 보아 하니 마흔 살은 넘었을 사람이."

"그렇습니다. 노부인. 지난해 마흔다섯이었습지요."

"정말 나이를 헛먹었군! 씨암탉도 못 알아보고 비둘기로 보다니! 도대체 당신 뉘시오?"

"전 이예올시다."

그는 말하면서 자기가 쏜 화살이 암탉의 심장 쪽을 관통한 것을 보았다. 물론 닭은 죽었다. 그는 중간의 두 글자, 자기의 이름을 크지 않은 소리로 말하면서 말에서 내렸다.

"이예……? 누구라고? 난 모르겠는데."

할머니가 그의 얼굴을 쳐다보며 말했다.

"제 이름을 듣자마자 아는 사람도 있습니다. 일찍이 요堯 나리가 계실 때, 전 멧돼지 몇 마리와 구렁이 몇 마리를 잡은 적이……."

"호호호, 사기꾼이로군! 그건 봉몽 나리가 다른 사람과 함께 쏴 죽인 거라구.[8] 혹 당신이 그 일에 동참했다 하더라도 어찌 제 혼자 쏴 죽였다고 말할 수 있누. 원, 낯가죽이 두껍기는!"

"아, 노부인. 봉몽이란 사람이 요 몇 년 사이 몇 차례 저 있는 데를 오가긴 했으나, 전 그와 한패였던 적이 없습니다. 전혀 상관이 없습니다."

"미친 소리. 요즘 와 늘 그렇게 말하는 사람이 있더군. 내 한 달 새에 네댓 번은 그런 말을 들었어."

"그건 그렇고, 저희 이 일을 이야기하시죠. 이 닭을 어떻게 했으면 좋겠는지요?"

"물어내시오. 이건 우리 집에서 제일 좋은 씨암탉이우. 날마다 달걀을 낳지. 호미 두 자루와 방추 세 개로 보상해야 하우."

"노부인, 제 꼴을 좀 보십시오. 농사도 짓지 않고 천도 짜지 않는데 호미와 방추가 어디서 나오겠습니까? 제겐 돈도 없고 구운 떡 다섯 개밖에 없습니다. 밀가루로 만든 것이지요. 그것으로 당신 닭을 보상해 드리겠습니다. 그리고 파 다섯 뿌리와 매콤달콤한 고추장 한 봉지를 보내 드리겠습니다. 어떻습니까?"

그는 한 손으로 그물 망태 속의 떡을 꺼내고 다른 손으로는 닭을 쥐었다.

할머니는 하얀 밀가루떡을 보자 마음이 좀 동했다. 그러나 그런 떡이라면 열다섯 개를 내야 한다고 생각했다. 한참 동안 옥신각신한 결과, 마침내 밀가루떡 열 개로 정했다. 예는 늦어도 내일 정오까지 나머지 떡 다섯 개를 보내 주기로 약속하고 닭을 쏜 화살을 저당으로 잡혀 두었다. 예는 그제야 마음이 놓였다. 죽은 닭을 그물 망태 속에 쑤셔 넣은 다음 안장에 뛰어올라 말머리를 돌렸다. 배가 고팠지만 그의 마음은 아주 유쾌했다. 그들이 닭고깃국을 먹어 본 지도 벌써 한 해가 넘었다.

숲을 돌아 나왔을 때는 아직 오후였다. 예는 급히 말을 몰아 집으로 향했다. 그러나 말이 지쳐 있었다. 낯익은 수수밭 언저리에 이르렀을 때는 이미 황혼 무렵이었다. 이때 멀리 앞에서 사람 그림자가 얼씬

하더니 곧이어 화살 하나가 갑자기 그를 향해 날아왔다.[9]

그런데도 예는 말고삐를 늦추지 않고 말이 달리는 대로 몸을 맡겼다. 달리면서 그는 활을 벗겨 살을 먹인 후 시위를 한 번 당겼다 놓았다. '챙' 하는 소리와 함께 공중에서 화살촉의 끝과 끝이 부딪쳐 불꽃이 일었다. 두 개의 화살은 하늘로 치솟았다. 그러고는 'ㅅ'자가 되어 다시 땅으로 떨어졌다. 조금 전 첫번째 화살이 부딪쳤는데 금방 또 양쪽에서 두번째 화살이 날아올랐다. '챙' 하는 소리와 함께 공중에서 서로 부딪쳤다. 이렇게 하여 아홉 번을 쏘고 나자 예의 화살은 다 떨어졌다. 그런데 이때 맞은편에서 화살 하나를 또 시위에 먹이며 득의만연하게 자기의 목구멍을 노리고 있는 봉몽의 모습이 또렷이 눈에 들어왔다.

'허허, 저놈이. 오래전 바닷가에 나가 고기잡이나 하며 사는 줄 알았는데, 아직도 여기서 이런 못된 짓거리를 하고 있다니. 노파가 그런 말을 한 것도 일리가 있군……'

예는 생각했다.

바로 이때, 상대방의 활은 둥근 달처럼 당겨졌고 화살은 유성처럼 날아왔다. '쌔앵' 하는 소리와 함께 화살은 예의 목을 향하여 곧추 날아왔다. 그런데 겨냥이 좀 잘못되었던지 그의 입에 와 꽂혔다. 변변치 못하게 예는 화살을 문 채 말에서 나가떨어졌다. 말도 멈추어 섰다.

봉몽은 예가 죽었다고 생각했다. 어기적어기적 걸어오더니 빙그레 웃으며 마치 승리의 축배라도 들 양으로 죽은 예의 얼굴을 내려 보았다.

시선을 막 고정시키려는 순간 예가 눈을 번쩍 뜨더니 후다닥 일어나 앉았다.

"자넨 백 번 넘게 날 찾아와 배우곤 정말 헛배웠네."[10]

그는 화살을 뱉어 내고 웃으며 말했다.

"설마 내가 '화살 받아 무는 법'[11]도 모를 줄 아는가? 이게 무슨 짓거리인가? 자네 이런 식으로 장난치고 소란을 피워선 안 되네. 훔친 권법으로는 본인을 죽일 수 없지. 수련이나 더 해두는 게 좋을 걸세."

"말하자면 그 사람의 방법으로 그 사람에게 돌려주도다이니…."

승자[12]는 낮은 소리로 중얼거렸다.

"하하하!"

예는 너털웃음을 치며 일어섰다.

"또 그놈의 경전 타령이로군. 그 따위 소리론 마누라나 달랠 수 있겠지. 내 앞에서 무슨 수작이란 말인가! 난 지금까지 사냥만 해왔지. 자네처럼 그런 날강도 짓거리는 해본 적이 없다네."

예는 말하면서도 그물 망태 속의 암탉이 눌려서 상하지나 않을까 살피고 또 살폈다. 그러고는 곧바로 말 위에 뛰어올라 그대로 달렸다.

"……넌 조종弔鐘을 쳤어……."

멀리서 욕하는 소리가 들려왔다.

'저렇게 싹수없는 놈인지 정말 몰랐어. 젊디젊은 놈이 저주하는 것을 배우다니. 그러기에 그 노파가 놈을 그리 믿었지.'

예는 말 위에서 저도 모르게 절망적으로 머리를 절레절레 흔들었다.

3.

아직 수수밭을 다 지나지도 않아 날은 벌써 저물었다. 검푸른 하늘에 별들이 나타나기 시작했다. 금성은 서쪽 하늘에서 유난히 반짝거렸다. 말은 그저 희끄무레한 밭두렁을 찾아 걸어갈 뿐이었다. 게다가 일찌감치 지쳐 버려 걸음도 느려졌다. 다행히 달이 은백색의 맑은 빛을 토하며 저 먼 하늘가에서 천천히 떠오르고 있었다.

"젠장!"

예는 자기 뱃속에서 꼬륵꼬륵 소리 나는 것을 듣자 초조해지기 시작했다.

"먹고살기도 바쁜 판에 이런 시시한 일까지 만나 공연히 시간만 허비했어!"

그는 두 발로 말의 옆구리를 힘껏 차 빨리 가자고 재촉했다. 그러나 말은 엉덩이만 한번 뒤틀 뿐 여전히 터벅터벅 걸었다.

"오늘도 이렇게 저물었으니 상아는 틀림없이 성이 잔뜩 났을 거야. 어떤 얼굴로 나를 볼지 모르지. 그래도 다행히 씨암탉 한 마릴 얻었으니 그녀를 기쁘게 해줄 수 있을 거야. '여보, 이건 내가 2백여 리나 뛰어다녀 찾아온 거요'라고 말해야지. 아니, 그렇게 말해선 안 돼. 그렇게 말하면 좀 뻐기는 것 같잖아."

그는 생각했다.

멀리 인가에서 흘러나오는 불빛을 보자 그는 기쁜 나머지 더 이상 생각하지 않았다. 말도 채찍질을 하기도 전에 나는 듯이 달렸다. 휘

영청 밝은 달이 앞길을 비춰 주었고 시원한 바람이 얼굴에 불어왔다. 정말 큰 짐승을 잡아 가지고 돌아올 때보다 더 기분이 좋았다. 말은 쓰레기더미 옆에 이르자 알아서 멈추었다. 예는 도착하자마자 좀 이상한 느낌이 들었다. 어쩐지 집안이 부산해진 것 같았다. 마중 나온 사람도 조부趙富 혼자뿐이었다.

"무슨 일이 있느냐? 왕승은 어딜 갔느냐?"

그는 이상해서 물었다.

"왕승은 요씨댁으로 마님을 찾으러 갔습니다."

"뭐라구? 마님께서 요씨댁엘 가셨다구?"

예는 아직 멍청하게 말에 앉은 채 물었다.

"예에……."

그는 대답하며 다가오더니 말고삐와 채찍을 받았다.

그제야 예는 말에서 내려 대문으로 들어섰다. 잠깐 무엇인가를 생각하던 그는 돌아보며 조부에게 물었다.

"마님께서 기다리다 못해 혼자 식당으로 가시진 않았느냐?"

"예. 소인이 식당 세 곳에 다 물어보았으나 어디에도 계시지 않았습니다."

예는 머리를 숙이고 생각에 잠긴 채 안으로 들어갔다. 하녀 셋이 당혹스런 기색으로 대청 앞에 모여 있었다. 그는 의아한 생각이 들어 큰소리로 물었다.

"너희들은 다 집에 있었느냐? 요씨댁은, 지금까지 마님 혼자 간 적이 없질 않느냐?"

하녀들은 대답도 못 하고 그의 얼굴만 쳐다보다가 활주머니와 화살통, 씨암닭이 들어 있는 그물 망태를 벗겼다. 예는 상아가 홧김에 자살이나 하지 않았나 하는 생각이 퍼뜩 들었다. 갑자기 가슴이 뛰고 몸이 떨렸다. 그는 여경에게 조부를 찾아오라고 했다. 조부를 뒤뜰로 보내 연못이나 나무를 죽 살펴보라고 할 참이었다. 그러나 방 안에 들어서자마자 그는 그러한 추측이 틀렸다는 것을 대뜸 알았다. 방 안은 뒤죽박죽이었다. 옷상자들은 활짝 열려 있었다. 침대를 보자 예는 맨 먼저 상아의 머리 장신구 상자가 없어진 것을 알았다. 그는 머리에 찬물을 한 대야 뒤집어쓴 것 같았다. 금은보석 같은 것은 물론 대수롭지 않은 것이다. 문제는 그 도사가 예에게 준 선약仙藥이 바로 그 상자 안에 들어 있었던 것이다.

예는 두어 바퀴 돌고 나서야 왕승이 문밖에 서 있는 것을 알았다.

"아뢰옵니다. 마님께서는 요씨댁에 가시지 않았나이다. 그분들이 오늘은 마작도 하지 않았다 하옵니다."

왕승이 말했다.

예는 그를 힐끗 보고 입을 열지 않았다. 왕승은 곧 물러 나갔다.

"나으리……?"

조부가 들어와 물었다.

예는 머리를 옆으로 저으며 손을 흔들어 조부를 물러가라 했다.

다시 방 안에서 몇 차례 맴돌던 예는 객실로 나와 주저앉았다. 맞은편 벽에 걸려 있는 붉은 활과 화살, 검은 활과 화살, 돌 쏘는 활, 장검, 단검들을 쳐다보았다. 잠깐 생각에 잠겨 있던 그는 아래쪽에 우두커니 서 있는 하녀들에게 물었다.

"마님이 언제쯤부터 보이지 않더냐?"

"등불 켤 때쯤부터 보이지 않았나이다."

여을이 아뢰었다.

"하오나 마님께서 나가시는 건 누구도 보지 못했나이다."

"너희들은 마님께서 저 상자 안에서 약을 꺼내 드시는 걸 보지 못했느냐?"

"그건 보지 못했습니다. 오후에 저보고 마실 물을 따라 오라고 하신 적은 있나이다."

예는 초조해서 일어섰다. 그는 자기 혼자만 이 땅 위에 남게 되었구나 하는 생각이 드는 것 같았다.

"너희들은 무엇인가가 하늘로 날아오르는 걸 보지 못했느냐?"

예가 물었다.

"아!"

생각에 잠겨 있던 여신이 크게 깨달은 것처럼 말했다.

"제가 불을 켜 놓고 밖으로 나갔을 때 분명 검은 그림자 하나가 이쪽으로 날아가는 것을 똑똑히 보았나이다. 하지만 전 그땐 그것이 마님일 줄은 전혀 생각 못했⋯⋯."

어신의 낯빛이 하얗게 질렸다.

"틀림없구나!"

무릎을 탁 치고 벌떡 일어난 예는 방 밖으로 나가면서 여신을 돌아보며 물었다.

"어느 쪽이냐?"

예는 여신이 손으로 가리키는 곳을 바라보았다. 그곳에는 은백색의 둥근 달만이 허공에 걸려 있었다. 달 속의 누각과 나무들이 어렴풋이 보이는 듯했다. 예의 머릿속에는 어려서 할머니에게서 들은 달나라의 아름다운 경치가 희미하게 떠오르기 시작했다. 푸른 바다 위에 두둥실 떠 있는 듯한 달을 쳐다보며 예는 자기의 몸이 너무나 무겁다는 것을 느꼈다.

그는 갑자기 분노하였다. 그 분노 속에서 살기殺氣가 흘렀다. 그는 눈을 둥그렇게 부릅뜨고 커다란 소리로 하녀들을 질타했다.

"사일궁[13]을 가져오거라! 화살 세 대도!"

여울과 여경이 대청 한가운데 걸려 있던 거대한 활을 벗겨 내렸고 먼지를 털어 긴 화살 세 개와 같이 그의 손에 넘겼다.

그는 한 손으로 활을 당기고 한 손으로는 세 개의 화살을 집어 한꺼번에 먹였다. 달을 향해 겨누는가 했더니 시위를 힘껏 잡아당겼다. 그의 몸은 바위처럼 탱탱하게 버티어 우뚝 섰고, 눈빛은 형형하기가 마치 바위를 내려치는 번개와 같았다.[14] 머리와 수염은 바람에 날려 흡사 검은 불길 같았다. 사람들은 순간, 젊어서 해를 쏘던 예의 그 웅장한 자태를 다시 보는 듯했다.[15]

'쌩—' 하는 소리가 났다. 소리는 한 번밖에 나지 않았으나 화살은 벌써 세 개나 연거푸 시위를 벗어 날아갔다. 쏘고는 먹이고 먹이고는 또 쏘았는데, 쏘고 먹이는 솜씨가 어찌나 날랜지 눈으로 미처 따라갈 수 없었다. 귀로도 그 소리를 따라가 분간해 낼 수 없었다. 화살이 조금의 오차도 없이 꼬리에 꼬리를 물고 날아갔기 때문에 비록 화살을 세 개 맞았을지라도, 모두 한 곳에 박혀야만 했다. 그런데 그의 마음속에 잡념이 들어 있었기 때문에 활을 당길 때 손이 약간 떨렸다. 화살은 달 표면에 세 곳으로 나뉘어 박혔으며 세 곳에 모두 상처가 났다.

하녀들은 일제히 함성을 질렀다. 달이 잠깐 부르르 떠는 것을 보고 달이 금방 떨어질 거라고 생각했다. 그러나 달은 여전히 더 부드럽고 밝은 빛을 내며 아무런 상처도 입지 않은 듯 태연자약하게 걸려 있었다.

"에잇!"

예는 하늘을 쳐다보며 큰소리를 지르고 한동안 달을 바라보았다. 그러나 달은 그를 아는 척도 하지 않았다. 그가 세 걸음 앞으로 나서면 달은 세 걸음 뒤로 물러났다. 그가 세 걸음 물러서면 달은 또 그만큼 앞으로 나왔다.

그들 모두 말없이 서로의 얼굴을 바라보았다.

예는 나른해진 몸짓으로 사일궁을 바깥방 문 앞에 세워놓고 집 안으로 들어갔다. 하녀들도 일제히 그를 따랐다.

"푸우!"

예는 자리에 앉으면서 긴 한숨을 쉬었다.

"그러니까 너희들 마나님은 영원히 혼자 낙을 즐기게 되었단 말이지. 모질게 날 버리고 혼자 날아갔단 말이지? 내가 늙기 시작해서? 그러나 마님은 지난 달에도 내가 그리 늙은 건 아니라고, 늙은 체하는 것은 정신이 타락해서라고 말하지 않았던가."

"그건 분명 아닙니다. 어떤 이들은 나으리께서 아직도 전사戰士
시라고 말합니다."

여을이 말했다.

"어떤 때 보면 정말 예술가 같으십니다."

여신이 말했다.

"그만둬라! …… 까마귀 자장면이 맛이 없긴 없었지. 참을 수 없
었던 게야……."

"표범 요 털 빠진 곳을, 벽에 걸어 놓은 다리 가죽을 오려 좀 깁겠
나이다. 보기 흉하나이다."

여신이 말하고 방으로 들어갔다.

"가만," 예는 잠깐 생각을 하더니 말을 이었다.

"그건 그리 급하지 않아. 배가 너무 고프구나. 얼른 가 닭고기 고
추볶음 한 접시와 구운 떡 다섯 근을 만들어 오거라. 먹고 푹 자야겠
다. 내일은 그 도사를 다시 찾아가 선약을 달래 봐야겠다. 선약을 먹고
뒤쫓아 가야겠다. 여경아, 어서 가 왕승에게 흰 콩 넉 되를 가져다 말
에게 먹이라고 이르거라."

1926년 12월

주)_____

1) 원제는「奔月」, 1927년 1월 25일 반월간인 베이징『망위안』(莽原) 제2권 제2기에 처
   음 발표했다.
2) 중국 고대의 전설에 나오는 활쏘기의 명수로 이예(夷羿)라고도 부른다. 제곡(帝嚳)시

대에도 예가 있었다고 전해지고, 요(堯)임금 혹은 하(夏)나라 태강(太康) 때도 예가 있었다고 전해진다. 모두 명사수라는 공통점이 있다. 예컨대, 갑자기 하늘에 열 개의 해가 나타나 곡식과 초목이 말라죽게 되자 예가 아홉 개의 해를 쏘아 없앴다는 것이다. 『상서』「오자지가」(五子之歌)에 공영달(孔穎達)이 다른 사람의 말을 인용하여 해설하기를, 예는 사람의 이름이 아니라 활을 잘 쏘는 사람을 일컫는 말이라고 했다.

3) 예의 아내로 원래 이름은 항아(姮娥)라고 한다. 한대 사람들이 문제(文帝)의 이름인 유항(劉恒)을 휘(諱)하기 위하여 상아(嫦娥)로 바꾸어 불렀다. 『회남자』「남명훈」(覽冥訓)의 기록에 의하면, 항아는 예가 서왕모에게 받은 불사약을 훔쳐 먹고 달로 달아났다고 한다. 중국에서 상아는 달의 이칭(異稱)이기도 하다.

4) 여신(女辛)이란 이름과 뒤에 나오는 여을(女乙), 여경(女庚)은 작가가 천간(天干)에 따라 이름을 지은 것임.

5) 『회남자』「본경훈」(本經訓)에 나오는 기록이다. "요임금 때, …… 멧돼지와 구렁이가 나타나 백성들에게 해가 되었다. 이에 요임금이 예에게 명하여 …… 둥팅호(洞庭湖)에서 구렁이를 없애 버렸고, 쌍린(桑林) 숲에서 멧돼지를 잡아 버렸다."

6) 여러 개의 화살을 한꺼번에 쏘는 활의 한 가지.

7) 20세기 초 중국에 건강과 장수를 위해 절식(節食)을 주장한 사람이 있다. 장웨이차오(蔣維喬)란 사람이 일본인이 지은 책을 저본으로 하여 1915년 6월 상하이 상우인서관(商務印書館)에서 『조식 폐지론』(廢止朝食論)을 출판했다. "아침 식사를 걸렀다"의 원문 "廢止了朝食"은 이 책의 제목을 연상케 한다.

8) 봉몽(逄蒙)은 전설 속 인물로 예의 제자. 궁술에서 스승의 경지에 도달하자 스승을 죽여 일인자가 되고자 했으나 실패했다고 전해진다. 『오월춘추』(吳越春秋)「구천음모외전」(句踐陰謀外傳)에 있는 기록이다. "황제 이후 초나라에 호부(弧父)가 살았다. …… 늘 활쏘기 연습을 하여 맞추지 못하는 것이 없었다. 그 도가 예에게 전해졌고 예는 봉몽에게 전했다."

9) 봉몽이 예에게 활을 쏜 기록은 『맹자』(孟子)「이루하」(離婁下)편에 나온다. "봉몽은 예에게 궁술을 배웠다. 예의 기술을 다 배우자 천하에 자신을 이길 자는 오로지 예뿐이라 생각하여 예를 죽였다." 『열자』(列子)「탕문」(湯問)편에는 이런 기록도 있다. "기창(紀昌)이란 사람이 비위(飛衛)에게 궁술을 배웠다. 기창은 비위의 궁술을 다 배웠다. 천하에 자신을 대적할 사람이 오직 비위 한 사람이라고 여겨 비위를 죽이고자 하였다. 들판에서 우연히 만나자, 두 사람은 동시에 활을 쏘았다. 중간에서 두 개의 화살

끝이 서로 부딪혀 땅에 떨어졌다. 그러나 먼지가 일지 않았다. 비위의 화살이 먼저 떨어지고 기창은 하나가 남았다. 기창이 쏘자 비위는 가시나무의 가시 끝으로 이를 막았다. 조금의 오차도 없었다."

10) 앞에 나온 "지난해 마흔다섯이었습지요"와 여기의 "자넨 백 번 넘게 날 찾아와 배우곤 정말 헛배웠네" 등은 모두 당시의 가오창훙(高長虹, 1898~약 1956)이 루쉰을 공격하면서 썼던 말들과 연관된다. 가오창훙은 광풍사(狂飆社)의 주요 멤버였다. 1924년 12월 루쉰을 알게 된 후 루쉰의 많은 지도와 도움을 받았다. 산문과 시를 같이 편집한 그의 첫 책인 『마음의 탐험』(心之探險)은 루쉰이 편집한 '오합총서'(烏合叢書)에 수록되었다. 루쉰이 1925년 『망위안』 주간을 편집할 때, 가오창훙은 이 간행물의 단골 필자 중 하나였다. 그런데 1926년 하반기, 가오창훙이 『망위안』 반월간의 ─ 당시 루쉰은 베이징을 피해 샤먼대학에서 교편을 잡고 있었기에 이 잡지는 1926년부터 주간에서 반월간으로 개편됐다 ─ 편집자인 웨이쑤위안(韋素園)이 샹페이량(向培良)의 원고를 무시했다는 이유로 웨이쑤위안을 비난하면서 루쉰에게도 불만을 드러냈다. 같은 시기 또 루쉰의 이름을 사칭해 자신을 선전하기도 했다. 이를테면 그 해 8월 『신여성』 월간에 광풍사 광고를 내면서 그들이 일찍이 루쉰과 함께 『망위안』을 함께 운영한 바 있고, 함께 '오합총서'를 편찬해 출판한 것처럼 말해, 독자들에게 루쉰도 마치 그들이 하는 '폭풍우운동'(狂飈運動)에 동참하는 듯한 암시를 했다. 루쉰은 당시 「소위 '사상계의 선구자' 루쉰이 알립니다」(所謂'思想先驅者'魯迅啓事; 나중에 『화개집속편』에 실림)를 발표하여 사실을 분명히 밝히고 폭로했다. 가오창훙은 「출판계로 나서며」(走到出版界)에서 루쉰을 연신 비방했다. 이 소설에 나오는 봉몽 형상에는 가오창훙의 모습이 겹쳐 있다. 루쉰은 1927년 1월 11일 쉬광핑(許廣平)에게 보낸 편지에서 이 소설 「달나라로 도망친 이야기」를 언급하며 이렇게 말하고 있다. "그 당시 소설을 한 편 써 그(가오창훙)와 자질구레한 농담을 좀 했지요."(『먼 곳에서 온 편지』兩地書, 「112」) 소설의 몇몇 대화 역시 가오창훙이 쓴 「출판계로 나서며」에서 따와 일부 고쳐서 쓴 것이다. "지난해 마흔다섯이었습지요"와 "늙은 체하는 것은 정신이 타락해서라고 말하지 않았던가" 등은 모두 가오창훙의 글 「1925년 베이징출판계 형세 지도」(1925年北京出版界形勢指掌圖; 이하 「형세 지도」)에서 따온 것이다. 가오창훙은 이 글에서 "나이를 가지고 존경하고 하대하는 것은 할아버지나 아버지에게서 물려받은 인습적인 사상으로 새 시대의 가장 큰 장애물이란 것을 알아야 한다. 루쉰은 지난해 겨우 마흔다섯이었다. …… 만일 스

스로 늙은이라고 한다면 그것은 정신적으로 타락한 것이다"라고 했다. 다음에 나오는 "자넨 백 번 넘게 날 찾아와 배우곤 정말 헛배웠네" 역시 가오창훙의 위의 글 「형세 지도」에서 따온 것이다. "그 사람의 방법으로 그 사람에게 돌려주도다"는 가오창훙의 글 「공리와 정의의 담화」(公理與正義的談話)에서 인용한 것이다. 가오창훙은 이 글에서 "정의——나는 자네들이 각성하길 갈망하지만 아마 쉽진 않겠지! 공리——나는 말하자면 그 사람의 방법으로 그 사람을 다스리네"라고 했다.

또 본문 중에 나오는 "넌 조종을 쳤어"라는 표현은 가오창훙의 글 「시대의 운명」(時代的運命)에 있는 "루쉰 선생은 이미 말없이 낡은 시대의 조종을 쳤다"에서 가져온 것이다. 그 뒤에 나오는 "어떤 이들은 나으리께서 아직도 전사시라고 말합니다"와 "어떤 때 보면 정말 예술가 같으십니다"라는 말도 모두 위 「형세 지도」에서 인용한 것이다. 가오창훙은 이 글에서 "그(루쉰)가 나에게 준 인상은 사실 그 짧은 시기(1924년 밀)가 세일 확실했다. 그때는 정말 진정한 예술가의 면모를 가지고 있었다. 그러나 그 이후에는, 훌륭하지는 못하면서 용감하게 싸우는 전사의 모습만 있는 것으로 점차 전락해 갔다"고 했다. 「출판계로 나서며」는 가오창훙이 1926년 주간지 『광풍』의 주필을 맡으면서 거기에 소소한 비평글을 발표했는데 그것들의 연재 제목이다. 이후 그는 그것들을 모아 단행본으로 출판했다.

11) 원문은 '囓鏃法'이다. 즉 날아오는 화살을 이로 받아 무는 법이다. 봉몽이 예로부터 이것을 배우지 못해 예를 죽이는 데 실패했다고 전해진다. 『태평어람』 350권에는 『열자』에 나오는 다음 기록을 인용하고 있다. "비위(飛衛)가 감승(甘蠅)에게 궁술을 배웠다. 모든 궁술을 다 잘하였으나 화살 무는 법은 가르쳐 주지 않았다. 비위가 몰래 화살을 감승에게 쏘았다. 감승은 날아오는 화살촉을 이로 받아 물고 활로 비위를 쐈다. 비위는 나무를 돌아 도망쳤다. 그러자 화살이 나무를 돌아가 비위를 쏘았다." 그러나 지금 전해지는 『열자』 판본에는 이 기록이 없다.

12) 봉몽을 가리킨다.

13) 해를 쏘았다고 전해지는 활을 가리킴. 원문은 '射日弓'.

14) 『세설신어』(世說新語) 「용지」(容止)편에 왕연(王衍)이란 사람이 배해(裴楷)를 설명하면서 "눈빛은 형형하기가 마치 바위를 치는 번개와 같았다"고 했다.

15) 『회남자』 「본경훈」에 나온다. "요임금 때, 열 개의 해가 동시에 나타나 벼를 태우고 초목을 죽였다. 백성들이 먹을 것이 없어졌다. …… 요가 예에게 명하여, …… 해 아홉 개를 쏘았다."

홍수를 막은 이야기[1]

1.

때는 바야흐로 "도도한 홍수의 물결이 갈라져 넘실넘실 산을 에워싸고 구릉을 삼키는"[2] 시절이다. 그렇다고 순임금[3]의 백성들이 모두 물 위로 드러난 산꼭대기에 모여 북적거린 것은 아니었다. 어떤 사람들은 나무꼭대기에 매달려 있기도 하고, 어떤 사람들은 뗏목 위에 앉아 있기도 했다. 몇몇 뗏목 위에는 작고 작은 오두막까지 지어, 기슭에서 바라보노라면 매우 시적인 정취마저 들었다.

먼 곳의 소식들은 뗏목을 통해 전해졌다. 사람들은 마침내 곤鯀 나으리가 꼬박 9년 동안이나 물을 다스렸으나 아무런 성과도 올리지 못하였기 때문에 위에 계신 천자께서 진노하여 그를 군인으로 강등, 위산 땅에 유배하였다는 것을 알게 되었다.[4] 그리고 그 후임으로는 그의 아들 문명 도련님이 임명된 것 같은데 그 도련님의 아명兒名이 아

우^{阿禹}라고 한다는 것도 알게 되었다.[5]

재해가 오랫동안 계속되자 대학은 해산된 지 오래였고, 유치원마저 운영하는 곳이 없게 되었다. 그래서 백성들은 모두 무지몽매해져 갔다. 단지 문화산[6] 위에만 여전히 많은 학자들이 남아 있었다. 그들의 식량은 모두 기굉국에서 비행 수레로 실어 날랐다.[7] 그래서 그들은 식량이 떨어질까 봐 걱정하지 않아도 되었다. 따라서 학문도 충분히 연구할 수 있었다. 그러나 그들 가운데 대다수는 우^{禹}를 반대하거나 또는 그런 사람이 이 세상에 존재한다는 것을 믿지 않았다.

매달 한 차례씩, 관례대로 하늘에서는 '투두두두' 소리가 났고, 그 소리가 시끄러워짐에 따라 비행 수레도 점점 똑똑히 보였다. 비행 수레에는 깃발이 하나 꽂혀 있었다. 깃발에는 누런 동그라미 하나가 그려져 있어 흐릿하게 빛을 발하고 있다. 수레는 땅에서 다섯 자가량 떨어진 공중에서 광주리 몇 개를 아래로 내려뜨렸다. 다른 사람들은 그 안에 무엇이 담겨 있는지 모른다. 그저 위아래로 주고받는 말소리만 들릴 뿐이었다.

"구모링!"[8]

"하우뚜유투!"[9]

"구루지리……."[10]

"OK!"

비행 수레가 기굉국으로 쏜살같이 날아가 버리고 하늘에 더 이상 아무 소리도 남지 않게 되면 학자들도 잠잠해진다. 그것은 모두가 밥을 먹고 있기 때문이다. 산허리를 에워싼 물결만이 바위에 부딪히면서 철썩철썩 끊임없이 소리를 내고 있다. 식사 후 낮잠에서 깨어나면 학자들은 원기가 백 배 솟았다. 그래서 그들이 주장하는 학술 역시 파도 소리를 압도하게 된다.

"우가 물을 다스리러 온다면 성공하지 못할 건 뻔한 일이오. 그가 만일 곤의 아들이라면 말이오."

단장을 든 한 학자가 말했다.

"나는 수많은 왕족 대신들과 부호들의 족보를 수집하여 열심히 연구한 적이 있소. 그 결과 하나의 결론을 얻었소. 즉, 부자의 자손들은 다 부자가 되고 나쁜 사람의 자손들은 다 나쁜 사람이 된다는 것이오. 이것을 '유전'이라 하오. 그러므로 곤이 성공하지 못했다면 그의 아들 우도 분명히 성공하지 못할 것이오. 왜냐하면 바보는 총명한 사람을 낳을 수 없기 때문이오!"

"OK!"

단장을 들지 않은 학자가 말했다.

"그래도 선생께선 우리 태상황제님을 좀 생각해 보셔야 합니다."

단장을 들지 않은 다른 한 학자가 말했다.

"그분은 이전에 좀 '아둔'했지만 지금은 바뀌었습니다. 만약 바보였다면 영원히 바뀌지 않았을 텐데……."[11]

"OK!"

"이, 이, 이런 건 다 쓸데없는 말이오."

다른 한 학자가 더듬거리며 말했는데, 갑자기 그의 코끝이 온통 새빨개졌다.

"당신들은 유언비어에 속은 거요. 사실 우라고 불리는 사람은 없소. '우'란 벌레인데 버, 버, 벌레가 어떻게 물을 다스린단 말이오? 내 보기엔 곤이란 사람도 없었소. '곤'이란 물고기인데 무, 무, 물고기가 어떻게 무, 무, 물을 다스린단 말이오?"[12]

그는 여기까지 말하고 나서 두 다리를 턱 버티며 서 있는데 있는 힘을 다하는 게 보였다.

"그러나 곤이란 사람은 분명 있어요. 칠 년 전, 그가 쿤룬산 기슭으로 매화 구경 가는 걸 내 눈으로 직접 봤어요."

"그럼, 그의 이름이 틀렸겠지. 그는 아마 '곤'이라고 불리지 않았을 게요. 그의 이름은 '인'ㅅ이라고 불러야 할 것이오! '우'라고 하면 그것은 틀림없이 벌레일 것이오. 나는 그의 부재를 증명할 만한 많은 증거를 가지고 있소. 여러분이 공정하게 비판해 주실……."

그러고 나서 그는 용맹스럽게 일어섰다. 작은 칼을 더듬어 꺼내더니 다섯 그루의 큰 소나무 껍질을 벗겨 버렸다. 먹다 남은 빵부스러기를 물에 풀어 풀을 만들고 거기에 숯가루를 섞었다. 그것으로 소나무 껍질을 벗긴 자리에 깨알 같은 과두문자[13]로 우를 부정하는 증거를 하나하나 써 내려갔다. 꼬박 삼구 이십칠, 스무이레나 걸렸다. 그런데 그것을 구경하고자 하는 사람은 느릅나무의 여린 잎을 열 개 가져와야 했다. 뗏목 위에 사는 사람이라면 싱싱한 물이끼를 조개껍데기 하나 가득 담아 내야 했다.

상하좌우 도처가 물 천지여서 사냥도 할 수 없었고, 땅에서 농사도 지을 수 없었다. 그저 아직 살아만 있다면, 있는 거라곤 한가한 시간뿐이어서 구경하러 오는 사람이 의외로 적지 않았다. 소나무 아래는 사흘 동안 구경하는 사람들로 북적거렸고 도처에서 한숨 소리가 들려왔다. 어떤 것은 감탄의 한숨이고 어떤 것은 피로에 지친 한숨이었다. 그런데 나흘째 되는 날 정오에, 한 시골 사람이 드디어 말을 했다. 이때 그 학자란 사람은 볶은 국수를 먹고 있는 중이었다.

"사람들 중에는 아우라고 부르는 사람이 있습니다." 시골 사람이 말했다. "또 '우'란 것도 벌레가 아닙니다. 이건 우리 시골 사람들이 쓰는 약자랍니다. 나으리들도 모두 '우'라고, 긴꼬리원숭이라고 쓰시잖아요……."[14]

"사람에게 꼬, 꼬, 꼬리 긴 원숭이라고 부를 수 있단 말이오?"

학자는 팔딱 일어나더니 채 씹지도 않은 국수 한입을 급히 꿀꺽 삼켰다. 빨간 콧등이 자줏빛으로 변하더니 꿱 소릴 질렀다.

"있고말고, 아구^{阿狗}, 아묘^{阿猫}라고 부르는 사람도 있는걸."[15]

"조두^{鳥頭} 선생, 그 사람과 입씨름하지 마십시오."

단장을 든 학자가 빵을 내려놓으며 두 사람 사이에 끼어들었다.

"시골 사람들이란 모조리 바보들입니다. 당신의 족보를 가져오시오."

그는 또 시골 사람을 향해 돌아서더니 큰소리로 말했다.

"나는 너희들 조상들이 모두 바보였다는 것을 반드시 밝혀낼 것이야……."

"난 지금까지 족보라곤 있어 본 적이 없어요……."

"퉤! 내 연구가 잘 천착되지 않는 건 다 너희들 같은 고얀 놈들 때문이야!"

"하지만 여, 여기엔 족보가 필요 없지. 내 학설은 틀릴 리가 없으니까."

조두 선생은 더더욱 분개하며 말했다.

"전에, 수많은 학자들이 편지를 보내 내 학설에 찬성을 했소. 그 편지들을 나는 다 여기 가져왔소……."

"아, 아, 아니오. 그래도 족보를 캐 봐야만 하오……."

"그렇지만 내겐 족보가 없대도요."

그 '바보'가 말했다.

"지금 이 같은 물 난리판에 교통까지 불편한데 당신 친구들이 찬성하는 편지를 보내오기를 기다렸다가 그걸 증거로 삼는다는 건 정말 소라껍데기 속에다 도장道場을 차리는 것보다 더 어려울 거요. 증거는 바로 눈앞에 있어요. 당신을 조두 선생이라고 부르는데 그렇다면 당신이야말로 새대가리이지 사람이 아니지 않습니까?"

"흥!"

조두 선생은 분이 치밀어 귓불까지 검붉게 돼 버렸다.

"네놈이 결국 날 이렇게까지 모욕하다니! 뭐 내가 사람이 아니라구! 내 네놈과 같이 고요 나으리에게 가서 법적으로 해결을 보리라! 만일 내가 정말 사람이 아니라면 내 기꺼이 사형을 청하리라. 말하자면 목이 잘리는 것 말이다, 네놈 알겠느냐? 그렇지 않으면 네놈이 죗값을 받아 마땅하렷다. 내가 국수를 다 먹을 때까지 꼼짝 말고 게 기다리렷다."[16]

"선생님."

시골 사람은 뻣뻣하게 굳어 버렸으나 조용하게 대답했다.

"당신은 학자이십니다. 지금 벌써 오후가 되었으니 다른 사람도 배가 고파지려 한다는 걸 아셔야만 하지요. 유감스럽게 바보도 총명한 사람과 마찬가지로 배가 고파지려 하거든요. 정말 아주 죄송하지만, 난 물이끼를 건지러 가야겠소. 당신이 고소장을 올린 후에, 나도 다시 출두하리다."

그리고 그는 뗏목 위로 뛰어올라 그물 망태를 들고 물이끼를 건지면서 멀리멀리 떠나 버렸다. 구경꾼들도 차츰 흩어졌다. 조두 선생은 귓바퀴와 콧등을 벌겋게 해 가지고 다시 볶은 국수를 먹어 댔다. 단장을 든 학자는 머리를 좌우로 갸우뚱거리고 있었다.

그러나 우가 도대체 벌레인지 사람인지는 여전히 큰 의문이었다.

2.

우는 정말 벌레인 것 같기도 했다.

반년이 훨씬 지나자 기굉국의 비행 수레는 여덟 번이나 다녀갔고, 소나무 몸에 쓴 글을 읽었던 뗏목 주민들은 열에 아홉이 각기병에 걸렸다. 그러나 물을 다스리러 온다는 새 관리는 아직 소식이 감감했다. 그러다가 열번째 비행 수레가 다녀간 후, 비로소 새 소식이 전해졌다. 우라고 하는, 정말 그런 사람이 있는데 그가 바로 곤의 아들이며 수리水체 대신으로 분명히 임명되었다는 것, 삼 년 전에 이미 지저우翼

州를 떠났으니[17] 머지않아 이곳에 도착할 것이라는 것이었다.

　사람들은 약간 흥분했으나 곧 담담해졌다. 크게 믿어지지가 않았다. 이런 믿을 수 없는 소문은 누구나 할 것 없이 귀에 못이 박히도록 들어 왔기 때문이다.

　그러나 이번만은 퍽 믿을 만한 소식인 것 같기도 했다. 십여 일 후에는 거의 모든 이가 대신이 반드시 도착하게 될 것이라고 말했다. 그것은 물 위에 뜬 풀을 건지러 갔던 사람이 직접 눈으로 관청 배를 본 적이 있다고 했기 때문이다. 그는 머리 위의 시퍼런 혹을 가리키면서 관청 배를 좀 늦게 피하다가 관군의 돌화살을 얻어맞았다고 했다. 이것이 바로 대신이 꼭 온다는 증거였다. 그 목격자는 이때부터 아주 유명해졌고 또 매우 바빠졌다. 모두들 앞다투어 그의 머리에 난 혹을 보러 오는 바람에 하마터면 뗏목이 가라앉을 뻔하기도 했다. 그후, 학자들이 그를 불러다가 세심한 연구를 거친 결과 그의 혹이 진짜 혹이라는 결정도 내렸다. 그러다 보니 조두 선생도 더 이상 자기주장을 고집할 수 없게 되었다. 하는 수 없이 고증학을 남에게 넘겨주고 자신은 따로 민간의 가요들을 수집하러 떠났다.

　대형 통나무배 일진이 도착한 것은 머리에 혹이 난 지 거의 스무 날 남짓이 지난 후였다. 배 한 척마다 노 젓는 관군이 스무 명, 창을 든 관군이 서른 명씩 있었다. 앞뒤는 온통 깃발이었다. 배가 막 산마루에 닿자, 신사들과 학자들은 기슭에 줄지어 서서 공손히 영접했다. 반나절이 지나서야 제일 큰 배에서 뚱뚱한 중년 대관 두 사람이 나타났다. 그들은 호랑이 가죽을 입은 스무 명가량의 무사들에게 둘러싸여 마중 나온 사람들과 함께 가장 높은 산꼭대기의 돌집으로 들어갔다.

사람들은 바다와 육지 곳곳에서 몰래몰래 재량껏 수소문해 보았다. 그러고 나서야 그 두 사람은 단지 조사 전문 요원일 뿐 우가 아니라는 것을 알게 되었다.

대관들은 돌집 한가운데 앉아서 빵을 먹고 나더니 조사를 시작했다.

"재해 상태는 심각하지 않은 편이며, 식량도 아직은 지낼 만합니다."

학자들의 대표인 묘족 언어학 전문가가 말했다.

"빵은 매달 공중에서 떨어뜨리기로 했고, 생선도 모자라지 않습니다. 어쩔 수 없이 흙내가 좀 나긴 해도 무척 살찐 것입죠, 어르신. 저 아랫것들에 대해 말씀드리자면, 그들에게는 느릅나무 잎과 김이 얼마든지 있습니다. 그들은 '종일 배불리 먹고 있어 달리 마음 쓸 곳이 없습니다'. 마음고생을 하지 않기 때문에 원래 그런 것만 먹어도 충분합니다. 우리가 시식도 좀 해보았지만 맛이 그다지 나쁘진 않았어요. 특히 아주……."

"게다가……."

『신농본초』[18]를 연구하는 다른 한 학자가 말을 가로챘다.

"느릅나무 잎 속에는 비타민 W가 함유되어 있고 김에는 요오드가 있어 임파선 결핵을 고칠 수 있습니다. 두 가지 모두 위생에 기막히게 좋습니다."[19]

"OK!"

또 다른 학자가 말했다.

대관들은 눈을 크게 뜨고 그를 쳐다보았다.

"음료수는,"

그 『신농본초』 학자가 말을 이었다.

"그들이 원하는 대로 얼마든지 있습니다. 만대에 걸쳐 마셔도 다 못 마시죠. 유감스런 것은 흙이 좀 섞여 있어 먹기 전에 반드시 끓여 걸러야 한다는 겁니다. 소인이 여러 차례 가르쳐 주었습니다만 어찌나 고집이 세고 어리석은지 절대 시키는 대로 하질 않습니다. 그래서 수없이 많은 병자들이 생겨나⋯⋯."

"그래요. 홍수도, 그들이 불러온 게 아닙니까?"

다섯 오라기의 긴 턱수염에 간장색 두루마기를 걸친 신사가 또 말허리를 잘랐다.

"홍수가 나기 전에는 게을러서 막으려 하지 않더니, 홍수가 난 다음에는 또 게을러서 물을 퍼내려 하지 않습니다⋯⋯."

"그런 것을 일러 본래의 성정을 잃었다 하지요."

뒷줄에 앉아 있던 팔자수염의 복희 시대 소품 문학가가 웃으며 말했다.

"나는 일찍이 파미르 고원에 올라가 본 일이 있소이다. 천상의 바람이 시원하게 불어오고 매화꽃이 피었으며 흰 구름이 날아가고 금값은 폭등하고 쥐는 잠들었습니다. 한 소년을 만났는데 입에는 시가를 물고 있고, 얼굴에는 치우씨의 안개가⋯⋯. 하하하! 방법이 없었습니다⋯⋯."[20]

"OK!"

이렇게 반나절을 이야기했다. 대관들은 그들의 이야기를 아주 열심히 듣고 있더니 마지막에 그들에게 함께 의논해 공문 하나를 작성토록 했다. 역시 조목조목 진술하되 선후의 대책까지 자세히 쓰는 것이 가장 좋겠다고 일렀다.

그리고 대관들은 배로 내려갔다. 이튿날 그들은 여행길이 피곤했다면서 공무도 보지 않고 손님도 만나질 않았다. 사흘째 되는 날, 그들은 학자들의 공식 초청으로 산봉우리 가장 높은 곳에 누운 듯 덮여 있는 늙은 소나무들을 감상했고, 오후에는 산 뒤로 동행하여 드렁허리[21]를 낚으면서 해질 무렵까지 한나절을 놀았다. 나흘째 되는 날에는 조사하느라 피곤하다면서 공무도 보지 않고 손님도 만나지 않았다. 닷새째 되는 날 오후, 백성들의 대표를 만난다는 전갈이 왔다.

백성 대표는 나흘 전부터 추대하기 시작했으나, 누구도 이제껏 관리를 만나 본 일이 없다고 하며 가려 하지 않았다. 그리하여 대다수 사람들은 머리에 혹이 난 그 사람이 관리를 만나 본 경험이 있다고 생각해 그를 추천했다. 그 사람은 자신이 대표로 추대되자 가라앉았던 혹이 갑자기 바늘로 쑤시는 듯 아프기 시작했다. 그는 울면서 한마디로 딱 잡아뗐다. "대표가 되느니 차라리 죽겠다!"라고.

사람들은 그를 둘러싸고 연일 낮과 밤을 이어가며 대의大義를 가지고 꾸짖었다. 공공의 이익을 돌보지 않는 것은 이기적인 개인주의자로 장차 화하[22]에서는 용납될 수 없다고 했다. 좀 과격한 사람은 주먹을 쥐고 그의 코밑까지 갖다 대면서 이번 수재의 책임을 그가 져야 한다고까지 하였다. 그는 목이 타고 졸음이 와서 죽을 지경이었다. 그는 마음속으로, 뗏목에서 이렇게 닦달을 받다가 죽느니 차라리 공공의 이익을 위해 희생하는 모험을 감수하는 것이 낫다고 생각했다. 그는 대단한 결심을 내려 나흘째 되는 날 응낙했다.

사람들은 모두 그를 칭찬했다. 그러나 몇몇 용사들 가운데 그를 질투하는 사람도 있었다.

닷새째 되는 날 이른 아침, 사람들은 일어나자마자 그를 끌어내 기슭에 세워 놓고 하명을 기다리게 했다. 아니나 다를까, 대관들이 그를 호출했다. 그의 두 다리는 금방 후들후들 떨렸다. 그러나 곧 미음을 다잡아 먹었다. 마음을 다잡아 먹고 난 후, 커다란 하품이 두 번 터졌다. 눈언저리가 통통 부은 그는 발이 땅에 닿지 않고 공중에 붕붕 뜬 것 같은 것을 느끼면서 관청의 배 위로 올라갔다.

그런데 아주 이상했다. 창을 든 관군들과 호랑이 가죽을 입은 무사들은 그를 때리지도 욕하지도 않았으며 곧장 그를 중앙 선실로 들여보내 주는 것이었다. 선실 안에는 곰 가죽과 표범 가죽이 깔려 있었고 몇 개의 활과 화살들이 걸려 있었으며 수많은 병과 통조림통들이 널려 있어 눈을 정신없게 만들었다. 정신을 차리고 보니 위쪽에, 즉 그의 맞은편에는 뚱뚱한 대관 두 명이 앉아 있었다. 어떻게 생겼는지 그는 감히 똑바로 쳐다보질 못했다.

"네가 백성 대표냐?"

대관 중 하나가 물었다.

"그들이 저를 보냈습죠."

그는 선창 바닥에 깔린 표범 가죽의 쑥 이파리 같은 무늬를 내려다보며 대답했다.

"너희들은 어떠하냐?"

"⋯⋯."

그는 무슨 뜻인지 몰라 대답하질 못했다.

"너희들 지내기는 그저 그만한 게냐?"

"나릿님의 크나크신 덕분에 그런대로 괜찮게⋯⋯."

그는 다시 좀 생각해 보더니 낮고 낮은 목소리로 말했다.

"그럭저럭⋯⋯. 되는 대로⋯⋯."

"먹는 것은?"

"있습니다. 나뭇잎이랑 물이끼랑⋯⋯."

"다 먹을 수 있더냐?"

"먹을 수 있죠. 우리는 무엇이나 습관이 되어서 먹을 수 있습지요. 단지 어린 새끼들이 좀 칭얼대긴 합지요. 인심도 나빠지고 있습죠, 니에미, 우린 그놈들을 때려 주었습죠."

대관들은 웃기 시작했다. 한 사람이 다른 사람에게 말하였다.

"이 작자는 그래도 솔직하군요."

그는 칭찬을 듣자마자 너무 기뻤고 갑자기 담도 커졌다. 그는 물이 흐르듯 도도하게 말했다.

"우린 언제나 방법을 생각해 내지요. 예를 들면 물이끼로는 미끌미끌 비취탕을 만들면 최고 좋지요. 느릅나무 잎으로는 아침죽을 끓이면 최고입죠. 나무껍질은 완전히 벗기지 말고 한쪽 면을 남겨 두어야 합지요. 그래야 다음 해 봄 나뭇가지 끝에서 또 잎이 자라나 수확을 거둘 수 있습지요. 만일 나으리 덕택으로 드렁허리나 낚을 수 있다면……."

그런데 나으리들은 별로 듣고 싶어 하지 않는 것 같았다. 그 가운데 한 사람이 연거푸 하품을 두 번 하더니 그의 신나는 강연을 중간에 잘랐다.

"너희들도 다같이 잘 갖추어 공문으로 올리거라. 선후책까지 조목조목 섞어 올리면 가장 좋겠지."

"그런데 우리들 누구도 글을 쓸 줄 모릅니다……."

그는 불안스럽게 말했다.

"글을 모른다구? 정말 진취심이 없는 것들이군! 하는 수 없지. 그럼 너희들이 먹고 있는 것을 좀 추려서 가져오면 돼!"

그는 한편으로는 두려워하며 또 한편으로는 기뻐하며 물러 나왔다. 머리의 혹을 쓰다듬으면서. 그는 곧바로 나으리의 분부를, 기슭과 나무 위와 뗏목 위에 살고 있는 주민들에게 전달하고 큰소리로 신신당부했다.

"이건 윗전에 올려 보내는 것입니다. 그러니까 깨끗하고 꼼꼼하게, 모양새 있게 만들어야 합니다!"

모든 주민들이 동시에 바빠지기 시작했다. 나뭇잎을 씻으랴, 나무껍질을 자르랴, 김을 따랴, 한바탕 난리법석을 떨었다. 그는 판자때기를 톱질하여 진상품을 담는 함을 만들었다. 널 두 조각은 유난히 광택 나게 문질러서 그날 밤으로 산꼭대기에 가지고 가 학자에게 글을 써 달라고 부탁했다. 하나는 함 뚜껑으로 쓸 것으로, 거기에는 '수산복해'壽山福海자를, 다른 하나는 자기의 뗏목 위에 걸 편액으로, 영광을 기념하는 뜻에서 '온순당'溫順堂이라고 써 달라 청했다. 그런데 학자는 '수산복해' 한 조각만 써 주고자 했다.

3.

두 대관이 경성으로 돌아왔을 때 다른 조사관들도 대부분 속속 돌아왔다. 단지 우禹 한 사람만 아직 외지에 남아 있었다. 그들은 집에서 며칠 쉬었다. 수리국의 동료들은 관청에서 성대한 연회를 차려 멀리서 돌아온 그들을 환영해 주었다. 분담 비용은 복福·록祿·수壽 세 종류로 나누었는데 최소한 큰 조개껍데기[23] 오십 개는 내야 했다. 이날은 정말 마차 행렬이 끊이지 않았다. 해가 지기 전 주객이 모두 도착했다. 마당에는 벌써 횃불이 타오르고 솥에는 쇠고기 삶는 구수한 냄새가 대문 밖에 서 있는 위병들의 코밑까지 풍겼다. 위병들은 일제히 침을 삼켰다. 술잔이 세 차례 돌자 대관들은 수해지역 길가의 풍경에 대해 이야기했다. 갈대꽃은 백설 같고 흙탕물은 황금 같다는 둥, 드렁허리는 오동통하고 김은 윤이 반지르르하다는 둥의……등등.

　술이 좀 거나해지자 모두들 거두어 온 백성들의 음식을 내놓았다. 음식들은 모두 정교하게 짠 나무함에 들어 있었는데 뚜껑 위에는 글자가 쓰여 있었다. 어떤 것은 복희의 팔괘체[24]이고, 어떤 것은 창힐의 귀곡체[25]였다. 그들은 먼저 이 글자들을 감상하였고 거의 싸울 정도로 논쟁을 했다. 그런 후에야 비로소 '국태민안'이라고 쓴 것이 제일 잘 쓴 것이라는 결정을 내렸다. 왜냐하면 글자가 소박하면서도 알아보기 힘들며, 상고시대의 순박한 풍이 있을 뿐만 아니라, 주장도 아주 격식을 갖추었기에 왕명으로 국사관에 보낼 만하기 때문이라는 것이었다.

중국 특유의 예술에 대한 평가와 결정이 끝나자 문화 문제는 그것으로 일단락된 셈이었다. 그래서 함 속의 내용물을 조사하기로 했다. 그들은 떡 모양이 정교한 것에 대해 한결같이 칭찬을 했다. 그런데 술을 너무 많이 마신 탓인지 의논이 분분했다. 어떤 사람은 송기떡[26]을 한 입 베어 물더니 그것의 깨끗한 향기를 극구 칭찬하면서 내일부터 자기도 퇴직, 은퇴하여 이러한 맑은 복을 누리고 싶다고 했다. 잣나뭇잎 떡을 씹은 사람은 촉감이 거칠고 맛이 써서 혀끝을 상했다고 하며, 이렇게 백성들과 고난을 함께하고자 하면 임금 노릇도 어렵거니와 신하 노릇 하기 역시 쉽지 않을 것이라고 했다. 몇몇 사람은 또 달려들어 그들이 베어 먹은 떡을 빼앗으려 했다. 머지않아 전람회를 열고 기부금을 모집할 것인데 이것들은 모두 다 거기에 전시해야 한다는 것이다. 너무 많이 베어 먹으면 볼썽사납게 된다는 것이다.

관아 밖에서 갑자기 소란스런 소리가 일었다. 얼굴이 거무틱틱하고 의복은 남루했지만 기골이 장대한 거지 같은 사내들이 교통 차단선을 돌파하며 관청 안으로 덮치듯 들어왔다. 위병들이 큰소리를 질렀고 황급하게 번쩍거리는 창을 좌우에서 교차시켜 그들을 가로막았다.

"뭐냐? 똑똑히 봐라!"

선두에 서 있던 손발이 투박하고 바싹 말랐으며 키 큰 사내가 잠시 주춤하는 듯하더니 큰소리로 말했다.

어스름 속에서 위병들이 그를 찬찬히 살펴보고, 곧바로 아주 공손하게 바른 자세로 고치더니 창을 거두어들이고 그들을 들여보냈다. 그러나 숨을 헐떡이며 뒤에서 쫓아온 여인은 막았다. 그녀는 짙은 쪽빛의 무명옷을 걸치고 있었고 어린아이를 안고 있었다.

"왜? 너희들 날 몰라보느냐?"

여인은 주먹으로 이마 위의 땀을 훔치며 이상하다는 듯 물었다.

"우 마나님, 저희들이 어찌 마님을 알아보지 못하겠습니까?"

"그럼 왜 날 들여보내지 않냐?"

"마님, 요즘 세월이 너무 좋지 않아 금년부터 풍속을 단정하게 하고 인심을 바로잡기 위해 남녀의 유별을 지키기로 했습니다. 지금은 어느 관청에서도 여자를 들여보내지 않습니다. 그것은 여기뿐만이 아닙니다. 마님뿐만이 아닙니다. 이것은 상부의 명령입니다. 우리를 탓하진 마십시오."

우 부인은 잠깐 멍하더니 양 눈썹을 곤두세우고 휙 돌아서면서 큰소리로 외쳤다.

"이 천번 만번 죽일 놈! 무슨 장사 지낼 일 있다고 그렇게 뛰어다닌담! 제 집 문앞을 지나면서도 코빼기도 보여 주질 않다니! 네 장사나 치러라! 벼슬, 벼슬, 벼슬이 뭐 대단한 거라고, 하는 꼬라질 보면 제 애비처럼 변방에 유배돼 못에 빠져 자라나 되라지! 이 양심이라곤 없는 천번 만번 뒈질 놈!"[27]

이때 관청 안의 대청에서도 벌써 소동이 났다. 한 떼거리 거친 사내들이 달려 들어오는 것을 보자 연회에 참가한 사람들은 모두 정신없이 숨을 생각만 했다. 그런데 눈부시게 번쩍이는 무기가 보이지 않자, 체면을 무릅쓰고 억지로 버티며 자세히 살폈다. 뛰어든 사람들도 가까이 다가왔다. 맨 앞장에 선 사람은 얼굴이 검고 여위긴 했어도 그 표정으로 보아 우가 틀림없었다. 나머지 사람들은 당연히 그의 수행원들이었다.

깜짝 놀라는 순간 모두들 술기운이 싹 가셨다. 사각사각 옷자락 끌리는 소리가 나며 급히 아래로 물러났다. 우는 곧바로 싱큼싱큼 연회자리를 넘어가 윗좌석에 앉았다. 점잖고 의젓한 자세여서 그런지 아니면 학슬풍[28]이 생겨서 그런지 무릎을 굽히지 않고 그대로 앉았다. 두 다리를 쭉 폈기 때문에 커다란 발바닥이 대관들과 마주했다. 버선을 신지 않았는데 발바닥에는 온통 밤톨같이 생긴 오래된 굳은살이 박혀 있었다. 수행원들은 그의 좌우에 갈라 앉았다.

"나으리께선 오늘 상경하셨습니까?"

담이 큰 한 관원이 무릎걸음으로 나서며 공손하게 물었다.

"다들 좀 가까이 와 앉으시게!"

우는 그의 질문에 대답도 하지 않고 여러 사람들에게 말했다.

"조사는 어찌 되었소?"

대관들은 한편으로는 무릎걸음으로 나가면서 다른 한편으로는 서로 얼굴을 쳐다보며 먹다만 술상 아래 나란히 앉았다. 베어 먹은 송기떡과 말끔히 뜯어먹은 소뼈다귀가 눈에 띄었다. 몹시 민망했다. 그렇다고 감히 주방장을 불러 상을 치우라고 할 수도 없는 노릇이었다.

"나으리께 아룁니다."

한 대관이 마침내 입을 열었다.

"생각보다는 지낼 만한 듯했습니다. 인상이 매우 좋았습니다. 소나무 껍질과 수초의 생산량도 적지 않았고, 마실 것도 아주 넉넉하다고 할 수 있었습니다. 백성들은 모두 온순했고, 익숙해 있었습니다. 나으리께 아뢰자면, 그들은 모두 고생을 잘 참는다는 점에서 세계의 인민들에게 이름을 날리고 있습니다."

"소인은 벌써 기부금 모집 계획을 세워 두었습니다."

또 한 대관이 말했다.

"특이한 식품 전람회 개최를 준비하고 있으며 별도로 여외[20] 아가씨들을 청해 유행복 패션쇼를 하려고 합니다. 표만 팔고 전람회 안에서는 더 이상 모금 운동을 하지 않는다고 하면 구경 오는 사람들이 더 많아질 것입니다."

"거 좋은 일이오!"

우는 이렇게 말하면서 그를 향해 허리를 좀 굽혔다.

"그러나 제일 중요한 일은 지체 없이 큰 뗏목을 보내 학자들을 고원高原에서 모셔 오는 것입니다."

세번째 대관이 말했다.

"그러면서 한편으로는 기굉국에 사람을 파견해 우리가 문화를 존중한다는 것과 구호물자도 매달 이곳으로 보내는 게 좋겠다는 걸 알려야 합니다. 학자들이 올린 공문이 여기 있는데 그 내용도 아주 홍미롭습니다. 그들은, 문화는 한 나라의 명줄이며 학자들은 문화의 영혼이기 때문에 단지 문화만 잘 보존하면 화하도 잘 보존될 것이라고 생각하고 있습니다. 다른 모든 것은 이차적인 것이라고 생각하고 있습니다……."

"그들은 화하의 인구가 너무 많아서……."

첫번째 대관이 말했다.

"얼마간 줄이는 것도 태평의 도를 이루는 것이라 생각하고 있습니다. 하물며 그들은 우매한 백성에 불과할 뿐입니다. 그들의 희로애락은 결코 지식인들이 미루어 생각하는 것처럼 그렇게 세련되지도 못합니다. 사람을 알고 나서 일을 논해야 함으로, 첫째로는 주관에 의거해야 합니다. 이를테면 셰익스피어는……."[30]

'방귀 뀌는 소리로군!'

우는 속으로 생각했다.

그러나 입으로는 큰소리로 다른 말을 했다.

"나는 조사와 분석을 통해 이전의 방법, 즉 '물을 막는' 방법이 분명 잘못되었다는 것을 알았소. 앞으로는 '물을 소통'시키는 방법을 써야 하오! 여러분들 의견은 어떠하시오?"[31]

마치 무덤 속같이 조용해졌다. 대관들의 얼굴에도 사색이 돌았다. 많은 사람들은 자기가 병이 난 게 아닌가, 어쩌면 내일 병가를 내야 할지도 모른다는 생각을 했다.

"그것은 치우蚩尤가 쓴 방법입니다!"

한 용감한 젊은 관리가 나직한 소리로 격분했다.

"비천한 소관의 어리석은 소견으로는, 나으리께선 내리신 명령을 거두어들이셔야만 된다고 생각합니다."

이때, 하얀 수염에 백발을 한 대관이 천하의 흥망성쇠가 지금 자신의 입에 달려 있다고 생각했다. 그는 마음을 단단히 먹고 생사를 돌보지 않는 듯 단호한 자세로 항의했다.

"막는 것은 춘부장 어른께서 정한 법이올시다. '삼 년 동안 아버지의 도를 고치지 않아야 효자라 할 수 있다'[32]고 했습니다. 춘부장 어른께서 승하하신 지 아직 삼 년도 안 지났습니다."

우는 아무 말도 하지 않았다.

"하물며 춘부장 어른께선 얼마나 많은 열정과 애정을 쏟으셨습니까. 하느님의 식양[33]을 빌려다 홍수를 막았는데, 비록 하느님의 노여움을 사긴 했으나 홍수를 좀 줄어들게 하셨던 것입니다. 그러하오니 역시 이전의 방법대로 물을 다스리는 것이 좋을 듯하옵니다."

백발이 희끗희끗한 다른 대관이 말했다. 그는 우 외삼촌의 수양아들이었다.

우는 아무 말도 하지 않았다.

"제 생각에 나으리께선 그래도 '아버지의 잘못을 덮는 것'[34]이 나을 것입니다."

한 뚱뚱한 대관이 우가 아무 말도 하지 않는 걸 보고 그가 승복하려는가 보다라고 생각해 좀 경박한 투의 큰소리로 말했다. 그러나 얼굴에는 아직도 한 겹의 진땀이 흐르고 있었다.

"가문의 법도에 따라 가문의 명성을 회복해야 합니다. 나으리께선 아마 춘부장 어른에 대해 사람들이 어떻게 말하는지 모르실 겁니다……."

"요약해 말씀드리면, '막는 것'은 이미 세상에 정평이 나 있는 훌륭한 방법입니다."

백발이 성성한 늙은 관리는 뚱뚱보가 시끄럽게 사단을 일으킬까 걱정되어 그의 말을 가로챘다.

"갖가지의 다른 방법, 이른바 '모던'이라는 것 말이죠.[35] 옛날 치우씨가 실패한 것도 바로 그것 때문이었죠."

우가 잠시 빙그레 웃었다.

"나는 알고 있소. 어떤 사람은 내 아버지가 누런 곰이 되었다 하기도 하고, 어떤 사람은 세 발 달린 자라[36]로 변했다 하기도 하오. 어떤 사람은 내가 명예를 추구하고 이익을 도모한다고 하오. 어떻게 말해도 괜찮소. 내가 말하고 싶은 것은, 내가 산과 호수의 상태를 조사하고 백성들의 의견을 수집하여 이미 그 실상을 다 꿰뚫어 보고 난 후에 결심을 했다는 것이오. 어찌 되었든 '물을 소통'시키지 않고는 아니 되오. 여기 이 동료들도 모두 나와 같은 의견이오."

그는 손을 들어 양쪽을 가리켰다. 머리와 수염이 하얀 관리, 머리와 수염이 희끗희끗한 관리, 작고 해쓱한 얼굴의 관리, 진땀을 흘리고 있는 뚱뚱한 관리, 뚱뚱하나 진땀을 흘리진 않고 있는 관리들, 모두가 우의 손가락을 따라 가리키고 있는 곳을 바라보았다. 거기에는 시커멓고 여윈, 거지 같은 놈들이, 움직이지 않고 말도 없이, 웃지도 않으며 마치 무쇠로 만든 사람들처럼 한 줄로 늘어서 있는 것이 보였다.

4.

우 나으리가 떠난 후 세월은 정말 빨리도 흘러갔다. 어느새 경성은 날로 번창해 갔다. 우선 부자들 중 몇몇은 명주 두루마기를 입고 다녔다. 다음엔 큰 과일 가게에서 귤과 유자를 파는 것이 보였으며, 대형 비단 상점에서는 화려한 겹비단을 내걸었다. 부잣집의 잔칫상에는 좋은 간장과 생선 지느러미로 만든 맑은 국, 해삼 냉채무침들이 오르게 되었다. 다시 얼마 후 그들은 마침내 곰 가죽으로 만든 요와 여우 가죽으로 만든 마고자를 갖게 되었고, 그들의 부인들도 황금 귀고리를 걸고 은 팔찌를 차게 되었다.

대문 어귀에 서 있기만 해도 언제나 새로운 것들을 볼 수 있었다. 오늘은 참대 화살을 실은 수레가 오는가 하면, 내일은 송판松板을 실은 수레가 왔다. 때로는 인공 산을 만들 기암괴석들을 메고 지나갔으며, 때로는 회를 칠 신선한 생선을 들고 지나갔다. 어떤 때는 한 자 두 치나 되는 큰 자라들이 머리를 움츠린 채 대나무 광주리에 담겨 수레에 실려 궁성 저편으로 끌려가기도 했다.

"엄마, 저것 봐, 굉장히 큰 자라다!"

아이들은 그것을 보자마자 시끄럽게 떠들며 몰려가 수레를 에워쌌다.

"이 조무래기들, 냉큼 물렀거라! 만세 임금님의 보물이시다. 목 달아나잖게 조심해!"

진귀한 보물들이 경성으로 들어오는 것과 함께 우임금님에 대한 소문도 많아지기 시작했다. 여염집의 처마 밑, 길가의 나무 아래에서는, 가는 곳마다 모두 그에 대한 이야기를 하고 있었다. 그가 어떻게 하여 밤에 노란 곰으로 둔갑,[37] 입과 발톱으로 흙을 하나하나 파헤쳐 아홉 개의 하천을 소통시켰는지와, 어떻게 하여 하늘의 사병과 장수들에게 청해, 바람과 파도를 일으키는 요귀 무지기를 잡아다 귀산 기슭 아래서 진압했는가에 대한 이야기가 제일 많았다.[38] 황제 순임금에 대한 일은 누구도 더 이상 거론하지 않게 되었다. 기껏해야 단주 태자의 무능에 대해서만 좀 얘기했을 뿐이다.[39]

우가 경성으로 돌아올 것이란 소문이 퍼진 지는 아주 오래되었다. 날마다 한 무리의 사람들이 분명히 있을 그의 의장대가 도착하는 것을 볼 수 있을까 하여 성 밖 어귀에 서 있곤 했다. 그러나 의장대는 나타나질 않았다. 그런데 소문은 전해지면 전해질수록 점점 더 그럴싸해져 정말 진짜처럼 되어 갔다. 반쯤은 흐리고 반쯤은 개인 어느 날 오전, 그는 마침내 수천만 백성들이 바글바글 모여 있는 사이를 통과해 지저우의 궁성으로 들어왔다. 대열 앞에는 의장대가 없었다. 단지 거지 같은 수행원들의 거대한 무리뿐이었다. 맨 뒤에는 투박하고 거친 손발을 가진, 시커먼 얼굴에 누런 수염, 휘어져 약간 굽은 다리의, 기골이 장대한 사나이가 있었다. 그는 새까맣고 끝이 뾰족한 큰 돌, 즉 순임금님이 하사한 '현규'[40]를 양손으로 받쳐 들고 "미안합니다, 미안합니다, 길 좀, 길 좀……"을 연발하면서 군중 속을 비집으며 황궁을 향해 들어갔다.

백성들은 궁문 밖에서 환호하거나 우의 공적에 대해 갑론을박했다. 그 환호 소리는 마치 저수이浙水⁴¹⁾의 파도 소리만큼 컸다.

순임금은 용상 위에 앉아 있었다. 나이가 많다 보니 쉽게 피로해 짐은 어쩔 수 없었다. 그러나 이때는 다소 놀란 것 같았다. 우가 들어 오자마자 얼른 공손하게 일어나더니 인사를 했다. 고요皐陶 선생이 우를 향해 먼저 몇 마디 응대를 한 다음, 비로소 순임금이 말했다.

"그대 역시 내게 좀 좋은 말을 들려주게나."

"흠, 제게 무슨 말이 있겠습니까?"

우가 간단히 잘라 말했다.

"제가 생각하는 것은, 날마다 자자⁴²⁾하는 것이지요."

"무엇을 '자자'라고 부릅니까?"

고요가 물었다.

"홍수가 하늘로 치솟고,"

우가 말했다.

"넘실넘실 산을 에워싸고 언덕을 삼켰으며 아래 백성들은 모두 물속에 빠져 있었습니다. 저는 마른 길에서는 수레를 타고, 수로에서 는 배를 타고, 진창길에서는 썰매를 탔으며, 산길에서는 가마를 탔습 니다. 산에 가서는 나무를 통째 베어 익益과 둘이 사람들에게 먹을 밥 과 고기를 마련해 주었습니다. 논밭의 물은 강으로 유도하고 강물은 바다로 들어가게 유도하여 직稷과 둘이 사람들에게 구하기 힘든 먹을 것을 마련해 주었습니다. 먹을 것이 모자라면 여유 있는 곳에서 변통 하여 부족한 곳에 보태 주었습니다. 이사도 시켰습니다. 그러고 나서 야 사람들은 겨우 안정을 찾기 시작했고 여러 고장도 모양새를 갖추게 되었습니다."

"옳소, 옳소. 참 훌륭한 말이오!"

고요가 칭찬하며 말했다.

"아아!"

우가 말했다.

"황제된 사람은 조심하고 신중해야 합니다. 하늘에 대해 진실한 마음을 가지고 있어야 하늘도 비로소 이제까지와 마찬가지로 당신께 은혜를 내리실 것입니다."

순임금은 한숨을 한번 쉬고 나서 그에게 국가 대사의 관리를 위탁했다. 그리고 의견이 있으면 면전에서 말할 것이며 뒤에서 험담해서는 안 된다고 했다. 우가 응낙하는 것을 보고 순임금은 또 한숨을 지으며 말했다.

"단주처럼은 되지 마시오. 말 안 듣고, 그저 놀러 다니기만 좋아하고, 육지에서 배를 저으려 하고, 집에서 난동을 부리고, 정말 편하게 지낼 수가 없었다오. 그런 꼴을 난 차마 눈 뜨고 볼 수가 없었다오!"

"전 아내를 얻은 지 나흘 만에 집을 떠났습니다."

우가 대답하여 말했다.

"아계阿啓를 낳고서도 저는 제 자식처럼 보살펴 주지 못했습니다. 그래서 물을 다스릴 수 있었습니다. 바닷가에 이르기까지 모두 열두 개 주의 무려 오천 리나 되는 땅을 다섯 권역으로 나누고 다섯 명의 수령을 세웠습니다. 모두들 훌륭합니다. 오직 유묘有苗만은 안 되겠습니다. 폐하께서는 유념하셔야 합니다!"

"나의 천하는, 오로지 그대의 공로 덕분에 좋아졌소!"

순임금도 칭찬했다.

이리하여 고요도 순임금과 더불어 숙연히 머리를 숙여 경의를 표했다. 조정에서 물러 나온 고요는 즉시 특별 명령을 하달했다. 백성들은 모름지기 우의 행동을 따라 배울 것이며, 만일 그렇지 않을 때는, 즉각 죄 지은 것으로 취급한다는 것이었다.

그 바람에 제일 먼저 상업계에 큰 공황恐慌이 닥쳤다. 그러나 다행히 우 나으리가 경성으로 돌아온 후부터 태도가 좀 달라졌다. 먹고 마시는 것은 가리지 않았으나 제사와 불사佛事를 치르는 것은 풍족하고 화려하게 했다. 옷은 아무것이나 입어도 되었으나 조정에 나가거나 손님을 만나러 갈 때 입는 것은 예뻐야 했다. 그래서 시장의 형편은 별로 큰 영향을 받지 않게 돼 예전과 같아졌다. 얼마 가지 않아 상인들은 우 어른의 행동거지는 참으로 배워야 하며 고요 영감의 새 법령도 아주 훌륭하다고 했다.

이리하여 마침내 태평의 시대가 도래했다. 온갖 짐승들이 모여들어 춤을 추었으며 봉황새도 날아와 함께 장관을 이루었다.[43]

1935년 11월

주)_____

1) 원제는 「理水」, 물을 다스리다라는 뜻. 이 소설은 『새로 쓴 옛날이야기』에 싣기 전에 다른 간행물에 발표된 적이 없었다.

2) "도도한 홍수의 물결이 갈라져 넘실넘실 산을 에워싸고 구릉을 삼키는"이라는 표현은 『상서』「요전」(堯典)에 나온다.

3) 순(舜)임금. 중국 고대 전설 속에 나오는 제왕으로 우씨(虞氏)라는 다른 이름도 있어 통칭 우순(虞舜)이라고도 부른다. 요(堯)임금 때 홍수가 났고 치수에 실패했다. 순임금이 왕위를 이어받은 후, 우(禹)에게 치수를 명하여 비로소 홍수를 다스렸다고 한다.

4) 곤(鯀)의 치수에 대한 기록은 『사기』「하본기」(夏本紀)에 나온다. "요임금 때 홍수가 나 물이 넘실넘실 하늘에 닿았고 산을 에워싸고 구릉을 삼키는 바람에 아래 백성이 근심했다. 요임금이 치수를 잘할 수 있는 사람을 구하자 모든 신하와 사악(四岳 ; 네 명의 대신)이 모두 곤을 추천했다. …… 그러자 요는 사악의 말을 들어 곤에게 치수를 하도록 명했다. 그런데 9년이 지나도 물은 줄어들지 않았고 공을 들여도 일은 성공하지 못했다. 그러자 요임금은 사람을 구했고, 순을 얻었다. 그는 순을 등용하여 천자의 정사를 섭정케 했다. 순은 곳곳을 순행하다가, 곤의 치수가 별 효험이 없는 것을 보고 그를 위산(羽山)으로 유배를 보냈다. 곤은 그곳에서 죽었다. 천하가 모두 순이 곤을 죽인 것은 옳다고 했다."

5) 『사기』「하본기」에 의하면, 우의 "이름은 문명(文命)이다". 그의 부친 곤이 유배를 간 후 명을 받아 치수를 했다. "요임금이 죽은 후 순임금이 사악에게 물어 말하되 '요임금의 일(즉 치수사업)을 성사시킬 수 있는 자는 관적에 올리겠다'고 했다. 모두 말하길 '백우(伯禹 ; 우를 지칭)를 사공(司空)으로 등용하면 요임금의 사업을 성사시킬 수 있습니다'라고 했다. 순이 '오, 그러한가!' 말하고, 우에게 명했다. '너는 오로지 물과 땅을 다스리는 일에 힘쓰도록 하거라!' 우는 머리를 조아려 절하며 설(契), 후직(后稷), 고요(皐陶)에게 그 일을 사양했다. 순은 '네가 가서 직접 보고 너의 일을 행하라!' 고 했다. 우의 치수에 관한 기록은 『상서』, 『맹자』 등 선진시대 고적에 많이 나온다. 이 이야기는 루쉰이 중국의 전설을 근거로 하고 있지만, 1935년 일어난 남북에 걸친 대대적인 홍수와 그것을 바라보는 작가 루쉰의 역사 인식이 창작 동기가 된 듯하다.

6) 1930년대 초 일본의 중국 동북 침략이 가속화되고 베이핑(北平 ; 베이징의 옛 이름)도 그 위협을 받게 되자, 1932년 10월 베이핑 문화 교육계의 학자와 지성인 30여 명은 국민당에게 건의하기를, 베이핑을 '문화성'(文化城)으로 지정해 베이핑에서 군대를 철수하고 비무장 지대로 지정해 달라고 했다. 루쉰은 학자와 지식인들의 비현실적인 문화 논리와 공허한 겉치레 주장들을 풍자하고자 이 '문화산'(文化山)을 설정한 것으로 보인다. 일본군이 동북을 강점하고 화북까지 쳐들어온 상황에서 당시 국민당은

무저항정책으로 일관, 동북을 포기하였고 화북에서도 철군을 하려 했다. 그래서 귀한 문화재들을 베이핑으로부터 난징으로 옮겨 갈 준비를 했다. 이에 장한(江瀚), 류푸(劉復) 등 베이핑 문화계 인사들이 그것을 저지하려 했다. 그런데 그들은 베이핑이 정치나 군사 면에서 중요성이 없으니 베이핑에서 군사시설을 철거하고 방어시설이 없는 문화구역으로 정해 달라는 황당한 논리를 폈다. 그들은 건의문에서 베이핑에는 진귀한 문화재가 많다, 그것들은 모두 "국가의 명맥(命脈)이며 국민정신의 의지처이므로 …… 절대 희생시킬 수 없는 것이다", "베이핑에 여러 가지 문화시설이 있기 때문에 갖가지 학문을 하는 전국 학자들이 대부분 베이핑에 운집하였다. …… 일단 베이핑의 문화시설을 모두 옮겨 가는 날이면 학자들도 당연히 흩어지게 될 것이다", 그러므로 "정부는 베이핑을 문화성으로 지정하고, 일체의 군사시설을 바오딩(保定)으로 철수시킬 것을" 요구했다(베이핑 『세계일보』, 1932년 10월 6일). 이런 주장은 현실적으로 일본의 침략을 정당화하고 국민당의 무저항정책에 순응하는 것과 다름없었다. 당시 국민당 정부가 공식적으로 베이핑을 문화성으로 지정하진 않았으나 나중에 베이핑을 일본에게 넘겨주었으며 1933년 초 문화재의 대부분은 난징으로 옮겼다. 루쉰은 여러 잡문에서 국민당의 투항주의를 폭로했고 '문화성'과 관련해서도 잡문으로 풍자한 바 있다(『거짓자유서』, 「사실을 숭상하자」崇實).

본문에 나오는 몇몇 학자들은 당시 문화계를 대표하는 인물을 모델로 한 것이다. "단장을 든 한 학자"는 우생학자인 판광단(潘光旦)을 암시한다. 그는 강남의 명문세가 족보자료를 가지고 유전자를 연구하여 『명청대 자싱의 명문세가』(明淸兩代嘉興的望族)를 썼다. 조두(鳥頭; 새대가리란 뜻) 선생은 고증학자인 구제강(顧頡剛)을 암시한다. 그는 그의 저서 『고사변』(古史辨; 제1책 63권)에서 『설문해자』(說文解字)에 나오는 '곤'(鯀)자와 '우'(禹)자 해석을 근거로 하여, 곤은 물고기이며 우는 도마뱀류에 속하는 뱀이라고 주장했다. 조두라는 명명은 구제강의 '顧'자가 『설문해자』에 고(雇; 새란 뜻)자와 혈(頁; 머리라는 뜻)자로 이뤄진 것이라는 설명에서 착안한 것이다. 구제강은 베이징대학연구소의 가요연구회에서 일했으며 쑤저우(蘇州) 지방 가요를 수집해 『오가갑집』(吳歌甲集)을 출판한 적이 있다. 그래서 다음 장에서 조두 선생은 "고증학을 남에게 넘겨주고 자신은 따로 민간의 가요들을 수집하러 갔다"고 했다.

7) 기굉국(奇肱國)은 북쪽에 있다고 전해지는 전설 속의 나라 이름이다. 『산해경』 「해외서경」(海外西經)의 기록에, 팔 하나에 눈이 셋 달린, 한 몸에 음과 양을 모두 갖춘 주민들이 살고 있고 무늬가 있는 말을 타고 다녔다고 한다. 진대(晉代) 곽박(郭璞)의 주석

에 의하면, 그들은 재주가 많아 새들을 본 따 하늘을 나는 비행 수레를 만들었고 그것
을 타고 구름을 따라 멀리 날아다녔다고 한다.

8) 영어 Good morning의 잘못된 음역.

9) 영어 How do you do의 잘못된 음역.

10) 영어 culture의 잘못된 음역.

11) 태상황제는 순임금의 아버지 고수(瞽叟)를 말하는데 처음에는 우매하였으나 아들
순의 감화를 받아서 변했다고 한다. 『사기』 「오제본기」(五帝本紀)에 "우순의 이름은
중화(重華)이고 중화의 부친은 고수다. …… 순의 부친 고수는 우둔하였다"고 했다.
『상서』 「대우모」(大禹謨)에 공안국(孔安局)이 주석을 달기를 순은 "지성으로 우둔한
부친을 감화시켜" 그를 "믿고 따르게 했다"고 했다.

12) '우'(禹)가 벌레 충(虫)과 통하고, '곤'(鯀)자가 물고기 어(魚)자와 같은 뜻이 있기 때
문에 이런 말을 하고 있는 것이다.

13) 과두문자(蝌蚪文字)는 전설에 나오는 고대문자의 하나. 공안국의 『상서』 「서문」에
보면, 노나라의 공왕이 공자의 옛집을 헐었는데 "벽에서 이전 사람들이 소장했던
고문자로 된 우, 하, 상, 주나라의 책이 나왔다. 『논어』(論語)와 『효경』(孝經)이 모두
과두문자로 되어 있었다." 이에 대한 공영달(孔穎達)의 주석을 보면 "과두서체란 고
문이다. …… 모양이 대부분 머리쪽이 굵고 꼬리쪽이 가늘며 배가 둥글어서 올챙이
모양이기 때문에 과두(올챙이)문자라고 한다"고 했다.

14) 『설문해자』에 의하면 '禹' 자는 '禹' 자와 같은 자로 필획만 다른 자라고 되어 있다.
『산해경』에 의하면 '禹'는 붉은 눈에 긴꼬리원숭이같이 생긴 동물이라고 한다.

15) 아구(阿狗)는 개란 뜻이고 아묘(阿猫)는 고양이란 뜻이다.

16) 고요는 전설 속의 순임금 부하다. 『상서』 「순전」(舜典)에 이런 기록이 있다. "임금이
이르되, '고요여, 오랑캐가 나라를 침범하고 왜적이 간악한 짓을 하니 그대가 사(士)
를 관장하시오.'" '사'는 소송을 맡아보는 벼슬이다. 1927년 루쉰이 광저우에 있을
때, 그해 7월 항저우에서 구제강이 루쉰에게 편지를 보내어, 루쉰이 글로 자신을 침
해했으므로 "광저우를 떠나지 말고 재판이 열릴 때까지 기다리라"고 했다. 루쉰은
회신에서 "가까운 시일 안에 저장성(浙江省)에서 소송을 하면 소인이 제때에 항저
우로 가서 책임질 바를 책임지겠나이다"라고 했다. 여기서 "고요 나으리에게 가서
법적으로 해결을 보리라"는 그 일을 암시하고 있다. 『삼한집』 「재판을 기다리라고
한 구제강 교수에게 답함」(答顧詰剛教授令'候審') 참조.

17) 『상서』「우공」(禹貢)편에서 우가 치수를 시작하며 주저우(九州)로 떠난 것을 기록할
때, 지저우(冀州)부터 들른 것으로 되어 있다. 공영달의 주석에 의하면 "지저우는 요
임금의 도읍지이다. 여러 주들 가운데 지저우가 맨 처음이며, 치수는 지저우를 시작
으로 했다"고 했다. 『사기』「제왕본기」에도 "우의 행렬은 지저우에서 시작했다"고
했다. 지저우는 지금의 허베이성(河北省)·산시성(山西省) 두 성과, 허난성(河南省)·
산둥성(山東省)의 황허(黃河) 이북 지역을 가리킨다. 요의 도읍지인 핑양(平陽; 지금
의 산시성 린펀臨汾)은 지저우 권내였기 때문에 지저우를 요임금의 수도라고 한 것
이다.

18) 『신농본초』(神農本草)는 약재료를 기록한 중국의 가장 오래된 의학서다. 책이 만들
어진 연대는 고증이 불가능하나, 진나라와 한나라 사이의 어떤 사람이 신농씨의 이
름을 빌려 쓴 것으로 보인다.

19) 당시 비타민 W는 아직 발견되지 않았으며, 요오드 결핍으로 생기는 병은 임파선 결
핵이 아니라 갑상선 비대증이다. 당시 학자들의 무지몽매함을 풍자한 것이다.

20) 복희(伏羲) 시대의 소품 문학가란 린위탕(林語堂)을 말하며 이 부분은 그를 풍자한
것이다. 어투도 린위탕 등이 주장한 '어록체'의 소품문(小品文)을 모방했다. '어록
체'란 린위탕의 주장에 의하면 "문언문을 쓰되 속어를 피하지 않으며 백화문을 쓰
되 문언의 어미투를 많이 섞어 쓰는 것"(린위탕이 주편한 『논어』 30호에 실린 「어록체
글쓰기를 논한 저우사오에게 답함」答周劭論語錄體寫法)으로, 기본적으로 문언문이다.
이 단락에서 말한 "한 소년을 만났는데 입에는 시가를 물고 있고, 얼굴에는 치우씨
의 안개가" 하는 부분은 진보적인 청년들을 비방한 린위탕의 글 「항저우를 다시 기
행하며」(游杭再記)에서 "두 청년을 만났는데, 입에는 소련 담배를 물고 있고, 손에
는 무슨 스키인가 하는 사람의 번역본을 들고 있었다"라는 부분을 겨냥한 것이다.
치우씨는 전설 속에 나오는 구려족(九黎族) 수령이다. 그는 황제(黃帝)와 싸웠을 때
어마어마한 안개를 뿜었으며 나중에 황제에게 잡혀 죽었다고 한다. 옛날 역사서들
은 치우를 항상 흉악한 괴물로 묘사하곤 했고, 과거 통치자들에 의해 치우는 '흉악
한 인간'으로 묘사되었다. 1926년 베이양군벌인 우페이푸(吳佩孚)는 얼토당토않게
'빨갱이 토벌'을 한다면서 치우를 '적화'에 비유했다. "야만의 초기 시대인 부족시대
에 치우는 사람을 제멋대로 학대했다. 이 시기는 소위 법제나 윤리, 기율 같은 것이
없었다. 거의 적화와 다를 바 없었다."(베이징 『천바오』晨報, 1926년 7월 11일) 그는
또 치우가 '적화'의 시조임을 조사했고, '치'(蚩)와 '적'(赤)이 동음(중국어 발음으로

는 모두 '츠'다)이기 때문에 '치우'는 '적화의 우환'이라고 엉터리 주장을 했다(『화개 집속편』, 「즉흥일기」馬上支日記의 관련 주석 참조). 린위탕은 잡지 『인간세』(人間世)를 주관했다. 그는 자유로운 정신을 거침없이 표현하고자 했던 명대 공안파(公安派)의 원중랑(袁中郞)을 문학의 모범으로 따르며, 그들의 시학(詩學) 용어인 성령(性靈)을 중요시했다.

21) 논, 도랑, 호수에 서식하는 뱀장어 모양의 민물고기.

22) 화하(華夏)는 중국의 다른 이름.

23) 옛날에 조개껍데기를 화폐로 사용했다는 기록이 있다(『상서』, 「반경·중」盤庚·中).

24) 복희(伏羲)는 고대 중국 전설 속의 제왕으로 팔괘(八卦)를 그렸다고 전해진다. 『주역』(周易) 「계사전」(繫辭傳)에 기록이 있다. "옛날 포희(包犧: 즉 복희)씨가 천하의 왕이 되었더. 그는 하늘을 우러러 천기를 살피고, 머리를 숙여 땅의 이치를 관찰했다. 날짐승과 길짐승의 무늬와 땅의 마땅함을 살피고, 가까이로는 몸에서 취하고 멀리로는 만물에서 취해 처음 팔괘를 만들었다."

25) 창힐(倉頡)은 황제의 사관으로 처음 문자를 만든 것으로 전해진다. 『회남자』 「본경훈」에 "옛날 창힐이 책을 쓰자 하늘에서 낟알비가 쏟아지고 귀신이 곡을 하였다"는 기록이 있다.

26) 송기떡, 소나무 속껍질을 넣어 만든 떡.

27) 전설에 의하면 우의 아버지 곤은 죽어서 다리가 셋 달린 자라로 변했다고 한다. 우는 또 치수하느라 바빠서 집 앞을 지나가면서도 집에 들르지 못했다고 한다. "우는 8년 간이나 외지에 있었다. 자기 집 문앞을 세 번 지나가면서도 들르지 못했다."(『맹자』, 「등문공상」滕文公上) "우는 외지에서 13년간 노심초사 고생을 했다. 집 문앞을 지나면서도 감히 들르지 못했다."(『사기』, 「하본기」)

28) 학슬풍(鶴膝風)은 결핵성 관절염의 일종으로 무릎이 굽어지지 않는 병이다. 전국시대 초나라 사람 시교(尸佼)가 지은 『시자』(尸子)라는 책에 우가 반신불수가 되었다는 다음과 같은 기록이 있다. "(우는) 강물을 소통시키느라 십 년 동안 집에 들르지 못했다. 손에는 손톱이 나질 않았고 발에는 털이 나질 않았다. 반신불수가 되어 걸음을 잘 못 걸었다."

29) 『좌전』(左傳)에 의하면 흉노족 여자들은 여외(女隗), 숙외(淑隗), 계외(季隗) 등 외(隗)가 들어간 성이 많았다. 여기서는 작가가 임의로 만든 가공의 인명이다.

30) 셰익스피어(William Shakespeare, 1564~1616)는 유럽 문예부흥시기 영국의 극작

가이며 시인이다. 작품으로 『한여름 밤의 꿈』(A Midsummer Night's Dream), 『로미오와 줄리엣』(Romeo and Juliet), 『햄릿』(Hamlet) 등이 있다. 현대평론파의 천시잉(陳西瀅), 쉬즈모(徐志摩) 등은 늘 셰익스피어를 가지고 자랑했다. 이를테면 천시잉은 1925년 10월 21일자 『천바오 부간』(晨報副刊)에 발표한 글에서 "셰익스피어를 사랑하지 않는 자는 바보다"라고 했으며 쉬즈모는 같은 달 26일자 『천바오 부간』에 발표한 「햄릿과 유학생」에서 "대영제국에 갔던" 유학생들이나 "셰익스피어를 이야기할 수 있지" 다른 사람들은 거론할 자격도 없다고 했다. 얼마 후 '제3종인' 두헝(杜衡)은 1934년 6월 『문예풍경』 창간호에 발표한 「셰익스피어극 『시저전』에 표현된 군중」이란 글에서 셰익스피어의 작품에 빗대어 인민 군중들은 "이성이 없고", "분명한 이해관(利害觀)이 결핍돼 있으며," 타인에 의해 "감정"을 통제를 받는다고 비하했다. 루쉰은 『꽃테문학』의 「또 '셰익스피어'다」(又是莎士比亞)에서 이런 태도를 비판한 바 있다. 위 소설에서 우매한 백성 이야기를 하다가 갑자기 셰익스피어로 화제를 바꾼 것은, 작가 루쉰이 위와 같은 당시의 문인 지식인들을 풍자하고자 하여 의도적으로 쓴 것이다.

31) 『상서』 「홍범」(洪範)에 "내가 옛날에 들건대, 곤은 홍수를 막았다고 한다"는 기록이 있다. 또 『국어』(國語) 「주어」(周語)에는, "백우는 이전의 잘못된 측량을 바로잡고, 물이 높은 곳에서 낮은 곳으로 흐르도록 하여, 하천을 소통시키고 막힌 것을 뚫었다"는 기록이 있다. 물을 막는 방법은 우의 아버지인 곤이 쓴 치수의 방법이고, 물길을 유도하여 소통하게 한 방법은 우가 쓴 치수의 방법이다. 백우는 우를 말한다.

32) 『논어』 「학이」(學而), "삼 년 동안 아버지의 도를 고치지 않아야 효자라 할 수 있다."

33) 『산해경』 「해내경」(海內經)에 나오는 기록이다. "홍수가 하늘에 이르자 곤은 몰래 제왕의 식양(息壤)을 훔쳐다 홍수를 막았다. 제왕은 축융(祝融)에게 명을 내려 곤을 위산(羽山)의 근교에서 죽이도록 명했다." 여기에 곽박이 이렇게 주를 달았다. "식양은 저절로 끝없이 자라나는 흙이다. 그러므로 홍수를 막을 수 있다."

34) 『주역』 「고궤」(蠱卦) '초육'(初六)에 "아들이 아버지의 잘못을 덮어 주어 아버지의 죄를 없애 주었다"는 말이 있다.

35) 영어의 modern. 여기서는 유행의 의미로 쓰였다.

36) 『좌전』 '소공(昭公) 7년'에 이런 기록이 있다. "옛날 요임금이 곤을 위산에서 유배해 죽였다. 그는 세 발 달린 자라로 변해 위위안(雨淵) 못으로 들어갔다."

37) 우가 곰으로 둔갑했다는 기록은 청대 마숙(馬驌)이 지은 『역사』(繹史) 권12에서 『수

소자』(隨巢子)를 인용한 곳에 나온다. "(우는) 홍수를 다스린 후, 환위안산(轘轅山)으로 들어가 곰이 되었다." 수소자는 전국시대 묵자의 제자로 『수소자』 6권을 썼다. 그 집문(輯文) 1권이 청대 미국한(馬國翰)의 『옥함산방집일서』(玉函山房輯佚書)에 있다.

38) 우가 무지기(無支祁)를 잡은 전설은 당대 이공좌(李公佐)의 『고악독경』(古岳瀆經)에 나온다. "우가 물을 다스리러 세 번이나 퉁바이산(桐柏山)에 갔는데 바람이 매섭게 불고 우뢰가 치며 돌과 나무들이 울부짖고 오백이 강을 옹위하고 있어 하늘의 군사가 일어날 수 없었다. 노한 우가 백령(百靈)을 불러오고 기(夔; 외발짐승)와 용(龍)에게 명했다. 퉁바이의 수천 군장들도 머리를 조아리고 명에 응했다. …… 그리하여 화이수이(淮水)와 워허(渦河)의 신을 잡았다. 그 이름은 무지기라고 하는데 말 응대를 질히며 창장과 화이수이의 물깊이와 물줄기의 길이를 잘 알았다. 모양은 원숭이같이 생겼으나 코는 쑥 들어가고 이마는 볼록 나왔으며, 푸른 몸뚱에 미리는 희고, 금빛 눈알에 눈같이 흰 이빨을 가졌다. 목을 빼면 길이가 백 자나 되고 힘은 코끼리 아홉 마리보다 더 세며, 치고 뛰어넘고 날아오르기를 아주 날래게 했다. 여기 번쩍 저기 번쩍 하여 잠시라도 길게 보거나 들을 수 없었다. …… (무지기의) 목에 굵은 올가미를 씌우고 코에 금방울을 꿰어서 화이수이 북쪽에 있는 구이산(龜山) 기슭으로 몰아갔다. 이리하여 화이수이는 영원히 안정되게 바다로 흘러들어 가게 되었다." (루쉰이 수집한 『당송전기집』唐宋傳奇集 권3에 나온다)

39) 『사기』 「오제본기」에 나오는 기록이다. "요의 아들 단주(丹朱) 태자는 어리석어 천하를 물려주기에 부족했다. 요는 왕권을 순에게 전수했다."

40) 『사기』 「하본기」에 나온다. "임금은 우에게 현규(玄圭)를 내려 우의 치수가 성공하였음을 천하에 알렸다." 현규란 검은 빛의 옥으로, 옛날 제후나 대부들이 조회 때나 제사 때 손에 들었던 길고 뾰족한 패다.

41) 첸탕강(錢塘江)을 말한다. 밀물 때 파도 소리가 높은 것으로 유명하다.

42) 자자(孳孳), 근면하고 부지런하다는 뜻.

43) 우와 순임금, 그리고 고요가 나눈 이 대화들은 모두 『사기』 「하본기」에 나온다.

고사리를 캔 이야기[1]

1.

요 반 년 동안 어찌된 영문인지 양로원도 그다지 평온치 못했다. 어떤 노인들은 머리를 맞대고 귓속말을 하기도 하고 힘 좋게 이러저리 들락거렸다. 오로지 백이[2] 혼자만 쓸데없는 일에는 개의치 않았다. 게다가 가을이 되어 서늘해지자 그는 늙기도 했고 추위도 더 탔다. 그는 온종일 돌계단에 앉아 햇볕을 쬤다. 요란스런 발소리가 들려도 고개조차 들지 않았다.

"형님!"

목소리만 들어도 숙제란 것을 알 수 있었다. 백이는 원래 예의와 겸양을 가장 중시하는 사람이라, 머리를 들기 전에 몸을 먼저 일으켜 세웠고 손을 펼쳤다. 아우에게 계단에 앉으세요 하는 뜻이었다.

"형님, 시국이 별로 좋지 않은 거 같아요!"

숙제는 나란히 앉으면서 가쁜 숨을 몰아쉬며 말했다. 목소리가 약간 떨렸다.

"무슨 일인가?"

그제야 백이는 얼굴을 숙제 쪽으로 돌렸다. 본래 창백한 숙제의 얼굴은 더욱더 창백해진 듯해 보였다.

"형님께선 상왕[3]에게서 도망쳐 온 두 장님 이야길 들어 보셨겠지요."

"아, 며칠 전 산의생[4]이 뭐라 한 것 같군. 별로 새겨듣지는 않았다만."

"제가 오늘 방문을 갔었습니다. 한 사람은 태사인 자라는 이고, 다른 한 사람은 소사인 강이라는 자였습니다. 악기도 많이 가져왔더군요.[5] 얼마 전 전람회를 열었는데, 참관인들 사이에 '칭찬이 자자'했다 하더군요……. 그나저나 이쪽에선 지금 당장이라도 출병할 듯한 기색입니다."

"악기 때문에 군사를 일으킨다는 것은 선왕의 도에 어긋나는 짓이야."

백이는 느릿느릿 말했다.

"단지 악기 때문만도 아닙니다. 형님께선 상왕의 잔인무도함에 대해 들어본 적이 없으신지요. 새벽 강을 건너면서도 물이 찬 것을 겁내지 않는 사람이 있다니까 그 사람의 다리뼈를 잘라 그 골수를 보았다느니, 비간왕자의 심장을 도려내 정말 일곱 구멍이 있었는지 확인했다질 않습니까.[6] 전에는 그래도 소문으로 떠돌았는데, 장님이 도망쳐 나온 뒤론 사실로 밝혀졌다는군요. 게다가 상왕이 옛 법을 멋대로 바꾼 것이 또 명명백백하게 증명되었습니다. 옛 법을 바꾸는 자, 마땅히 토벌해야 합니다. 그러나 제 생각에, 아랫사람이 윗사람을 거역하는 것 역시 결국 선왕의 도에 어긋나는 것이라 생각됩니다만……."

"요즈음 구운 전병이 매일매일 작아지는 걸 보면 분명 무슨 일이 일어날 것 같기는 해."

백이는 잠시 생각하더니 말했다.

"그래서 내 생각에, 될 수 있는 한 너도 외출을 삼가고, 말도 좀 적게 하게나. 그전처럼 매일 태극권 연습이나 하는 게 좋을 듯해!"

"네……."

숙제는 형에게 아주 순종적인 사람이라 네 하고만 대답했다.

"생각해 보렴."

백이는 아우가 마음속으로 받아들이지 않고 있음을 알아차리고 계속 말했다.

"우리들은 식객의 몸이다. 서백西伯이 늙은이를 봉양하라 했기에 우리가 여기 할 일 없이도 있을 수 있는 거지.[7] 그러니 전병이 작아진다고 해서 뭐라 말해서는 안 될뿐더러 무슨 일이 벌어진다 해도 아무 말 해서는 안 된다."

"그러면 우리는 이제 여생이나 신경 쓰는 늙은이가 되어 버린 거군요."

"가장 좋은 건 말을 안 하는 거야. 난 이제 그런 얘기 들을 힘도 없다."

백이는 기침을 하기 시작했다. 숙제도 더 이상 입을 열지 않았다. 기침이 멎자 천지가 고요해졌다. 늦가을의 저녁 해가 두 사람의 흰 수염을 비추고 있다. 수염은 반짝반짝 빛을 발하고 있었다.

2.

그러나 이런 불안 상태는 갈수록 더 심해지기 마련이다. 구운 전병은 크기만 작아질 뿐 아니라 밀가루까지 거칠어지기 시작했다. 양로원 사람들의 귓속말은 더욱 잦아졌고, 바깥에는 오로지 수레나 말 지나다니는 소리만 들렸다. 숙제는 외출이 더 잦아졌다. 돌아와서는 아무 말도 하지 않았다. 그런데 그의 불안한 안색 때문에 백이도 한가로이 있기는 힘들게 되었다. 그의 생각에 이렇게 평화로이 밥을 먹을 수 있는 날도 얼마 남지 않은 듯했다.

11월 하순, 숙제는 여느 때와 같이 아침 일찍 일어나 태극권 연습을 하려 했다. 그런데 뜰로 들어섰을 때 무슨 소리인지를 듣더니 문을 열고 밖으로 뛰쳐나갔다. 전병을 한 열 개 정도 구울 수 있는 시간이 흐른 후 그는 몹시 허둥거리며 돌아왔다. 코는 얼어 온통 빨갛게 되고 입에서는 하얀 김을 내뿜고 있었다.

"형님! 일어나시지요! 출병했습니다!"

그는 공손히 손을 아래로 내린 채 백이의 침대 옆에 서서 큰소리로 말했다. 목소리가 평소보다 약간 거칠었다.

백이는 추위를 타는 체질이어서 일찍 일어나고 싶지 않았다. 그러나 그는 우애 있는 사람이라 아우가 조급해하는 걸 보고 그냥 있을 수 없었다. 하는 수 없이 이를 악물고 일어나 앉아 가죽 창파오長袍를 걸쳤고, 이불 속에서 꿈지럭거리며 바지를 입었다.

"제가 막 태극권 연습을 하려는데,"

숙제는 형이 옷 입는 걸 기다리며 말했다.

"바깥에서 사람과 말 달리는 소리가 시끌하기에 서둘러 한길로 나가 봤지요. 아니나 다를까 왔더군요. 선두는 하얀 빛의 커다란 가마였는데, 아마 여든한 명이 지고 있었지요. 안에는 위패가 모셔 있었는데, 거기엔 '대주문왕지영위'大周文王之靈位('주나라 문왕의 영혼을 모심'이란 뜻)라고 쓰여 있더군요. 뒤에 따르는 자는 모두 병사들이었습니다. 제 생각에 이건 분명, 주왕紂王을 토벌하러 가는 것입니다. 지금의 주왕周王(무왕을 가리킴)이 효자니까 큰일을 도모하면서 아버지 문왕을 앞에 내세운 것이 틀림없습니다. 잠시 구경하다 곧장 돌아왔는데 우리 양로원 담벼락에 웬 공고가 나붙었지 뭡니까……."

백이가 옷을 입고 아우와 함께 방을 나서는데 차가운 한기를 느꼈다. 백이는 얼른 몸을 움츠렸다. 이제까지 백이는 좀처럼 밖에 나간 일이 없었다. 대문을 나서니 모든 게 신선해 보였다. 몇 걸음 가지 않아 숙제가 손을 뻗어 담벽 위를 가리켰다. 정말 커다란 공고가 한 장 붙어 있었다.[8]

지금 은殷나라 왕 주를 살필진대, 그 부인의 말만 듣고 하늘을 거역하였으며, 삼정三正(하늘天, 땅地, 사람人의 세 가지 바른 이치)을 파괴하고 자신의 조상들과 형제들을 내쳤도다. 조상들의 악樂을 버리고 음탕한 소리를 만들어 바른 소리를 어지럽히며 그 부인을 기쁘게 했도다. 고로 이제 나 발發(무왕의 이름)은 삼가 하늘의 벌을 받들어 이를 집행하고자 하노라. 힘쓸지어다, 제군들이여. 재삼 말하지 않겠노라! 이에 고하노라.

두 사람은 다 읽은 후 말없이 한길 쪽으로 걸어갔다. 길가엔 온통 민중들로 가득 붐벼 물 샐 틈 없이 빼곡 서 있었다. 두 사람은 뒤에서 말했다.

"실례합니다."

민중들이 돌아보니 흰 수염을 기른 두 노인이었다. 노인을 공경하라는 문왕의 유시에 따라 서둘러 길을 비켜 주어 그들을 앞으로 나가게 했다. 이땐 이미 선두의 위패는 사라져 보이지 않게 되었고, 나란히 걸어가고 있는 갑옷 입은 병사의 대열만 지나가고 있었다. 삼백쉰두 개 정도의 전두병을 구울 만한 시간이 흐른 뒤, 수많은 다른 병정의 무리가 지나갔다. 어깨에 구류운한기[9]를 메고 있어 마치 오색찬란한 구름떼 같았다. 이어서 또 갑옷 입은 무사가, 그 뒤로는 큰 말에 올라탄 문무관원 대부대가, 불그스레한 얼굴에 턱수염을 기르고 왼손에는 누런 도끼를, 오른손에는 흰 쇠꼬리를 든 위풍당당한 왕을 옹위하고 있었다. 이 사람이 바로 '삼가 하늘의 벌을 받들어 집행한다'는 무왕 발이었다.[10]

한길 양편에 늘어선 민중들은 모두 숙연히 절을 했다. 움직이는 사람 하나 없고 숨소리 하나 내지 않았다. 사방이 고요한 가운데, 갑자기 숙제가 백이를 이끌고 곧장 앞으로 돌진, 몇 개의 말 머리를 뚫고 나가더니 무왕의 말고삐를 당기는 사태가 발생했다. 아무도 그걸 제지하지 못했다. 그는 목을 치켜세우고 소리쳐 말했다.

"아비가 죽어 장사를 치르기도 전에 거병擧兵을 한다면 이를 '효' 孝라 할 수 있사옵니까? 신하된 자로서 임금을 시해하려 한다면 이를 '인'仁이라 할 수 있사옵니까……?"

처음에는 길가의 민중들이나 앞서 수레를 몰던 무장들 모두 놀라서 잠시 넋을 잃고 있었다. 무왕의 손에 들린 흰 쇠꼬리조차 비스듬히 기우는 듯했다. 그러나 숙제가 두 마디 말을 마치자마자 '챙' 하는 소리가 나며 꽤 여러 자루의 칼들이 동시에 그들 머리를 내리치려 했다.

"잠깐!"

강태공의 목소리라는 것을 누구나 알았다.[11] 누구의 명이라고 듣지 않겠는가. 황급하게 칼들이 멈췄다. 그 역시 머리와 수염이 성성한, 그러나 동그스름하게 살찐 얼굴이었다.

"의사義士로다. 두 사람 다 풀어 주어라!"

무장들은 곧 칼을 거두어 허리에 찼다. 갑옷을 입은 네 사람의 무사가 다가와 백이와 숙제를 향해 공손하게 차렷 자세로 거수를 했다. 그런 다음, 두 사람이 한 명씩을 끼고 발걸음을 맞추어 길가로 데려갔다. 민중들도 황급히 길을 열어 줘 그들을 자신들의 뒤편으로 가게 했다.

뒤편에 이르자 무사들은 다시 공손하게 차렷 자세를 하며 손을 놓았다. 그리곤 그들 두 사람의 등 뒤를 힘껏 밀었다. 두 사람은 그저 '어이쿠' 외마디를 지르고는 주척周尺으로 한 장丈 정도의 거리를[12) 비틀비틀 거리더니 급기야 '꽈당' 하고 땅에 꼬꾸라졌다. 숙제는 그래도 손을 짚은 덕분에 얼굴에 흙이 좀 묻은 정도였으나, 백이는 나이도 좀 많은 데다 공교롭게 머리통을 돌에 박는 바람에 그대로 혼절해 버렸다.

3.

군대가 통과한 뒤 아무것도 보이지 않자 사람들은 방향을 바꿔 쓰러져 있는 백이와 앉아 있는 숙제를 빙 에워싸기 시작했다. 그들을 알고 있던 몇 사람이 그 자리 모인 사람들에게, 이들은 원래 요서遼西 땅 고죽孤竹 군주의 세자였는데 왕위를 서로 양보하다 둘 다 이곳으로 도망쳐 왔고,[13) 선왕이 세우신 양로원에 들어갔다는 것을 알렸다. 이 이야기는 군중들에게 감탄을 연발하게 만들었다. 몇 명은 몸을 구부리고 머릴 꼬아 가며 숙제의 얼굴을 구경했고, 몇 명은 생강탕을 끓인다고 집으로 돌아갔고, 몇 명은 빨리 문짝을 가져와 이들을 모셔 가게 양로원에 알리러 갔다.

　대략 백서너 개 정도의 전병을 구울 만한 시간이 흘렀지만 그 상황에 아무런 변화도 없었다. 그러자 구경꾼들도 차츰 흩어지기 시작했다. 다시 한참 지난 뒤에서야 두 노인이 문짝 하나를 메고 뒤뚱뒤뚱 걸어왔다. 문짝 위에는 볏짚도 한 겹 깔려 있었다. 이 역시 문왕이 정한 오래된 경로의 규칙이었다. 문짝을 땅에다 내려놓자 '쿵' 하는 소리가 났다. 백이가 놀라서 갑자기 눈을 떴다. 그가 소생한 것이다. 숙제는 너무 기뻐 함성을 질렀다. 그는 두 사람이 백이를 문짝 위에 살살 올려 양로원으로 짊어지고 가려 하는 것을 도왔다. 도움이라야 문짝에 걸려 있는 새끼줄을 잡은 채 옆에서 따라가는 정도였다.

예닐곱 걸음쯤 걸었을 때 멀리서 외치는 소리가 들려왔다.

"어르신들! 잠깐만요! 생강탕 가져왔어요!"

젊은 부인이 탕기를 받쳐 들고 이쪽으로 달려오는 것이 멀리 보였다. 생강탕이 엎질러질까 봐서인지 그리 빨리 뛰진 못했다.

사람들은 하는 수 없이 그녀가 오기를 기다려 멈추어 섰다. 숙제는 여인의 호의에 감사했다. 그녀는 백이가 이미 깨어난 것을 보고 무척 실망한 눈치였으나 잠시 생각해 보더니, 그래도 위장을 따뜻하게 해줄 수 있으니 한번 마셔 보라고 권했다. 그러나 백이는 매운 것을 싫어해 한사코 마시려 들지 않았다.

"이걸 워쩌면 좋아유? 팔 년이나 묵혀 둔 생강으로 끓인 건데유. 이런 건 구할래야 구할 수가 없지유. 우리 집에도 매운 걸 좋아하는 사람은 없구만유……."

그녀는 다소 기분이 안 좋은 듯했다.

할 수 없이 숙제는 단지를 받아 백이를 어르고 달래 억지로 한 모금 반 정도 마시게 했다. 그러고 나서 아직도 많이 남아 있는 생강탕은, 자기도 지금 위에 통증이 온다고 하면서 전부 마셔 버렸다. 눈자위가 빨갛게 물든 채 공손하게 생강탕의 효능을 칭찬했다. 아낙의 호의에 감사의 마음을 표하고 나서야 한바탕의 대소동은 종결되었다.

그들이 양로원으로 돌아간 후 다른 증세는 없었다. 사흘째가 되자 백이도 일어날 수가 있었다. 이마에 큰 혹이 생겼을 뿐……. 하지만 식욕은 좋지 않았다.

관원이든 주민이든 할 것 없이 모두 그들이 초연하게 있게 내버려 두질 않았다. 끊임없이 관보官報니 신문新聞이니 하면서 그들의 마음을 들쑤셔 놓는 소식들을 가져왔다. 12월 말에는 대군이 이미 멍진을 건넜으며 참전하지 않은 제후들이 하나도 없다는 소식이 들려왔다.[14] 얼마 후에는 무왕의 「태서」 사본도 가져왔다.[15] 이는 특별히 양로원용으로 만든 사본으로 침침한 노인들의 눈을 배려해 베껴 쓴 것이다. 글자 한 자 한 자가 모두 호두만 한 크기로 써 있었다. 그러나 백이는 보는 것도 귀찮아 숙제가 죽 한 번 낭독한 것을 듣고 말 뿐이었다. 다른 부분은 상관없었으나, "제멋대로 그 조상들을 배반해 제사를 올리지 않고, 나라가 어지럽도록 내버려 두었으며……"[16]라는 구절을 잘라서 생각해 보니, 자신의 심장이 찢어지는 듯 아팠다.

소문도 적지 않았다. 어떤 사람은 말하기를 주나라의 군사가 무예牧野에서 주왕의 병사와 큰 접전을 벌인 끝에, 은나라 군사를 그 시체가 들판을 가득 메우도록 죽였으며, 피가 강을 이루어 그 위에 나무 막대기도 뜨게 했으며, 그 막대기는 마치 물 위에 뜬 지푸라기처럼 작아 보였다는 것이다.[17] 또 다른 이야기로는, 주왕의 군사가 무려 70만이나 되었으나 싸움 한번 못 하고, 강태공이 대군을 이끌고 오는 것을 멀리서 보자마자 방향을 돌려 오히려 무왕을 위해 길을 열어 주었다

는 것이다.[18]

이 두 가지 소문은 확실히 조금 다르기는 했다. 그러나 무왕이 싸워서 이겼다는 것만은 확실한 듯했다. 그 뒤 다시 녹대의 보물을 실어 왔다느니, 거교의 쌀을 실어 왔다느니[19] 하는 소문이 수시 흘러들어 와, 승리가 확실하다는 것을 더욱 증명해 주었다. 부상병도 계속 돌아오는 걸 보면 확실히 큰 접전이 있었던 것도 같았다. 간신히 걸을 수 있는 부상병들이라면 누구나 찻집이나 술집, 이발소 또는 여염집 처마 밑이나 문간에 모여 앉아 전쟁 이야기를 들려주었다. 장소를 불문하고 많은 사람들은 눈썹을 치켜세우며 흥미진진한 표정으로 그들의 얘기를 듣고 있었다. 봄이 오자 바깥도 그다지 춥지 않게 되었다. 때로는 밤이 늦도록 신바람 나게 얘기꽃을 피웠다.

백이와 숙제는 둘 다 소화불량 때문에 끼니마다 배급되는 전병을 다 먹지 못했다. 잠자는 것은 늘 그랬듯 어두워지자마자 침대에 들었다. 그러나 좀처럼 잠들지 못했다. 백이는 이리저리 몸만 뒤척이고 있었다. 숙제는 그 기척을 듣고 자신도 초조하고 심란해졌다. 그럴 때면 언제나 다시 일어나 옷을 입고 뜰로 나가 거닐거나 아니면 태극권을 연습하거나 했다.

어느 날 밤, 별만 있고 달은 없는 밤이었다. 모두들 고요히 잠든 시간에 대문간에서는 아직도 두런두런 이야기 소리가 들렸다. 숙제는 이제껏 남의 이야기를 엿들은 적이 없는 사람이지만, 이때만은 웬일인지 그 이야기가 듣고 싶어져 걸음을 멈추고 귀를 기울였다.

"주왕이란 놈이 패한 뒤 녹대로 도망쳐선 말이지."

이야기하고 있는 사람은 아마 돌아온 부상병 같았다.

"제기랄, 보물을 쌓아 올리고는 제 놈이 그 한가운데 앉아 불을 지르는 거야."

"아이고, 아까워서 어쩌나!"

이는 분명히 문지기의 목소리였다.

"가만 있어 봐! 놈만 타 죽었지 보물은 안 탔대. 우리 대왕께서 제 후를 거느리고 상나라로 진군하셨지. 상나라 백성들이 모두 교외까지 마중을 나왔어. 대왕께서 대인大人들에게 명해 백성들에게 '복 받으십 시오' 하고 인사하라고 했지. 그랬더니 모두들 머릴 땅에 조아리더군. 그러고 나서 곧장 들어갔지. 그런데 집집마다 문에는 '순민'[20]이라는 두 글자가 크게 쓰여 있지 뭔가. 대왕의 수레는 곧장 녹대로 달려가 주 왕이 자살한 곳을 찾아내 화살 셋을 쏘았지⋯⋯."

"왜 쏘았지? 아직 안 죽었을까 봐?"

다른 한 사람이 물었다.

"누가 알겠나. 아무튼 화살을 세 개 쏘고는 또 칼을 뽑아 내리친 다음, 이번엔 노란 도끼를 가지고 탁! 하고 내리친 거야. 그놈의 머리 통을 자른 거지. 그걸 커다란 백기白旗 끝에 걸었어."

숙제는 너무나 놀랐다.

"그 다음에는 주왕의 두 후궁을 찾으러 갔지. 흥, 벌써 모두 목을 매달아 죽었지 뭔가. 대왕은 또 화살 세 개를 쏘고, 칼을 뽑아 내리친 다음, 이번엔 검은 도끼를 가지고 머리통을 잘라 내 작은 백기 끝에 걸 었어.[21] 이렇게 되니⋯⋯."

"그 두 후궁마마들은 정말 예쁘던가?"

문지기가 말허리를 잘랐다.

"잘 모르겠어. 깃대는 높지 구경꾼은 또 얼마나 많던지. 나는 그 때 쇠붙이에 찔린 데가 아파 사람들을 비집고 가까이 접근할 수가 없었다네."

"듣자 하니 그 달기[22]라고 하는 계집은 여우가 둔갑한 것이라던데, 다리 두 개가 사람 다리로 변하지 못해 천으로 감싸고 있다던데, 정말이던가?"

"누가 알겠나. 나도 그 계집의 다리를 본 적은 없으니. 하지만 그 나라 여자들은 정말이지 다리를 마치 돼지발처럼 싸매고 있더군."

숙제는 엄숙한 사람이었다. 그들의 이야기가 황제의 머리에서 여자의 다리로 옮아 가자 양미간을 찌푸리며, 황급히 귀를 막고 몸을 돌려 방으로 뛰어 들어갔다. 백이는 아직도 잠이 들지 못하고 있었다. 조용히 물었다.

"너 또 권법 연습하러 갔더냐?"

숙제는 그 말에 대답하지 않고 천천히 걸어가 백이의 침대 맡에 앉았다. 그러고는 허리를 구부리고 그에게 방금 들은 이야길 해주었다. 그 뒤 둘 다 한동안 말이 없었다. 마침내 숙제가 매우 곤란하다는 듯 한숨을 내쉬고는 낮은 목소리로 말했다.

"생각지도 않게 문왕의 법도를 전부 다 바꿔 버렸으니……. 형님 보세요, 불효일 뿐만 아니라 불인(不仁)이기도 합니다……. 이렇게 되면 이제 이곳의 밥도 먹을 수 없게 되었습니다."

"그럼, 어찌 하면 좋겠느냐?"

백이가 물었다.

"제가 보기엔 그래도 떠나는 것이……."

그리하여 두 사람은 몇 마디 상의 끝에, 내일 아침 일찍 이 양로원을 떠나되 더 이상 주나라의 전병은 먹지도 말고 주나라의 물건은 아무것도 가져 가지 말자고 결정을 내렸다. 두 형제는 함께 화산으로 가 야생 열매와 나뭇잎을 먹으며 자신들의 남은 생을 보내리라 결심했다. 하물며 "하늘의 이치는 사사로이 친한 것이 없어, 언제나 선한 사람과 함께한다"[23] 했으니 혹시 창출이나 복령 같은 것이 눈에 띌지도 모를 일이었다.[24]

생각을 정하고 나자 마음이 한결 가벼워졌다. 숙제는 다시 옷을 벗고 자리에 누웠다. 잠시 후 백이의 잠꼬대하는 소리가 들려왔다. 자신도 기분이 아주 좋아졌다. 마치 복령의 맑은 향기가 나는 것 같더니 이내 그 복령의 맑은 향내 속에서 깊이깊이 잠에 빠져들었다.

4.

이튿날, 두 사람은 평소보다 일찍 잠에서 깼다. 세수하고 머리를 빗고 나서 아무것도 몸에 지니지 않았다. 사실 가져갈 만한 물건은 하나도 없었다. 다만 오래된 양가죽 창파오만은 버리기 아까워 예전처럼 몸에 걸쳤다. 지팡이와 먹다 남은 전병을 들고 산책 간다며 둘러대고는 그 길로 양로원 문을 나섰다. 이것으로 마지막 이별이라 생각하자 새

삼스레 미련이 남는 듯하기도 했다. 고개를 돌려 몇 번 돌아보았다.

거리에는 행인이 아직 많지 않았다. 만난 사람이라곤 잠에서 덜 깬 눈으로 우물가에서 물을 긷고 있는 여인이 고작이었다. 교외에 다다랐을 즈음, 해는 벌써 높이 솟아올랐고 행인들도 많아지기 시작했다. 거의 모두가 고개를 쳐들고 의기양양해하는 모습이었으나, 그 두 사람을 만나면 언제나처럼 길을 비켜 주었다. 나무도 많아지기 시작했다. 이름도 알 수 없는 낙엽수들이 벌써 새싹을 토해 내 얼핏 바라봐선 마치 잿빛 녹색의 아지랑이가 피어오른 듯했다. 그 사이사이로 송백松柏이 섞여 있어서 몽롱한 분위기 속에서도 여전히 푸르름을 드러내고 있었다.

눈앞이 환히 트이자 시원하고도 아름다웠다. 백이와 숙제는 마치 젊음이 되살아난 듯 발걸음도 가벼워지고 마음도 상쾌해졌다.

이튿날 오후가 되자 앞에 몇 갈래의 갈림길이 나타났다. 그들은 어느 길이 더 가까운 길인지 알 수가 없었다. 맞은편에서 걸어오고 있는 한 노인장을 붙들고 부드럽게 물어보았다.

"저런, 애석하군요."

노인은 말했다.

"선생께서 좀 일찍 왔더라면, 좀 전에 지나간 그 말떼를 따라갔으면 좋았을 텐데요. 지금은 우선 이쪽 길로 갈 수밖에 없겠군요. 앞으로 가다보면 갈림길이 또 많이 나오니, 그때 또 물어보시지요."

숙제는 정오 무렵에 분명 부상병 몇 명을 지나쳤던 게 생각났다. 그들은 늙은 말, 야윈 말, 절뚝거리는 말, 비루먹은 말들을 따라왔다.

뒤에서 마구 몰려오는 바람에 하마터면 그들에게 밟혀 죽을 뻔했다. 그는 만난 김에 노인에게 물어보았다. 그런 말들을 몰고 가 무얼 하려는 것인지.

"아직도 모르시오?"

그는 대답했다.

"우리 대왕께서 '삼가 하늘의 벌을 집행하'셨으니, 더는 군사를 일으키고 민중을 동원할 필요가 없게 되었소. 그래서 말들을 화산 기슭에 푸신 것이지요. 이게 바로 '말을 화산 남쪽으로 돌려보낸다'는 것이외다. 아시겠소? 우리는 또 '소들을 노님의 들판에 풀어' 주었소.[25] 허허! 아, 이번에야말로 정말 모두가 태평세월의 밥을 먹게 되려나 봅니다."

그런데 그 말은 그들 머리에 찬물을 끼얹는 것과 같았다. 두 사람은 동시에 몸을 떨었다. 그러나 그런 내색은 비치지 않고, 노인에게 사례를 하고 그가 일러준 길을 향해 걸어갔다. 어찌되었든 "말을 화산 남쪽으로 돌려보낸다"는 말은 그들의 꿈을 여지없이 짓밟아 놓았다. 두 사람의 마음은 이때부터 갈팡질팡해지기 시작했다.

마음이 어수선한 채 아무 말 없이 그저 걷기만 했다. 저녁이 되어 그다지 높지 않은 황토 언덕에 가까이 이르렀다. 언덕 위로 자그마한 숲과 토담집 몇 채가 있었다. 그들은 여기서 하루 묵어가기로 걷는 도중 결정했다.

언덕 기슭까지 열 걸음 남짓한 거리가 남았는데, 갑자기 숲 속에서 우락부락한 사내 다섯이 뛰어나왔다. 머리에는 흰 수건을 동여매고 몸에는 누더기를 걸치고 있었다. 두목은 큰 칼을 들었고 나머지 네 사람은 모두 나무 몽둥이를 들었다. 언덕 아래로 내려오자마자 일자로 늘어서더니 길을 막아섰다. 일제히 공손하게 머리로 꾸벅 인사를 한 다음, 큰소리로 고함을 치며 말했다.

"어르신, 안녕하십니까!"

두 사람은 깜짝 놀라 두어 걸음 물러섰다. 백이는 마침내 벌벌 떨기 시작했다. 그래도 숙제는 용기가 있었다. 그는 거침없이 앞으로 나서며 그들에게, 뭐하는 사람이며 무슨 일이냐고 물었다.

"소인은 화산대왕 소궁기라 하옵니다."[26]

칼은 든 사내가 말했다.

"아우들을 데리고 여기서, 어르신들께, 약간의 통행세를 청하고자 합니다!"

"우리가 무슨 돈이 있겠소이까, 대왕."

숙제는 정중히 말했다.

"우리는 양로원에서 나오는 길이라오."

"아니!"

소궁기는 깜짝 놀라며 곧 숙연하게 절을 했다.

"그렇다면 두 분께서는 '천하의 대로'[27]가 틀림없으시군요. 저희들도 선왕의 가르침을 받들어 삼가 노인을 공경하던 터입니다. 그러니 어르신께서 자그마한 기념품이라도 남겨 주심이……."

그는 숙제가 대답을 하지 않자, 큰 칼을 휘두르며 소리 높여 말했다.

"어르신께서 그래도 한사코 사양하신다면, 하는 수 없이 소인들이 삼가 하늘의 수색을 봉행하여, 어르신들 옥체를 살펴볼 수밖에 없겠습니다!"

백이, 숙제는 곧 두 손을 들어올렸다. 몽둥이를 든 한 사내가 그들의 가죽 창파오, 솜저고리, 속옷을 헤집고 샅샅이 검사했다.

"둘 다 빈털터리잖아. 정말 아무것도 없어!"

사내는 얼굴 가득 실망의 빛을 띠고는 소궁기 쪽을 돌아보며 말했다.

소궁기는 백이가 띨고 있는 깃을 보고 가까이 다기기 공손(恭)히 그의 어깨를 두드리며 말했다.

"어르신, 너무 무서워 마십시오. 상하이 패거리 같으면 '돼지가죽을 벗기'[28]겠지만, 저희는 문명인이라 그런 장난은 하지 않습니다. 기념품이 아무것도 없으면 그냥 재수 옴 붙었다 생각하고 말지요. 이제 댁들 내키는 대로 꺼져 주기만 하면 됩니다."

백이는 대답은커녕 옷도 제대로 입지 못한 채 숙제와 함께 큰 걸음으로 땅만 바라보며 앞으로 뛰었다. 이때 다섯 사람은 벌써 옆으로 비켜서서 길을 열어 주고 있었다. 두 사람이 그들 앞으로 지나가자 공손히 두 손을 내리고 똑같은 소리로 말했다.

"가시겠습니까? 차라도 드시지 않으시구요?"

"안 마셔요. 안 마셔……."

백이와 숙제는 걸어가며 말하며 연신 고개를 도리질쳤다.

5.

"말을 화산 남쪽으로 돌려보낸다"는 말과 화산대왕 소궁기로 인해 두 의사義士는 화산이 무서워졌다. 그리하여 다시 상의한 끝에 북쪽으로 방향을 돌렸다. 밥을 구걸해 가며 새벽에 길을 떠나 밤에 잠자리에 들면서 걷고 또 걸어 마침내 서우양산에 당도했다.[29]

확실히 좋은 산이었다. 높지도 깊지도 않은 데다 큰 숲이 없어 호랑이나 늑대 걱정도 없고 강도를 방비해야 할 필요도 없었다. 그야말로 이상적인 은둔처였다. 두 사람이 기슭에 다다라 바라보니, 막 돋아난 새잎은 연초록이요, 땅은 황금빛, 들풀 속에는 붉디붉고 희고 흰 작은 꽃들이 피어 있었다. 정말 보기만 해도 마음이 즐거웠다. 그들은 너무나 즐거워 지팡이로 산길을 두드리며 한 걸음 한 걸음 올라갔다. 위쪽으로 불쑥 솟아올라 마치 동굴같이 생긴 돌을 찾아 앉았다. 그들은 땀을 닦으며 가쁜 숨을 내쉬었다.

해는 이미 서산으로 기울었다. 둥우리를 찾아드는 지친 새들이 삐릭삐릭 울어 대는 바람에 산에 오를 때와 같은 그런 고요함은 없었다. 하지만 그들은 그조차도 신선하고 운치 있게 느껴졌다. 양가죽 창파오를 바닥에 깔고는 잠잘 준비를 하기 전에 숙제는 커다란 주먹밥 두 개를 꺼내 백이와 함께 배불리 먹었다. 그것은 오는 길에 구걸하여 먹고 난 나머지였다. 두 사람은 일찍이 '주나라의 곡식은 먹지 않으리라' 마음먹었기 때문에 서우양산으로 들어온 후부터는 그것을 실행에 옮겨야 했다. 그래서 그날 밤으로 남은 것을 다 먹어 버리고 이튿날부터는 뜻을 굳게 고수하여 절대로 융통을 부리지 않기로 작정했다.

아침 일찍 그들은 시끄러운 까마귀 소리에 깨었다가 다시 잠이 들었다. 일어나 보니 벌써 점심 무렵이었다. 백이는 허리가 아프고 다리가 쑤셔 도저히 일어날 수 없다고 했다. 숙제는 하는 수 없이 먹을 만한 것을 찾으러 혼자 나가 보았다. 잠시 돌아다닌 후, 그는 깨달았다. 이 산이 높지도 깊지도 않아 호랑이나 늑대, 강도가 없는 것은 장점이었지만 그 때문에 단점도 있었던 것이다. 산 아래가 바로 서우양촌首陽村이어서 늘 나무하는 촌부나 아낙네들이 들락거릴 뿐만 아니라 놀러 오는 아이들도 있었다. 먹을 만한 야생 열매 같은 것이 한 알도 눈에 띄지 않는 것은 아마 그들이 벌써 다 따 갔기 때문일 것이다.

물론 그는 복령을 생각했다. 그런데 산에 소나무가 있긴 해도 늙은 소나무가 아니어서 그 뿌리에 복령이 자랄 것 같지 않았다. 설사 있다 해도 호미를 가져오지 않았으니 어찌할 도리가 없었다. 이어서 창출도 떠올렸다. 하지만 창출은 그 뿌리를 본 적 있어도 그 잎 모양이 어떻게 생겼는지는 전혀 알지 못했다. 온 산의 풀을 다 뽑아 볼 수도 없는 노릇이거니와, 설사 창출이 눈앞에 있다 해도 가려낼 도리가 없었다. 생각이 여기에 미치자 가슴속에서 열이 치밀고 얼굴이 온통 달아오르는 걸 느꼈다. 숙제는 거칠게 머리를 쥐어뜯었다.

그러나 그는 곧 냉정을 찾았다. 무슨 생각이 들었던지 소나무 옆으로 다가가 한 주머니 가득 솔잎을 땄다. 그러고는 골짜기 냇가로 내려갔다. 그는 돌 두 개를 주워 솔잎의 푸른 껍질을 짓이겨 냇물에 씻어 낸 다음, 다시 그것을 잘게 빻아서 밀가루떡같이 만들었다. 그러고 나서는 다시 아주 납작한 돌을 주위 들고 동굴로 돌아왔다.

"셋째야, 먹을 만한 것이 좀 있더냐? 배가 반나절을 꼬르륵꼬르
륵 거렸단다."

백이는 그의 모습을 보자마자 물었다.

"형님, 아무것도 없어요. 이거라도 좀 드셔 보셔요."

그는 그 근처에서 돌멩이 두 개를 주위 넓적한 돌을 괴고, 그 위
에 솔잎 반죽을 얹었다. 그리고 마른 가지를 모아다 그 아래에 불을 붙
였다. 한참 지나니 정말 축축한 솔잎떡에서 지글지글하는 소리가 났
고 맑고 향긋한 냄새까지 풍겼다. 두 사람이 군침을 삼키게 했다. 숙제
는 기뻐서 미소를 지었다. 이것은 강태공이 여든다섯번째 생일을 맞
이했을 때, 그를 축하하러 갔다가 그 잔칫자리에서 들은 방법이었다.

냄새를 풍긴 다음에는 보글보글 거품이 일더니 차츰 말라가면서
그야말로 그럴싸한 찐 떡이 되었다. 숙제는 가죽 창파오의 소매로 손
을 싸맨 뒤 납작한 돌을 받쳐 들고 빙그레 웃으며 백이 앞으로 가져갔
다. 백이는 후후 불면서 손으로 이기면서 한 조각을 떼어 급히 입속으
로 집어넣었다.

그는 씹을수록 이마가 찌푸려졌다. 목을 쭉 빼고 몇 번이나 삼켜
보려 했으나 끝내 웩 하고 토해 냈다. 고통을 하소연하는 듯 숙제를 보
면서 말했다.

"쓰고……, 껄끄러워……."

이제 숙제는 깊은 수렁에 빠진 채 아무 희망도 없는 듯했다. 허둥
대며 그도 한쪽을 떼어 씹기 시작했다. 정말 도저히 먹을 수가 없었다.

쓰고……, 껄끄럽고…….

숙제는 금방 풀이 꺾였다. 힘없이 고개를 떨궜다.

그러나 그는 계속 생각하고 있었다. 몸부림치듯 생각을 했다. 마치 깊은 수렁에서 밖으로 기어 나오고 있는 것 같았다. 그저 앞을 향해 기고 또 기었다. 마침내 그는 자신이 어린애로 변하는 듯했다. 그것도 고죽군의 세자로, 유모의 무릎 위에 앉아 있었다. 그 유모는 시골 사람으로 그에게 옛날이야기를 들려주고 있었다. 황제黃帝가 치우蚩尤를 쳐부수었고, 대우大禹가 무지기無支祁를 사로잡았으며, 그리고 시골 사람들은 흉년이 들면 고사리를 먹는다는 이야기를 했다.

그는 유모에게 고사리가 어떻게 생겼느냐고 물었던 일이 떠올랐다. 그리고 아까 산에서 그것과 비슷한 것을 보았던 생각이 났다. 그는 갑자기 기운이 솟구치는 걸 느꼈다. 그는 벌떡 몸을 일으켜 풀숲으로 달려갔다. 숙제는 정신없이 고사리를 찾아 나섰다.

과연 고사리는 적지 않았다. 십 리도 못 가 반 주머니를 뜯었다.

그는 이번에도 계곡 물에 헹군 다음 가지고 왔다. 그러고는 솔잎떡을 구웠던 넓적한 돌에 고사리를 구웠다. 잎이 암녹색으로 변하자 고사리는 다 익었다. 그러나 이번에는 형에게 먼저 권할 수가 없었다. 자기가 먼저 한 개를 집어 입에 넣고는 눈을 질끈 감은 채 씹어 보았다.

"어떠냐?"

백이가 초조하게 물었다.

"싱싱한데요!"

두 사람은 희희거리며 구운 고사리를 맛보았다. 백이는 두 웅큼을 더 먹었다. 그가 형이기 때문이다.

그날부터 그들은 날마다 고사리를 뜯었다. 처음에는 숙제 혼자 뜯고 백이는 삶았다. 나중에는 백이도 건강이 좀 나아진 느낌이 들자 함께 뜯으러 나섰다. 조리법도 다양해졌다. 고사리탕, 고사리죽, 고사리장, 맑게 삶은 고사리, 고사리 쌈탕, 풋고사리 말림…….

그러나 근처의 고사리는 어느새 다 바닥나 버렸다. 뿌리가 남아 있다 해도 금방 자라는 건 아니었기 때문에 날마다 멀리까지 나가야만 했다. 몇 번 이사를 했지만 얼마 지나면 결국 마찬가지였다. 뿐만 아니라 새로운 거처도 점차 구하기 어려워졌다. 거처할 곳은 고사리도 많아야 하고 냇가도 가까운 곳이라야 한데, 사실 그런 마땅한 곳이 서우양산에는 그리 많지 않았기 때문이다.

숙제는 백이의 나이가 많아 조심하지 않으면 중풍이라도 생기지 않을까 늘 걱정이었다. 자기 혼자 고사리를 캐러 다닐 테니 집에 편히 앉아 예전처럼 조리만 담당하십사 하고 강력하게 설득했다.

백이는 겸손하게 한 번 사양하고 나서야 아우의 청을 받아들였다. 이때부터는 그나마 편안하고 한가로웠다. 그러나 서우양산에는 사람들의 왕래가 있었다. 백이는 하는 일도 없고, 성질도 조금씩 변해 갔다. 조용하던 성격이 수다스러워졌다. 놀러온 아이들과는 아무래도 좀 거북했지만 나무꾼과는 잡담을 나누곤 했다. 아마도 일시적인 흥에 겨워서 그랬는지, 아니면 남들한테 늙은 거지라는 소리를 듣고 그랬는지는 모르지만, 마침내 자기들은 본래 요서 고죽군의 아들이며, 자신이 큰아들, 다른 쪽이 셋째아들이라는 사실을 말해 버렸다. 부친은 살아생전에 왕위를 셋째아들에게 넘겨주려 했었는데 부친이 돌아가시자 셋째는 기어이 자기에게 넘기려고 했다. 자신은 부친의 유언을 받들고 싶었고 좀 성가신 일도 피하고 싶고 해서 도망쳐 나왔었다. 그런데 뜻밖에 셋째도 도망쳐 나왔다는 것이다. 둘이 길에서 우연히 만나게 되어 함께 서백, 즉 문왕을 찾아가 양로원에 들게 되었다. 그런데 또 뜻밖에도 지금의 주왕周王이 '신하로서 임금을 시해弑害하는' 행동을 했기 때문에 주나라의 곡식을 차마 먹을 수가 없게 되었고, 그래서 서우양산으로 도망쳐 풀을 뜯어먹으며 연명히고 있다는 등등…….

숙제가 이를 알게 되어 형의 수다를 괴이쩍게 여기고 있을 무렵엔 이미 소문이 쫙 퍼져 만회할 수가 없게 된 상태였다. 그렇다고 감히 형을 나무랄 수는 없었다. 다만 마음속으로, '아버지가 왕위를 형에게 넘겨주려 하지 않았던 것은 확실히 아버지가 사람 보는 눈이 있었기 때문이라 하지 않을 수 없구나' 하고 생각했을 뿐이었다.

숙제의 예상은 틀리지 않았다. 결과는 정말로 나쁘게 나타났다. 마을에는 그들에 대한 이야기가 줄곧 끊이지 않았을뿐더러, 그들을 구경하려고 일부러 산을 오르는 사람들도 있었다. 어떤 사람은 그들을 명사名士로 생각했고, 어떤 사람은 그들을 괴물 취급했으며, 어떤 사람은 그들을 골동품으로 대했다. 심한 경우에는 뒤를 따라와 그들이 고사리 캐는 것을 구경하는가 하면, 빙 에워싸고는 어떻게 먹는지를 구경하기도 했다. 이러쿵저러쿵 별의별 질문을 다 하는 등 넋이 나

갈 지경이었다. 더구나 그들을 상대할 때는 겸허한 태도로 일관해야지, 만일 조금이라도 방심하여 눈살이라도 찌푸리게 된다면 사람들로부터 '성깔 더럽다'는 욕을 피할 수 없게 되는 것이다.

그러나 여론은 아무래도 좋은 쪽이 많았다. 나중에는 양가의 규수나 안방 마나님까지 몇 명 다녀갔다. 그녀들은 집으로 돌아가 모두 고개를 저으며 '흉물스런 것들'에게 크게 속았다고 말했다.

소문은 마침내 서우양산에서 제일 높은 사람인 소병군[30]까지 움직이게 하기에 이르렀다. 그는 본시 달기 외숙부 수양딸의 남편으로 좨주[31]를 지내고 있었는데, 천명天命이 돌아섰음을 알고 수레 50대 분의 짐과 8백 명의 노비를 거느리고 어진 임금에게 투항했던 것이다. 그러나 애석하게도 무왕은 멍진에 집결하기 바로 며칠 전이라 군무에 바빴다. 그래서 소병군에게 적당한 부서를 맡길 겨를이 없었다. 무왕은 그로 하여금 수레 40대의 화물과 750명의 노비를 거느리게 하고 따로 서우양산 아래 기름진 전답 2경[32]을 주고는 마을에서 팔괘학을 연구하도록 했다.

그는 문학에도 취미가 있었다. 그러나 마을 사람들은 모두 문맹이어서 문학개론도 이해하지 못했다. 숨이 막힐 듯 답답하게 지낸 지가 오래된 터라 곧장 하인들에게 가마를 대령시켜 문학을 논하고자 두 노인을 찾아갔다. 특히 시가에 관해 이야기할 생각이었다. 왜냐하면 그는 시인이기도 했으며 이미 시집을 한 권 냈기 때문이다.

그러나 소병군은 그들과 이야기를 마치고 가마에 오르자마자 고개를 가로저었다. 집으로 돌아와서는 결국 화까지 내는 것이었다. 그의 말을 빌리자면, 저 두 놈은 시가를 논할 수 없는 것들이라는 것이었다. 첫째로 가난뱅이라 하루하루 먹고 사는 데 바쁘니 어찌 좋은 시를 지을 수 있겠는가이며, 둘째로는 '작위적'이기 때문의 시의 '돈후敦厚함'을 잃어버렸으며, 셋째로는 의론議論이 많아 시의 '온유溫柔함'을 잃어버렸다는 것이다.[33] 특히 문제가 되는 것은 그들의 품성인데, 온통 모순투성이라는 것이다. 이리하여 그는 정의롭고도 늠름하게 단도직입적으로 말했다.

"'무릇 하늘 아래에 임금의 땅 아닌 곳이 없다'[34] 했으니, 도대체 자기네가 먹고 있는 고사리는 우리 성상陛下의 것이 아니란 말이야?"

그 무렵 백이와 숙제는 매일매일 야위어 갔다. 구경꾼도 갈수록 줄어들었으므로, 사람들 접대하느라 바빠서 그런 건 절대 아니었다. 힘든 것은 고사리가 차츰 귀해져서 매일 한 줌을 찾아내는 데도 많은 힘을 들여야 했고 엄청난 길을 걸어야 했던 것이었다.

그런데 재앙은 늘 겹쳐 오는 법이다. 우물에 빠졌는데 다시 위에서 큰 돌덩이가 떨어지는 격이었다.

어느 날, 그들 두 사람은 구운 고사리를 먹고 있었다. 고사리를 쉽게 찾아낼 수 없었으므로 이날의 점심은 오후에 가서야 먹게 되었다. 그런데 갑자기 스무 살가량의 여자가 찾아왔다. 전에 본 적이 없는 여자였다. 외모로 보아 부잣집 하녀인 듯했다.

"어른신들 식사하세요?"

그녀가 물었다.

숙제가 얼굴을 들고 급히 웃는 낯을 하며 고개를 끄덕였다.

"요게 뭔데요?"

"고사리."

백이가 말했다.

"왜 이렇게 변변찮은 걸 드세요?"

"우리는 주나라의 곡식을 먹지 않기 때문에……."

백이가 말을 꺼낸 순간 숙제는 급히 눈짓을 했다. 그러나 그 여자
는 매우 영리한 듯 벌써 알아들은 것 같았다. 그녀는 잠시 냉소를 짓더
니 이내 정의롭고도 늠름하게 단도직입적으로 말했다.

"'무릇 하늘 아래에 임금의 땅 아닌 곳이 없다' 했으니, 당신들이
먹고 있는 고사리는 우리 성상폐하의 것이 아니란 말인가요?"

백이와 숙제는 똑똑히 들었다. 마지막 말에 가서는 날벼락을 얻
어맞은 듯 놀라 정신이 아득해졌다. 이윽고 정신을 차렸을 때 그 계집
은 이미 사라진 후였다. 먹다 남은 고사리, 물론 먹지 않았다. 아니 먹
을 수가 없었다. 보는 것조차 수치스러웠다. 그걸 버리려 했으나 손도
들어 올릴 수 없었다. 몇백 근은 나가는 것처럼 무겁게 느껴졌다.

6.

백이와 숙제가 한 덩어리로 웅크린 채 산 뒤의 바위 동굴 속에 죽어 있
는 것을 나무꾼이 우연히 발견한 것은 그로부터 약 20일 뒤였다. 아직
썩지 않은 것은 너무 야윈 탓이기도 하거니와, 죽은 지 얼마 되지 않아
서이기도 했다. 낡은 양피 창파오도 어디로 가 버렸는지 깔려 있지 않

왔다. 이 소식이 마을에 전해지자 다시 또 큰 소동이 벌어졌다. 구경꾼들이 연이어 밀어닥치는 바람에 밤이 이슥하도록 시끌벅적했다. 결국 일복 많은 몇 사람이 그곳에 황토를 써서 묻어 주었다. 또 의논한 끝에, 돌비석을 세우고 몇 자 새겨 후세에 유적으로 잘 남기기로 했다.

그러나 마을에는 글자를 쓸 줄 아는 사람이 없었다. 하는 수 없이 소병군에게 도움을 청하러 갔다. 그러나 소병군은 쓰지 않으려 했다.

"그들은 내가 비문을 써 줄 정도의 인물이 되질 못해."

소병군이 말했다.

"둘 다 정신 나간 놈들이야. 양로원에서 도망친 것까진 좋다 치자. 하지만 초연하려 하지도 않았잖아. 서우양산으로 도망친 것도 좋다구. 하지만 시까지 쓰려 하다니. 까짓것 시를 짓는 것도 좋다 이거야. 그런데 거기다 불만까지 터뜨리려 하다니. 자기 분수를 알아야지, '예술을 위한 예술'을 하려 하지도 않았단 말이야. 이것 보라구, 이 따위 시에, 무슨 영원불멸함이 있겠어?"

저 서산西山에 올라 고사리를 뜯으리.

도적이 나타나 다른 도적을 대신해도, 사람들은 그 잘못 모른다네.

신농씨와 우, 하[35]의 시대, 순식간에 지나가 버렸으니, 이내 몸 또 어디로 가야 하나?

아아, 죽으면 그만, 타고난 내 어두운 운명이여!

"보라구, 이게 무슨 말이야? 온유돈후해야만 시라 할 수 있지. 그런데 그것들은 '원망'뿐 아니라 '욕'까지 담고 있는 게야. 꽃은 없고 가시만 있는 거, 그것도 안 될 판에 하물며 욕만 하고 있으니. 설사 문학에 관한 것을 논의로 한다 해도 조상의 유업도 내팽개쳐 버렸으니 무슨 효자라고 할 수도 없고. 더구나 여기까지 와서 우리 조정을 비방하다니, 양민이라고는 더더욱 할 수 없지……. 나는 안 써!"

문맹자들은 그의 비판을 잘 알아듣지 못했다. 그러나 그 기세가 험악한 것으로 봐 반대의 뜻이 분명하다 생각하고 물러날 수밖에 없었다. 이리하여 백이와 숙제의 장례는 그럭저럭 일단락을 지었다.

그러나 여름밤 시원해질 무렵이면 여전히 그들의 이야기가 수시 화제에 오르곤 했다. 어떤 사람은 늙어서 죽었다 하고, 어떤 사람은 병들어서 죽은 것이라 하며, 또 어떤 사람은 양피 창파오를 훔쳐간 도둑놈에게 살해된 것이라 했다. 그러나 나중에 또 어떤 이는, 사실은 일부러 굶어 죽은 것일지도 모른다고 말했다. 그 사내는 소병군의 집 계집인 아금阿金[36]으로부터 다음과 같은 이야기를 들었다는 것이다. 그들이 죽기 십 며칠 전에 그녀는 산에 올라가 몇 마디 하면서 그들을 놀렸다고 한다. 바보들이 화를 잘 낸다고, 그들은 아마 화가 나서 끼니를 끊고 억지를 부렸을 것이고, 억지를 부리다가 결국은 자살하고 만 것일 거라고.

그러자 많은 사람들이, 아금은 정말 영리한 여자라며 탄복해 마지않았다. 그러나 일부에서는 그녀가 너무 야박하다 비난하는 사람도 있었다.

아금은 백이와 숙제의 죽음이 자신과 상관 있다고는 생각지 않았다. 물론, 그녀가 산에 올라가 그들에게 몇 마디 농담을 한 건 사실이지만 그건 단지 농담일 뿐이었다. 그 두 바보가 화가 나서 고사리를 먹지 않게 된 것 또한 사실이다. 그러나 그렇다고 해서 그들이 결코 바로 죽은 것은 아니었다. 오히려 큰 행운이 찾아왔다는 것이다.

"하느님의 마음은 정말 자비하십니다."

그녀는 말했다.

"하느님은 두 사람이 억지를 부리며 금방 굶어 죽게 생긴 걸 보시고는, 암사슴에게 명하여 그들에게 젖을 먹이도록 하셨지요. 보세요, 이보다 더 큰 복이 어딨겠어요? 농사지을 필요 없죠, 나무할 필요 없죠, 그저 가만히 앉아만 있으면 매일매일 사슴 젖이 저절로 입에 들어오는 거예요. 하지만 비천한 것들은 자비로운 뜻을 받들 줄 모른다구요. 그 셋째라는, 이름이 뭐였더라, 하여튼 당돌해져 가지고서는, 사슴 젖 마시는 것만으로는 성에 차지 않았던 거예요. 그는 사슴 젖을 먹으면서도 마음속으로는 '이 사슴이 이렇게 포동포동하니 잡아먹으면 맛이 그만일 거야'라고 생각한 거죠. 그래 슬그머니 팔을 뻗쳐 돌을 움켜쥐려 했어요. 사슴이 신통력 있는 동물이란 걸 몰랐던 거죠. 사슴은 이미 사람의 속마음을 꿰뚫고 있었기 때문에 곧바로 연기처럼 사라져 버렸어요. 하느님께서도 그 자들의 탐욕이 밉살스러워서, 이제부터는 갈 필요 없다고 암사슴에게 말씀하셨죠.[37] 보시라구요, 그들은 굶어 죽을 수밖에 없지 않았나요? 어디 내 말 때문에 그리 됐겠냐구요. 모든 게 다 그놈들의 탐욕스런 마음과 탐욕스런 주둥이 때문이지요……!"

이야기를 듣던 사람들은 끝에 가서 안도의 한숨을 깊이 내쉬었다. 왠지 자기 어깨도 적잖이 가벼워지는 느낌이 들었다. 설사 이따금씩 백이, 숙제 생각이 떠오를 때도 있었지만, 꿈길처럼 어렴풋이 떠오르는 광경은, 그들이 석벽에 웅크리고 앉아 흰 수염이 드리워진 큰 입을 벌리고 죽어라 사슴고기를 뜯어먹고 있는 것을 보는 듯한, 바로 그것이었다.

1935년 12월

주)_____

1) 원제는 「采薇」, 이 문집에 싣기 전, 어느 간행물에도 발표하지 않았다. '采薇'는 고사리를 캐다라는 뜻.
2) 백이(伯夷)와 숙제(叔齊)는 중국 은(殷)나라 말 주(周)나라 초기의 전설적인 현인들로 주나라 무왕(武王)이 은나라의 폭군 주왕(紂王)을 치려 하자 이를 만류했고, 그것이 받아들여지지 않은 채 주무왕이 천하를 통일하자 서우양산(首陽山)에 들어가 고사리로 연명하다 굶어죽었다고 한다. 이들에 대한 자세한 기록은 『사기』 「백이열전」(伯夷列傳)에 나온다. 루쉰의 이 소설은 그 대강의 골격이 이 열전에 근거하고 있다.
3) 상왕(商王)은 상나라 최후의 임금인 주(紂)를 말한다. 성은 자(子)고 이름은 수(受)다.
4) 산의생(散宜生)은 주나라의 개국 공신이다. 상나라 말년에 서백(西伯; 나중에 주나라 문왕(文王)으로 추서됨)에게 귀의했고, 서백이 잡혀 구금되었을 때 그를 구해 냈다. 후에 무왕을 도와 주왕을 쳤다.
5) 『사기』 「주본기」(周本紀)에 이들에 대한 기록이 있다. "주(紂)가 어리석고 포악함이 심해져 왕자 비간(比干)을 죽이고 기자(箕子)를 가두었다. 태사(太師)인 자(疵)와 소사(少師)인 강(彊)은 악기를 들고 주나라로 달아났다." 태사는 고대의 악(樂)을 관장

하던 장관이고 소사는 악관(樂官)을 가리킨다. 은나라 주왕이 포악무도해지자 주나라로 도망 온 두 악관의 이야기다. 『주례』(周禮) 「춘관」(春官)에 나오는 동한(東漢)의 정현(鄭玄)의 주석에 의하면 옛날 악관은 모두 맹인이 담당했다고 한다.

6) 『상서』 「태서」(泰誓)에 다음과 같은 기록이 있다. "상왕인 수(受)는 …… 아침에 강을 건넌 사람의 다리를 자르고, 현인의 심장을 해부했다." 『태평어람』 83권에서는 『제왕세기』(帝王世紀)를 인용하여 "주왕은 아침에 강을 건넌 사람의 다리를 잘라 그 골수를 보았다"고 했다. 또 『사기』 「은본기」(殷本紀)에도 비간이 심장을 해부당한 기록이 있다. "주왕은 더욱더 음란해져 그 끝이 없었다. …… 비간이 말하길 '신하된 자로서 죽음을 불사하고 싸우지 않을 수 없다' 했다. 그러고는 주왕에게 강력하게 간언을 했다. 주가 크게 노해 말하길 '내 듣기로 성인의 심장에는 구멍이 일곱 개 있다 하더라' 하고는 비간을 해부해 그 심장을 보았다."

7) 서백은 주나라의 문왕인 희창(姬昌)이다. 상나라 주왕 때는 서백이었고, 죽은 후에 문왕으로 봉해졌다. 『사기』 「주본기」와 「백이열전」에 모두 "서백은 노인을 잘 섬겼다"고 했다. 「주본기」에서는 그가 "돈독하고 인자했으며 노인을 공경하고 젊은이를 자애했다"고 했다.

8) 『사기』 「주본기」의 기록에, 무왕이 장수들을 이끌고 맹진(盟津)을 건넌 후 장수들에게 포고를 하여 맹세하도록 했는데 이를 「태서」(太誓)라고 한다는 기록이 있다. 이 소설에서의 '공고'는 처음 나오는 '살필진대', 뒤에 나오는 '이에 고하노라' 등 몇 마디만 제외하고는 「태서」의 원문 그대로다.

9) 구류운한기(九旒雲罕旗)에 대한 기록은 『사기』 「주본기」에 나온다. 무왕이 주왕을 이긴 후 제전을 거행했는데, "백 명의 사내가 한기(罕旗)를 지고 선두에 섰다." 위진남북조 때, 송나라 배인(裵駰)은 『집해』(集解)에서 말하길 "채옹(蔡邕) 「독단」(獨斷)에 이르길 '선두에 구류운한이 있었다'"고 했다. 『문선』(文選) 「동경부」(東京賦)에서 삼국(三國) 오나라 설종(薛綜)은 주석하기를, "운한과 구류는 모두 깃발의 명칭이다"라고 했다. 배인의 『집해』는 『사기』를 주석한 삼가주(三家註)의 하나다.

10) 무왕 발은 성이 희(姬)이고 이름이 발(發)이다. 문왕의 아들이다. 『사기』 「주본기」에 나오는 기록이다. "무왕이 즉위하자 태공 망(望)이 장수가 되고 주공 단(旦)이 보좌했다. …… 9년 무왕이 비(畢)에서 제를 올리는데 동쪽으로 병사들이 맹진에 이르러 문왕을 위패로 모셔 수레에 싣고 군사 한가운데 있는 것을 보았다. 무왕은 스스로 태자 발이라 칭하고 문왕을 받들어 적을 치고자 한다 말하면서도 스스로는 감히

이를 수행하지 못했다. …… 이때, 제후들이 기약을 하지 않고 멍진에 모였는데 팔백이 되었다. 제후들은 모두 말했다. '주를 징벌해야 한다.' 무왕이 말했다. '그대들은 천명을 모르니 칠 수 없다.' 그러고는 장수들을 돌려보냈다. 2년이 지났다. 주왕의 난폭하고 잔악해짐이 극에 달했다는 소식이 들렸다. …… 그래서 무왕은 제후들에게 말했다. '은나라의 죄가 중하니 벌하지 아니할 수 없다.' 곧바로 문왕을 모시고 무장한 수레 삼백 대, 무사 삼천 명, 병사 사만오천 명을 인솔하여 동쪽으로 가서 주(紂)를 쳤다." 이 아래에는 무예(牧野)에서 병사들에게 맹세하는 정경이 기록되어 있고, "무왕이 왼손에는 누런 도끼를, 오른손에는 흰 쇠꼬리를 잡고" 하는 기록도 있다.

11) 강태공(姜太公)은 이름은 강상(姜尙), 자는 자아(子牙)다. 주나라 문왕이 웨이수이(渭水)에서 낚시질하던 강태공을 성인의 예로써 모셔와 주나라의 흥성을 도모하였다. 문왕이 죽은 뒤 강태공은 그의 아들 무왕을 도와 은나라 주왕을 토벌하는 데 공을 세웠다(『사기』,「제세가」齊世家).

12) 주나라 척도로 1장은 현재 길이로는 대략 7시척(市尺) 정도다. 1m가 3시척이므로 7시척은 약 2m 33cm 정도가 된다.

13) 백이와 숙제는 고죽군의 세 명의 세자 가운데 첫째와 셋째였다. 왕이 왕위를 물려주자 서로 양보하다가 둘째가 왕이 되고 두 형제는 그 나라를 떠나 주로 도망했다.

14) 『사기』「주본기」에 주의 병사들이 멍진(盟津)을 건넌 이야기가 나온다. "11년 12월 무오(戊午)일에 장수들이 모두 멍진을 건넜다. 제후가 모두 모였다." '盟津'은 '孟津'으로도 쓰인다. 지금의 허난성 멍현(孟縣)의 남쪽이다. 무왕이 주를 치러 산시(陝西)에서 허난으로 들어가 여기에서 황허(黃河)를 건넜다. 차오거(朝歌) 근교의 무야(牧野)에 이르러 주의 병사들을 공격하고, 주의 도읍지인 차오거(지금의 허난성 탕인현 湯陰縣에 차오거의 고성 유적이 있다)를 점령했다.

15) 황허 도하 지점인 멍진에서 무왕의 군대가 다른 제후들의 군대와 합류하였는데 이때 무왕이 선전포고한 글을 「태서」(太誓)라 하고, 진군하여 은나라의 수도 근처인 무예 전투에서 승리한 후 재선서한 글을 「목서」(牧誓)라 한다. 여기의 「태서」는 「목서」를 말한다.

16) 이 부분은 『사기』「주본기」에 나온다. "2월 갑자(甲子)일 동틀 무렵에 무왕이 상나라 근교 무예에 이르러 선서를 했다. …… 왕이 이르길, '옛사람이 말하길, 암탉은 아침이 없다, 암탉이 새벽을 알리면 집안이 망한다 했다. 지금 은나라 주왕은 오로지 부

인의 말만 듣고 있으며 제멋대로 그 조상들을 배반, 제사를 올리지 않고 있으며, 나라를 어지럽게 하였으며, 자신의 조상들과 형제들을 내쳤도다'라고 했다."

17) 무예의 전투에 대해서는 『상서』 「무성」(武成)에 다음과 같은 기록이 있다. "갑자일 동틀 무렵 수(受)는 그 부대를 인솔하여 갔다. 마치 숲이 움직이는 듯했다. 무예에 모였다. 아군의 병사와 싸우려는 자가 없었다. 앞의 병사들은 창을 버리고 주왕을 배반했다. 그래서 뒤에서 공격하여 북까지 갔다. 전사자의 흘린 피에 절굿공이가 둥둥 뜰 지경이었다."

18) 주왕의 병사들이 배반한 것에 대해서는 『사기』 「주본기」에 이런 기록이 있다. "주왕은 무왕이 쳐들어온다는 소문을 듣고, 병사 칠십만을 동원하여 무왕을 막았다. 무왕이 강태공에게 백 명의 병사를 보내 주왕의 병사를 쫓게 하였다. 주의 병사가 많았으나 모두 싸울 마음이 없었고 무왕에게 투항할 마음뿐이었다. 주의 병사들은 모두 주왕을 배반하여 무왕에게 길을 열어 주었다."

19) 녹대(鹿臺)는 주왕이 비단과 보석 등을 두었던 창고이고, 거교(鉅橋)는 주왕의 곡물을 저장했던 창고를 말한다. 녹대의 유적지는 지금의 허난성 탕인현 차오거 진의 남쪽에 있고, 거교의 유적은 지금의 허베이성 취저우현(曲周縣) 동북의 구형장수이(古衡章水)의 동쪽 물가에 있다. 『사기』 「은본기」에 의하면 "황제 주는 …… 세금을 많이 부과하여 녹대의 재정을 해결했고 거교에 곡식을 가득 채웠다"고 했다.

20) 순민(順民)은 천명에 순종하는 백성이란 뜻이다.

21) 주왕이 분신자살하고 무왕이 상나라에 입성한 당시의 정황에 대해서 『사기』 「주본기」에 다음과 같은 기록이 있다. "주는 도망을 가다가 돌아와 녹대 위로 올라갔다. 보석들을 옷으로 뒤집어 씌운 후 스스로 불을 질러 자살했다. 무왕이 커다란 백기를 들고 제후들을 지휘하니 제후들이 모두 무왕에게 절을 하고 예를 표했다. 무왕이 제후들에게 공경을 표하고 읍을 하니 제후들이 모두 그를 따랐다. 무왕이 상나라에 도착하자 상나라 사람들은 모두 근교에 나와 기다렸다. 그러자 무왕은 군신들에게 명하여 상나라 백성에게 '하늘의 강령하심이 내리시길 빕니다!'라고 말하게 하였고, 상나라 사람들은 하나같이 재배하고 머리를 숙였다. 무왕 역시 답으로 절을 했다. 입성하여 주왕이 죽은 곳에 이르자 무왕은 세 발의 활을 쏜 연후에 수레에서 내렸다. 가벼운 칼로 그를 친 다음 누런 도끼로 주왕의 목을 베어 큰 백기에 걸었다. 주왕의 두 처첩 역시 이미 목을 매 자살했다. 무왕은 다시 세 발의 활을 쏜 후 검으로 치고 나서 검은 도끼로 목을 베어 그 머리를 작은 백기에 달았다."

22) 달기(妲己)는 주왕의 왕비였다. 『사기』「은본기」에 있는 기록이다. "주왕은 …… 술을 좋아하고 쾌락에 탐닉하였으며 여자를 좋아했다. 달기를 사랑하여 그녀의 말을 모두 따랐다." 무왕이 상을 이기고 "달기를 죽였다." 명대 왕삼빙(王三聘)의 『고금사물고』(古今事物考) 6권에는 이런 기록도 있다. "상의 달기는 여우의 정령이었다. 꿩의 정령이라고도 했다. 다리가 사람 다리로 변하지 않아 비단으로 감싸고 지냈다." 장편소설 『봉신연의』(封神演義)에도 이와 비슷한 전설이 있다.

23) "하늘의 이치는 사사로이 친한 것이 없어, 언제나 선한 사람과 함께한다"는 『노자』 79장에 나오는 말이다. 친한 것이 없다는 것은 친소(親疏)가 없다는 뜻이다. 또 『사기』「백이열전」에는 이런 기록이 있다. "혹자는 말하길 '하늘의 이치는 사사로이 친한 것이 없어, 언제나 선한 사람과 함께한다'고 했는데 그렇다면 백이와 숙제는 선한 사람이라고 할 수 있는가 없는가? 인(仁)을 실천하고 고결하게 행동했는데 굶어 죽다니! …… 하늘이 선인에게 보답함이 어찌 이러하단 말인가?"

24) 화산(華山)은 중국 5대 명산 가운데 하나로 산시성 동남부에 있다. 창출(蒼朮)이나 복령(茯苓)은 희귀한 식용 약초의 이름이다.

25) 『상서』「무성」편에 다음과 같은 기록이 있다. 무왕은 상을 멸망시킨 후 "곧바로 무기를 없애고 문(文)을 숭상했다. 말은 화산 남쪽으로 돌려보내고, 소들은 도림 들판에 풀어 주어 더 이상 전쟁을 하지 않을 것임을 천하에 알렸다." 무왕은 전쟁이 끝나고 평화가 왔다는 것을 알리기 위해 소와 말을 자연 속으로 돌려보냈다.

26) 화산대왕(華山大王) 소궁기(小窮奇). 궁기는 옛날 중국의 '사흉'(四凶) 중 하나다. 사흉은 혼돈(混沌), 궁기(窮奇), 도올(檮杌), 도철(饕餮)을 말한다. 『좌전』'문공(文公) 18년'에 "소호씨(小皞氏)에게 재주 없는 아들이 있었다. …… 천하의 백성이 그를 궁기라고 불렀다"는 기록이 있다. 소궁기는 루쉰이 여기서 착안하여 허구로 지은 이름일 것이다.

27) '천하의 대로(大老)'는 원래 맹자가 백이와 강태공을 예찬하여 부른 말이다. 『맹자』 「이루상」(離婁上)편에 "두 어른은 천하의 대로이다"라는 표현이 있다.

28) 옛날 상하이의 도적들이 행인을 약탈할 때 옷을 벗기곤 하였다. 이를 일러 "돼지가 죽을 벗긴다"라는 의미의 저장성(浙江省) 사투리로 표현하곤 했다.

29) 서우양산(首陽山)은 남조 송나라 배인이 한 『사기』의 주석서 『집해』의 「백이열전」에서 후한(後漢) 마융(馬融)의 말을 인용하여 이렇게 말하고 있다. "서우양산은 황허의 동쪽 푸반(蒲坂)과 화산의 북쪽, 황허 물굽이의 중간에 있다." 푸반의 옛 성터는

지금의 산시성 융지현(永濟縣) 부근이다.

30) 소병군(小丙君)은 가공의 인물이다.

31) 옛날 향연(饗宴) 시에 가장 후덕하고 나이든 연장자가 먼저 술을 가지고 땅과 귀신에게 제사를 지냈다. 후에 덕이 있고 나이가 든 연장자를 존칭으로 좨주(祭酒)라고 불렀다. 한위(漢魏) 이후로는 박사(博士) 좨주, 국자(國子) 좨주 같은 관직명으로 사용되었다.

32) 1경(頃)은 100무(畝)이고, 1무는 약 30평(99.74㎡)에 해당한다. 그러므로 2경은 약 6천 평 정도의 넓이다.

33) '온유'와 '돈후'는 중국의 전통적인 유가(儒家) 시학의 미학적 기준이다. 『예기』(禮記) 「경해」(經解)에 "공자가 말하길, 온유돈후는 시(詩)의 가르침이다"라고 했다. 당(唐) 공영달(孔穎達)의 소(疏; 2차 주석)에서 말하길, 이른바 "온유돈후"란 "에둘러서 넌지시 비판하는 것으로, 어떤 일을 직접적으로 꼬집어 말하는 것이 아님"을 의미한다고 했다. 이것은 그대로 중국 전통 문예창작과 문예비평의 기준이 되었다.

34) 이 말은 『시경』(詩經) 「소아」(小雅)의 「북산」(北山)에 나오는 말이다.

35) 신농씨(神農氏), 우(虞), 하(夏)의 시대는 고대 중국의 신화 시대에 나오는 이상적인 사회 이름들이다.

36) 백이와 숙제가 한 여자의 말을 듣고 굶어 죽었다는 이야기는 촉한(蜀漢) 초주(譙周)의 『고사고』(古史考)에 나오는 다음 같은 전설로 전해진다. "백이와 숙제는 은나라 말 고죽군의 두 아들이다. 서우양산에 은거하여 고사리를 뜯어 먹으며 살았다. 들판의 한 여자가 말하길 '저들이 주나라 곡식을 먹지 않는 것을 의로움으로 여기고 있지만, 고사리 역시 주나라의 초목이다'라고 했다. 이에 그 둘은 굶어 죽었다." 지금 『고사고』는 전해지지 않는다. 이 소설은 청대 장종원(章宗源)의 집본(輯本)에 근거하고 있다. 이 집본은 청대 손성연(孫星衍)이 편한 '평진관총서'(平津館叢書)에 들어 있다.

37) 암사슴의 젖에 대한 전설은 한대 유향(劉向)이 지은 『열녀전』(烈女傳)에 기록이 있다. "백이는 은나라 때 랴오둥(遼東) 고죽군의 아들이다. 숙제와 함께 왕위를 양보하다가 나라를 떠났다. 무왕이 주왕을 치는 걸 보고 의롭지 않다고 생각해 서우양산에 은거했다. 주나라의 곡식을 먹지 않고 고사리를 양식으로 삼았다. 이때 왕미자(王糜子)가 지나가다가 괴히 여겨 말했다. '우리 주나라의 곡식을 먹지 않는다 하나 우리 주나라의 초목을 먹고 있는 것은 어이된 일인가?' 백이 형제가 이내 절식을 했다.

7일째 되는 날, 하늘이 흰 사슴을 보내어 젖을 먹이게 했다. 이로부터 수일이 지난 후, 숙제는 속으로 생각하길 '사슴을 다 먹을 수 있으면 얼마나 좋을까!' 했다. 사슴이 그 속마음을 알아차리고 다시는 내려오지 않았다. 백이 형제는 마침내 굶어 죽었다." 지금 『열녀전』은 전해지지 않는다. 위 기록은 『조옥집』(珊玉集) 권12에서 옮겨 기록한 것이다. 『조옥집』은 편집한 사람이 누군지 모른다. 송대 정초(鄭樵)의 『통지』(通志) 「예문략」(藝文略)에 저서 목록 20권이 전해지지만 현존하는 것은 파손된 2권 뿐이다. 청대의 여서창(黎庶昌)이 편한 '고일총서'(古逸叢書)에 들어 있다.

검을 벼린 이야기[1]

1.

미간척[2]이 막 어머니와 잠자리에 눕자 쥐 한 마리가 나와 솥뚜껑을 갉아먹기 시작했다. 시끄러워 골치가 아팠다. 그는 나직하게 몇 번 쫓아 보았다. 처음에는 좀 효과가 있더니 나중에는 쥐가 들은 체도 하지 않았다. 사각사각 계속해 갉았다. 낮에 일하느라 지쳐서 저녁이면 눕자마자 잠드시는 어머니를 깨울까 걱정되어 그는 큰소리로 쥐를 쫓을 수도 없었다.

한참 지난 뒤 잠잠해졌다. 미간척도 잠을 청할 생각이었다. 그런데 갑자기 '풍덩' 소리가 났다. 그는 깜짝 놀라 눈을 떴다. 사그락대는 소리가 들려왔다. 그것은 분명 발톱으로 질그릇을 긁는 소리였다.

"좋아! 죽여 버릴 테다!"

그는 죽일 생각을 하며 기분이 좋아졌다. 그는 살그머니 일어나

앉았다.

침대에서 내려와 달빛에 의지해 문 뒤로 갔다. 더듬더듬 부싯돌을 찾아 관솔불을 켜고 물독 안을 비춰 보았다. 예상대로 큰 쥐 한 마리가 빠져 있었다. 그러나 물이 많지 않아 쥐는 기어 나올 수가 없었다. 그저 물독 안벽을 따라 항아리를 긁으며 뱅글뱅글 돌고 있었다.

"죽여 버릴 테다!"

밤마다 시끄럽게 가구를 갉아먹어 그를 편하게 자지 못하게 한 것이 바로 이놈이었구나 하는 생각이 들자 그는 가슴이 후련해졌다. 미간척은 흙벽 작은 구멍에 관솔불을 꽂아 놓고 쥐를 구경했다. 그런데 동그랗게 부릅뜬 작은 쥐 눈은 미간척을 화나게 만들었다. 장작 하나를 뽑아 그놈을 물 밑으로 눌러 버렸다. 한참 있다가 손을 놓으니 쥐도 따라 떠올랐다. 또 항아리 벽을 긁으면서 뱅글뱅글 돌았다. 단지 긁는 기세가 아까처럼 이악스럽지 못했다. 눈도 물속에 잠긴 채 뾰족하고 새빨간 코만 물 위에 드러내 놓고 할딱거리며 숨을 몰아쉬고 있었다.

그는 요즘 코가 빨간 사람을 그렇게 좋아하지 않았다. 그런데 지금 이 작고 뾰족한 빨간 코를 보자 느닷없이 측은하다는 생각이 들었다. 장작을 쥐의 배 밑에 밀어 넣었다. 쥐는 긁어 대면서 한참 숨을 돌리더니 장작을 따라 기어오르기 시작했다. 흠뻑 젖은 검은 털, 커다란 배, 지렁이 같은 긴 꼬리, 쥐의 몸통 전체가 눈에 보이자 그는 또 괘씸하고 얄미운 생각이 들었다. 얼른 장작을 한 번 흔들었다. '풍덩' 하면서 쥐는 다시 물속으로 떨어졌다. 그는 쥐가 빨리 가라앉게 장작으로 쥐의 머리를 몇 차례 계속해 눌러 버렸다.

관솔불을 여섯 번 갈았을 때, 쥐는 더 이상 움직이지 못했고 그저 물 한가운데 떠 있었다. 이따금 힘없이 물 위로 솟구치곤 했다. 미간척은 또다시 측은한 생각이 들었다. 그래서 장작을 분질러 겨우겨우 쥐를 집어올려 땅바닥에 내려놓았다. 쥐는 처음에 꼼짝달싹을 않더니 좀 지나자 겨우 숨을 쉬기 시작하였다. 또 한참을 지나자 쥐는 네 발을 옴지락거렸고 몸을 뒤집었다. 당장이라도 일어나서 내뺄 것만 같았다. 미간척은 너무 놀란 나머지 엉겁결에 왼발을 들어 한번에 밟아 버렸다. '찍' 하는 소리만 들렸다. 쪼그리고 앉아 자세히 살펴보니, 쥐의 입가에 약간의 선혈이 보였다. 아마도 죽어 버린 것 같았다.

그는 또다시 측은한 생각이 들었다. 자신이 무슨 큰 죄라도 지은 것 같아 괴로웠다. 그는 쪼그리고 앉아 멍하니 죽은 쥐를 들여다보고 있었다. 일어날 수가 없었다.

"척아, 너 뭘 하고 있니?"

잠에서 깬 그의 어머니가 침대에서 물었다.

그는 황급히 일어나 몸을 돌렸다.

"쥐가……."

한마디밖에 말하지 못했다.

"그래, 쥐. 그건 나도 알아. 그런데 너 뭘 하고 있냐? 쥐를 죽인 게냐, 아니면 살리고 있는 게냐?"

그는 대답하지 않았다. 관솔불이 다 탔다. 그는 어둠 속에 묵묵히 서 있었다. 교교한 달빛이 서서히 보이기 시작했다.

"후!"

그의 어머니가 한숨을 지으며 말을 이었다.

"자시가 지나면 넌 이제 열여섯 살이 된다.[3] 성격이 아직도 그 모양으로 뜨뜻미지근한 게, 조금도 변하질 않으니, 아무리 봐도 네 아비의 원수 갚을 사람은 없는가 보다."

희끄무레한 달빛 속에 앉아 있는 어머니는 몸을 부르르 떠는 듯했다. 한없는 슬픔에 젖은 어머니의 나직한 목소리에 그는 모골이 송연할 정도로 서늘해졌다. 그러나 삽시간에 더운 피가 전신에 끓어오름을 느꼈다.

"아버지 원수? 아버지에게 무슨 원수가 있었어요?"

그는 몇 걸음 앞으로 다가서며 놀라고 다급한 어조로 물었다.

"있다. 네가 갚아야 할 원수다. 내 진작 너에게 말하려 했으나 네가 너무 어려 말하질 못했다. 이제 넌 어른이 다 되었다. 그런데도 아직 성미가 그 모양이니, 어떻게 한단 말이냐? 너 같은 맘으로 어디 큰 일을 해낼 수 있겠느냐?"

"할 수 있어요. 말해 주세요. 저 고칠게요……."

"물론 그래야지. 이젠 말할 도리밖에 없다. 너 반드시 그 유약한 성격을 고쳐……. 그럼 이리 와 앉아 보거라."

그는 어머니 곁으로 갔다. 어머니는 침대에 단정히 앉아 있었다. 어슴푸레한 달빛 속에서 어머니의 두 눈은 반짝 빛나고 있었다.

"듣거라!"

그녀는 엄숙하게 말을 했다.

"네 아버지는 원래 검을 만드는 명인으로 천하 제일이셨다. 아버지가 쓰시던 공구들을 가난 때문에 죄다 팔아 치워서 넌 그 흔적을 찾아볼 수 없게 되었지. 그러나 아버지는 세상에서 둘도 없는 검을 벼리는 장인匠人이셨다. 20년 전, 한 후궁이 잉태하여 아이를 낳았는데, 낳고 보니 아이가 아니라 무쇳덩어리였단다.[4] 전해지는 말로는 무쇠 기둥을 한 번 끌어안은 후에 잉태한 것이라 하더구나. 그것은 시퍼렇고 투명한 쇳덩어리였단다. 왕은 그것을 기이한 보물로 여겼단다. 그래서 그것으로 검을 만들어, 나라도 지키고, 원수도 죽이고, 자기도 지키고 싶어 했단다. 불행히도 네 아버지가 그때 그 일에 뽑히게 되었단다. 그래 그 쇳덩이를 안고 집으로 돌아오셨지. 아버지는 밤낮으로 그 무쇠를 단련하셨단다. 꼬박 3년 동안 심혈을 기울인 끝에 검 두 자루를 벼리셨지."

"마지막으로 가마의 문을 열던 그날은 얼마나 놀라운 광경이었는지! 한 줄기 하얀 기운이 '쏴아' 하고 날아올랐을 때는 땅도 마치 흔들리는 것 같았단다. 그 하얀 기운은 하늘 중간쯤에 올라가 흰 구름으로 변하더니 이곳을 자욱하게 덮었단다. 그러더니 차츰 진분홍빛으로 변해 모든 것을 복숭앗빛으로 물들였단다. 칠흑 같은 가마 속에는 시뻘건 검 두 자루가 놓여 있었단다. 네 아버지가 정화수[5]를 천천히 떨구었지. 그러자 '지지직' 하고 커다란 소리를 내면서 차츰차츰 파란 빛으로 변해 갔단다. 이렇게 하여 여드레 밤낮을 보내고 나니 검이 보이지 않게 되었단다. 자세히 살펴보니 검은 아직 가마 속에 있었단다. 그런데 너무 티 없이 푸르스름하고 투명해 두 개의 긴 얼음덩이 같았단다."

"네 아버지의 눈에서는 형용할 수 없는 기쁨의 광채가 사방으로 비추었지. 아버지는 검을 꺼내 닦으시고 또 닦으셨단다. 그러나 슬프고 참담한 표정이 아버지의 미간과 입가에 어렸지. 아버지는 두 자루의 검을 두 개의 함 속에 나누어 넣고 나서 내게 조용히 말씀하셨단다. '요 며칠간의 내 상황을 살펴본 사람이라면 누구나 이제 내가 검을 다 만들었다는 것을 알게 되었을 거요. 내일 나는 검을 바치러 왕에게 가야만 하오. 그러나 검을 바치는 그날이 바로 내 목숨이 다하는 날이 될 것이오. 우린 이제 영 이별이 될 것 같소.'

'여보…….' 나는 너무 놀라 네 아버지의 뜻을 알아듣지 못했단다. 무어라고 말해야 좋을지 몰라 그저 '당신이 이번에 이렇게 큰 공을 세우셨잖아요……'라고만 말하였지.

'아! 당신이 어찌 알겠소!' 아버지가 말했지. '왕은 본래 의심하길 좋아하고 아주 잔인한 사람이오. 이번에 내가 세상에 둘도 없는 검을 벼려 주었으니 그는 틀림없이 나를 죽일 것이오. 내가 다시 누군가에게 검을 만들어 주어 그 누군가가 왕에 필적하거나 왕을 능가하지 못하게 말이오.'

난 울었단다.

'여보, 슬퍼하지 말아요. 이것은 피할 수 없는 일이오. 눈물은 결코 운명을 씻어 버릴 수 없다오. 난 벌써부터 여기 이렇게 준비를 해두었소!'

아버지의 눈에서는 갑자기 번갯불 같은 섬광이 발하였지. 아버지는 칼상자를 내 무릎 위에 놓으셨단다.

'이건 수놈 검이오. 잘 간수해 두시오. 난 내일 이 암검만 왕에게 바치겠소. 내가 만일 돌아오지 않으면 나는 분명 이 세상에 없는 사람이 될 것이오. 당신 임신한 지 이미 대여섯 달 되었으니 너무 서러워하지 마오. 아이를 낳으면 잘 기르시오. 그 애가 자라 어른이 되면 이 검을 그 아이에게 주시오. 왕의 목을 베어 내 원수를 갚으라 하시오' 하고 말씀하셨단다."

"그날 아버님이 돌아오셨나요?"

미간척이 다급히 물었다.

"돌아오지 않으셨다!"

어머니가 차갑게 말했다.

"사방으로 수소문했으나 소식이 묘연했다. 나중에 사람들의 말을 들으니, 네 아버지가 손수 벼린 그 칼에 제일 먼저 피를 먹인 사람이 바로 그 사람, 네 아버지라고 하더라. 그러고는 죽은 네 아비의 혼백이 원혼으로 나타날까 두려워한 왕은 아버지의 몸과 머리를 나누어 앞문과 후원에 따로따로 묻었다 하더라!"

미간척은 온몸이 맹렬한 불길에 휩싸이는 듯했다. 머리카락 한올한올마다 불꽃이 튀어나오는 것 같은 느낌이 들었다. 어둠 속에서 꽉 쥔 그의 두 주먹은 '뿌드득' 하는 소리를 냈다.

그의 어머니는 일어나더니 침대 머리맡의 나무널빤지를 뜯어냈다. 어머니는 침대에서 내려와 관솔불을 밝히고는 문 뒤로 가 곡괭이를 가져왔다. 미간척에게 주며 말했다.

"여길 파라!"

미간척은 심장이 뛰었으나 침착하게 한 괭이 한 괭이씩 조용조용 파 내려갔다. 파낸 흙은 모두 누런 흙이었다. 다섯 자가량 깊이 파 내려가니 흙빛이 약간 달라지면서 썩은 나무 같은 것이 보였다.

"잘 봐라! 조심조심!"

어머니가 말했다.

미간척은 파낸 구덩이 옆에 엎드려 두 손을 뻗어 아주 조심스럽게 썩은 나무를 헤쳐 나갔다. 잠시 후 마치 손끝이 얼음에 닿았을 때처럼 선뜩하더니 티 없이 파랗고 투명한 검이 나타났다. 그는 칼자루를 또렷하게 알아보고 잘 집어 조심스럽게 꺼냈다.

창밖의 별과 달, 방 안의 관솔불이 마치 삽시간에 그 빛을 잃어버리는 듯했다. 푸른빛만이 온 집안을 가득 채웠다. 검은 푸른빛 속에 용해되어 아무것도 없는 것처럼 보였다. 미간척은 정신을 가다듬어 자세히 살폈다. 그제서야 다섯 자 남짓 길이의 검이 보이는 듯했다. 그런데 검은 그렇게 예리해 보이지 않았다. 칼날도 무디어진 듯 부춧잎처럼 두툼했다.

"넌 이제부터 네 그 유약한 성격을 고치고, 이 검으로 아비의 원수를 갚으러 가거라!"

어머니가 말했다.

"전 벌써 제 유약한 성격을 고쳤어요. 검으로 원수를 꼭 갚고야 말겠어요!"

"제발 그렇게 하길 빈다. 푸른 옷을 입고 검을 메면 옷과 검의 색이 같아 누구도 알아보지 못할 거다. 옷은 내가 벌써 지어 났으니 내 걱정은 말고 내일 곧장 네 길을 떠나거라!"

어머니는 침대 뒤에 놓여 있는 낡은 옷상자를 가리키며 말했다.

미간척이 새 옷을 꺼내 입어 보니 크기가 몸에 딱 맞았다. 그는 옷을 벗어 다시 잘 개어 놓았다. 검도 헝겊에 잘 싸 베개맡에 놓고는 조용히 누웠다. 그는 자신의 유약한 성격이 벌써 고쳐진 것 같은 생각이 들었다. 그는 결심했다. 마치 아무 일도 없었던 듯 잠을 푹 자고 아침 일찍 일어나리라. 그리고 여느 때와 조금도 다름 없이 조용히 그 불구대천의 원수를 찾아가리라.

그러나 그는 줄곧 깨어 있었다. 이리 뒤척 저리 뒤척 하였다. 자꾸 일어나 앉고 싶었다. 그는 실망에 찬 어머니의 가벼운 한숨소리를 들었다. 첫닭이 우는 소리를 들은 그는 이미 자정이 지났으니 자신이 열여섯 살이 되었다는 것을 알았다.

2.

미간척은 눈두덩이 부어올라 부석부석했다. 그는 뒤도 돌아보지 않고 대문을 나섰다. 푸른 옷을 입고 푸른 검을 멘 그가 성큼성큼 발걸음을 내딛으며 성을 향해 가고 있을 때, 동쪽은 아직 어두운 빛에 싸여 있었다. 삼나무의 뾰족한 잎들은 잎 끝마다 이슬방울을 달고 있고 그 속에는 아직 밤기운이 들어 있었다. 그러나 그가 숲 어귀까지 걸어갔을 때는 이슬들이 온갖 광채를 발산하고 있었고 차츰차츰 아침노을로 물들

어 가고 있었다. 거무스름한 성벽과 성벽 위 치성⁶⁾이 멀리 희미하게
보이기 시작했다.

　　미간척은 야채를 팔러 온 사람들과 섞여 성안으로 들어갔다. 거
리는 벌써 활기가 넘쳐나 들끓고 있었다. 남자들은 우두커니 여기저
기 서 있고 여자들은 간간이 문을 열고 목을 빼 밖을 내다보고 있었다.
대부분은 눈두덩이 부어 부석부석하고 머리가 헝클어져 있었다. 누리
끼리한 얼굴들이 화장도 하지 않은 채였다.

　　미간척은 어떤 큰 변이 닥쳐오고 있음을 예감했다. 사람들은 모
두 초조하지만 참을성 있게 그 거대한 변화를 기다리고 있는 것이라
고 그는 생각했다.

　　미간척은 곧장 앞을 향해 걸어갔다. 한 아이가 갑자기 뛰어왔다.
그의 등에 있는 칼끝에 하마터면 다칠 뻔했다. 미간척은 놀라 온몸에
식은땀이 났다. 그는 북쪽으로 꺾어 들어 왕궁에서 멀지 않은 곳에 이
르렀다. 거기에는 사람들이 빼곡히 모여 서서 모두 목을 길게 빼고 있
었다. 무리들 속에 아낙들과 아이들의 울고 떠드는 시끄런 소리가 들
려왔다. 그는 보이지 않는 수검이 사람들을 다치게 할까 봐 감히 안으
로 비집고 들어가지 못했다. 그러나 사람들이 그의 등 뒤로 밀려들었
다. 미간척은 이리저리 사람들을 피하는 수밖에 없었다. 눈앞에는 사
람들의 잔등과 길게 빼든 목만 보일 뿐이었다.

　　갑자기 앞에 섰던 사람들이 모두 차례로 꿇어앉았다. 멀리서 말
두 필이 나란히 오고 있었다. 그 뒤로는 곤봉, 창, 칼, 활, 깃발을 든 무
사들이 누런 황토먼지를 뿌옇게 일으키며 길 가득히 걸어왔다. 또, 네

필의 말이 끄는 큰 수레가 오고 있었다. 그 위에는 한 무리의 사람들이 앉아 있었다. 어떤 사람은 종을 치고 어떤 사람은 북을 두드리며 어떤 사람은 이름 모를 이상한 악기 나부랭이[7]를 불고 있었다. 그 뒤로 또 수레가 따르고 있었다. 그 속에 앉아 있는 사람들은 모두 다 꽃무늬 옷을 입었다. 늙은이가 아니면 키 작은 뚱보였다. 얼굴들이 모두 땀과 기름으로 번지르르했다. 이어서 또 여러 종류의 칼과 창을 든 기사들이 따랐다. 꿇어앉았던 사람들은 모두 엎드렸다.

이때 미간척은 누런 덮개를 씌운 큰 수레가 다가오는 것을 보았다. 수레 한가운데는 꽃무늬 옷을 입은 뚱보가 앉아 있었다. 희긋희긋한 수염에 작은 머리통이었다. 미간척은 자기가 메고 있는 것과 똑같은 푸른 검이 그의 허리에도 있는 걸 어슴푸레 보았다.

그는 자신도 모르게 온몸이 오싹했다. 그러나 곧바로 활활 타오르는 맹렬한 불길이 타오르듯 몸이 달아올랐다. 그는 손을 뻗어 어깨 너머 칼자루를 부여잡고, 한편으로는 엎드려 있는 사람들의 목과 목 사이 빈틈으로 발을 디디며 넘어갔다.

그러나 겨우 대여섯 걸음 못 가, 어떤 사람이 갑자기 그의 한쪽 발을 거는 바람에 그만 거꾸로 넘어지고 말았다. 넘어지면서 그는 파리하고 깡마른 얼굴을 한 소년의 몸을 누르게 되었다. 칼끝에 소년이 다칠세라 놀라며 일어나 소년을 보는 순간 아주 힘센 두 주먹에 의해 옆구리 아래를 얻어맞았다. 그는 생각할 겨를이 없었다. 다시 길 위를 바라보았다. 누런 덮개를 씌운 수레가 이미 지나갔을 뿐만 아니라 호위하는 기사들도 지나간 지 한참이 되었다.

길가의 모든 사람들도 기어 일어났다. 깡마른 얼굴의 소년은 아직도 미간척의 멱살을 거머쥐고 있었다. 그는 손을 놓으려 하지 않았다. 소년은 미간척이 자기의 귀중한 아랫배 단전[8]을 눌렀기 때문에 책임을 져야 한다는 것이다. 만일 그가 여든 살까지 살지 못하고 죽는다면 목숨을 물어내야 한다는 것이다. 한가한 사람들이 금방 둘러 싸 멍청하니 구경했다. 그러나 누구도 입을 열지 않았다. 나중에 누군가가 옆에 서서 비웃으며 몇 마디 욕지거리를 했는데 그것은 모두 그 말라깽이 소년 편을 드는 말이었다. 이러한 적을 만났으니 미간척은 정말 성을 낼 수도 웃을 수도 없었다. 그저 답답한 생각이 들었으나 몸을 뺄 수도 없었다. 이렇게 실랑이를 하며 밥이 익을 만한 시간이 흘렀다. 미간척은 초조한 나머지 온몸에 불이 났고, 구경하는 사람들은 줄어들지 않았다. 그런대로 꽤나 흥미진진한 모양이었다.

그때 앞쪽 사람들이 만든 둥근 원이 술렁이더니 검은색의 사람이 비집고 들어왔다. 검은 수염, 검은 눈동자에 쇠꼬챙이처럼 깡마른 사람이었다. 그는 아무 말 없이 미간척을 향해 차디차게 한번 웃더니, 손으로 말라깽이 소년의 턱을 가볍게 받쳐 들고 그의 얼굴을 지그시 보았다. 그 소년도 그를 잠시 보더니 미간척의 멱살 잡았던 손을 저도 모르게 슬그머니 놓고는 그냥 빠져나갔다. 그 사람도 슬그머니 사라지고 말았다. 구경꾼들도 멋쩍은 듯 흩어졌다. 몇몇 사람들만 남아 미간척에게 나이가 몇 살이냐, 집은 어디냐, 집에는 누이가 있느냐 하고 이것저것 물었다. 미간척은 그들 모두를 상대하지 않았다.

미간척은 남쪽을 향해 걸으면서 생각했다. '성안이 이렇게 붐비니 자칫하면 사람들을 다치게 하기 쉽다. 남문 밖에서 그가 돌아오길 기다렸다가 아버지의 원수를 갚자. 거기는 넓고 인적이 드무니 힘을 발휘하기 쉬울 것이다.'

이때 온 성안 사람들은 국왕의 산 나들이며 의장이며 위엄을 두고 왈가왈부하고 있었다. 자기가 국왕을 뵙게 된 것은 영광이라는 둥, 땅에 얼마나 낮게 엎드렸다는 둥, 국민으로서 모범을 갖춰야 한다는 둥, 마치 벌떼의 행렬 같았다. 남문 가까이에 이르러서야 겨우 조금 조용해졌다.

성 밖으로 나온 그는 큰 뽕나무 아래 앉아 만두 두 개를 꺼내 요기를 했다. 만두를 먹을 때 갑자기 어머니 생각이 나 콧등이 시큰했다. 그러나 금방 아무렇지도 않았다. 자신의 숨소리를 또렷이 들을 수 있을 정도로 주위는 차츰차츰 더 고요해져 갔다.

날이 점점 어두워질수록 그도 점점 더 불안했다. 시선을 집중하여 아무리 앞을 바라봐도 국왕이 돌아오는 모습은 그림자도 보이지 않았다. 성안으로 채소를 팔러 갔던 사람들도 빈 광주리를 지고 성문을 나와 하나씩 집으로 돌아가고 있었다.

인적이 끊긴 지도 오래되었다. 그런데 이때 갑자기 성안에서 아까 그 검은 빛의 사나이가 번쩍하며 나타났다.

"가자, 미간척! 국왕이 너를 잡으려 하고 있다!"

그가 말했다. 목소리가 마치 올빼미 소리 같았다.

미간척은 온몸을 부르르 떨고는 마치 귀신에 홀린 듯 곧바로 그를 따라 걸었다. 나중에는 나는 듯이 달렸다. 걸음을 멈추고 서서 한참

동안 숨을 돌리고 났을 때, 그는 비로소 자신이 삼나무 숲 언저리에 이른 것을 알았다. 은백색의 줄무늬가 있는 숲 뒤편 먼 곳에서는 이미 달이 떠오르고 있었다. 미간척 앞에는 그 검은 사람의 도깨비불 같은 두 점의 눈빛만 보였다.

"아저씬 어떻게 저를 아세요……?"

미간척은 몹시 놀라 허둥거리며 물었다.

"하하! 난 옛날부터 널 알고 있지."

그 사람의 목소리가 말했다.

"난 네가 수검을 등에 지고 네 아버지의 원수를 갚으려 한다는 것도 알고 있지. 또 네가 원수를 갚지 못하리라는 것도 알고 있지. 원수를 갚지 못할 뿐만 아니라, 오늘 벌써 왕에게 밀고한 사람이 있어서 네 원수는 일찌감치 동쪽 문으로 환궁했고 너를 체포하라는 명령까지 내렸단 말이다."

미간척은 저도 모르게 상심했다.

"아아, 어머니가 탄식하실 만도 하시구나."

미간척이 낮은 소리로 말했다.

"그러나 네 어머니는 반만 알고 계시지. 내가 네 원수를 갚아 주려 한다는 것은 모르고 계시지."

"아저씨가요? 아저씨가 내 원수를 갚아 주신다고요, 의사義士?"

"아, 그렇게 부르면 내 좀 거북하지."

"그럼 아저씨는 우리 같은 고아나 과부들을 동정하나요……?"

"오호, 애야, 다시는 그런 수치스러운 호칭을 거론하지 말아라."

그는 엄숙하고 냉랭하게 말했다.

"의협심이니 동정심이니 하는 그런 것들, 이전에는 깨끗했었지. 그러나 지금은 모두 너절한 적선의 밑천으로 변해 버렸어.[9] 내 마음엔 네가 말하는 그런 것들이 조금도 없다. 난 그저 네 원수를 갚아 주려는 것뿐이다!"

"좋아요. 그런데 아저씬 어떻게 내 원수를 갚아 줄 수 있죠?"

"네가 나한테 두 가지만 주면 돼."

두 점의 도깨비불 아래서 흘러나오는 목소리가 말했다.

"그 두 가지 말이지? 얘야 잘 들거라, 하나는 네 검이고 다른 하나는 네 머리다!"

비간척은 이상스럽고 약간의 의심이 들기도 했으나 별로 놀라지 않았다. 그는 잠시 입을 열 수가 없었다.

"내가 너의 목숨과 보물을 노려서 거짓말하는 거라고 의심하지 마라."

어둠 속의 목소리가 다시 엄숙하고도 냉랭하게 말했다.

"이 일은 완전히 네게 달려 있다. 네가 나를 믿으면 나는 원수를 갚으러 간다. 네가 믿지 않으면 난 그만둔다."

"그런데 아저씬 왜 내 원수를 갚아 주려 하시는 거죠? 나의 아버님을 아시나요?"

"난 이전부터 네 아버지를 알고 있단다. 내가 너를 죽 알고 있었던 것처럼 말이다. 그러나 내가 원수를 갚아 주겠다고 하는 것은 그 때문만이 아니다. 총명한 아이야, 잘 들으렴. 내가 얼마나 원수를 잘 갚는지 너는 아직 모르겠지. 너의 원수가 바로 내 원수이고, 다른 사람이 곧 나이기도 하단다. 내 영혼에는, 다른 사람과 내가 만든 숱한 상처가 있단다. 나는 벌써부터 내 자신을 증오하고 있단다!"

어둠 속에서 말소리가 끝나자마자, 미간척은 손을 어깨 위로 들어 올리더니 등에 진 푸른 검을 뽑으면서 그대로 뒤에서 앞으로 자신의 목 뒷덜미를 한칼에 내리쳤다. 두개골이 땅바닥 푸른 이끼 위에 떨어지는 그 순간, 그는 검은 사람에게 검을 넘겼다.

"아아!"

그 사람은 한 손으로는 검을 받고 다른 한손으로는 머리칼을 거머쥐어 미간척의 머리를 들어 올렸다. 그는 이미 죽은, 그러나 아직은 뜨거운 입술에 두 번 입을 맞추고는 냉랭하고 날카롭게 웃었다.

그 웃음소리는 삽시간에 삼나무 숲 속으로 퍼져 나갔다. 깊은 숲 속에서 도깨비불 같은 눈빛들이 번쩍거리며 움직이더니 갑자기 가까이 다가왔다. "쉭쉭" 주린 이리 떼들의 숨소리가 들려왔다. 그들은 한 입에 미간척의 푸른 옷을 갈기갈기 찢어 버렸고, 두 입에 그 몸뚱이가 보이지 않게 되었으며, 핏자국마저 순식간에 말끔히 핥아먹었다. 단지 뼈를 씹는 소리만 희미하게 들려왔다.

제일 앞에 섰던 큰 이리가 검은 사람을 향해 달려들었다.

그가 푸른 검을 한번 휘두르자마자 이리의 대가리가 땅의 푸른 이끼위에 떨어졌다. 다른 이리들이 달려들어 한입에 죽은 이리의 가죽을 물어 찢어 버리고, 두 입에 그 몸뚱이는 보이지 않게 되었으며, 핏자국마저 순식간에 말끔히 핥아먹었다. 단지 뼈 씹는 소리만 희미하게 들려왔다.

그는 땅 위의 푸른 옷을 주워 미간척의 머리를 싸맸다. 그러고는 그것을 푸른 검과 함께 등에 지고 돌아서더니 왕궁을 향해 어둠 속으로 성큼성큼 걸어갔다.

이리 떼들은 꼼짝 않고 서 있었다. 어깨를 쏭긋 추켜올린 채 혀를 죽 빼고는 "쉭쉭" 가쁜 숨을 몰아쉬며 성큼성큼 걸어가는 그 사람을 시퍼런 녹색 눈으로 바라보았다.

검은 사람은 왕궁을 향해 어둠 속으로 성큼성큼 걸어가며 날카로운 소리로 노래를 불렀다.

아아 사랑이여, 사랑이여 사랑이여!
푸른 검을 사랑했네
복수에 불탄 한 사내 목숨을 버렸도다.
훨훨 날고 나는
대장부는 많고 많아.
푸른 검을 사랑한 사내
오호, 외롭지 않다네.
머리로 머리를 바꾸었으니
복수에 불탄 두 사내 목숨을 버리리라.
대장부는 사라지리 사랑이여 오호라!
사랑이여 오호라 오호라 아하,
아하 오호라 오호라 오호라![10]

3.

산놀이는 국왕을 재미있게 하지 못했다. 더구나 길에 자객이 있다는 비밀 보고에 흥이 깨져 곧바로 돌아왔다. 그날 밤 왕은 몹시 성이 나 아홉째 후궁의 머리카락조차 어제처럼 예쁘고 검지 못하다고 트집을 잡았다. 그나마 다행히 그녀가 왕의 무릎에 앉아 애교를 떨어 댔고 특별히 일흔 번이 넘게 몸을 비비 꼬았기 때문에, 왕 미간의 주름살이 조금 펴졌다.

오후에 왕은 자리에서 일어나자 또 기분이 좋지 않았다. 점심 수라를 들고 나서는 아예 성난 얼굴을 드러냈다.

"아아! 무료하다!"

그는 하품을 길게 하고 나서 큰소리로 말했다.

위로는 왕후로부터 아래로는 신하 노릇 하는 이에 이르기까지, 이 광경을 보고 모두 몸 둘 바를 몰라 쩔쩔맸다. 백발 성성한 늙은 대신이 도道에 대해 말하는 것도, 뚱뚱한 난쟁이 광대[11]가 코미디를 하는 것도 왕은 벌써 지겨워졌다. 요즘 와서는 줄타기, 장대 오르기, 투환, 거꾸로 서기, 칼 삼키기, 입에서 불 뿜기 등등 기기묘묘한 요술조차도 아무 재미가 없었다. 그는 툭하면 화를 낸다. 화가 나기만 하면 푸른 검을 빼들고 자그마한 트집이라도 찾아내 사람들을 죽이고 싶어 하곤 했다.

몰래 틈을 타 궁 밖에서 한가로이 놀던 두 젊은 환관이 막 환궁했다. 궁 안의 모든 사람이 수심에 잠긴 것을 보자 또 늘 있는 화가 임박

했다는 것을 알았다. 한 사람은 무서워 얼굴이 흙빛이 되었다. 그러나 다른 한 사람은 대단한 자신감이라도 있는 듯 당황하지 않았다. 그는 국왕 앞에 나아가 엎드린 채 말했다.

"소인이 방금 이상한 사람을 방문했는데 괴상한 재주가 있사와 상감마마의 무료하심을 풀어 드릴 수 있을 것으로 사료됩니다. 그래서 이렇게 특별히 아뢰옵나이다."

"뭔데?!"

왕이 말했다. 왕의 말은 늘 짤막했다.

"그는 거지 같은 행색을 한 검고 마른 사내였습니다. 온몸에 푸른 옷을 두르고 있고 등에는 동글동글한 푸른 보따리를 짊어졌으며 입으로는 이상하게 만든 노랠 부르고 있습니다. 사람들이 물어보면 그는, 자기는 사람들이 여태까지 본 적이 없는, 세상에 둘도 없는 재주를 부릴 줄 안다고 합니다. 그것은 보기만 해도 번민이 가시고 천하가 태평해진다고 하옵니다. 그러나 사람들이 그보고 재주를 부려 보라 하면 오히려 싫다고 합니다. 말인즉 첫째로는 금룡이 있어야 하고, 둘째로는 금솥이 있어야 한다 하옵니다……."

"금룡? 그것은 나잖아. 금솥이라고? 나에게 있잖아."

"소인도 바로 그리 생각하고 있었습니다……."

"불러들이라 해라!"

말이 채 떨어지기도 전 네 명의 무사가 그 환관을 따라 나는 듯이 달려 나갔다. 위로는 왕후로부터 아래로는 신하에 이르기까지 모두가 얼굴에 희색이 돌았다. 그들은 모두 그 놀음이 잘돼 왕의 번민도 풀리고 천하도 태평해지기를 바랐다. 설사 그 놀음이 잘못된다 하더라도 이번에는 그 거지 같은 행색을 하고 있다는 검은 사내가 화를 입을 것이니, 그들은 그저 그가 들어올 때까지 기다리기만 하면 되는 것이었다.

얼마 지나지 않아 여섯 명이 왕이 있는 계단을 향해 걸어 들어오는 것이 멀리 보였다. 맨 앞에는 환관이 섰고 뒤에는 네 명의 무사들이 따르고 가운데에 한 검은 사내가 끼어 있었다. 가까이 왔을 때 보니 그는 온통 푸른 옷을 입고 있었으며 수염이며 눈썹이며 머리칼이 모두 새까맸다. 광대뼈와 눈가장자리 뼈, 눈썹뼈가 높이 도드라질 만큼 여위었다. 그가 공손하게 무릎을 꿇어 엎드렸을 때 과연 그의 등 뒤에는 둥그런 작은 보따리가 있었다. 푸른 보자기 위에 검붉은 꽃무늬가 그려져 있었다.

"고하거라!"

왕이 조급하고 난폭하게 말했다. 왕은 그놈의 행색이 초라한 것을 보고 무슨 대단한 재주를 부릴 것 같지 않다고 생각했다.

"신은 이름을 연지오자라 부르며 원원상에서 자랐습니다.[12] 젊어서는 직업이 없었으나 늘그막에 훌륭한 스승을 만나 어린아이의 머리 가지고 노는 재주를 배웠나이다. 이 재주는 혼자서는 할 수 없습니다. 반드시 금룡 앞에 금솥을 설치하고, 그곳에 맑은 물을 가득 부은 다음, 수탄으로 물을 끓여야 합니다.[13] 그러고 나서 아이의 머리를 솥에다 집어넣습니다. 물이 끓어오르자마자 아이의 머리는 바로 끓는 물을 따라 올라왔다 내려갔다 하면서 여러 가지 춤을 출 뿐만 아니라

기묘한 목소리로 즐겁게 노래를 부릅니다. 이 춤과 노래는 혼자서 보면 번민을 쫓을 수 있고 만백성이 같이 보면 천하가 태평해집니다."

"놀아 보거라!"

왕이 큰소리로 명령했다.

얼마 지나지 않아 소를 삶는 커다란 금솥이 대전 밖에 설치되었다. 물을 가득 부은 다음 솥 밑에 목탄을 쌓고 불을 지폈다. 옆에 서 있던 검은 사람은 목탄불이 벌겋게 피어오르는 것을 보자 보자기를 풀어헤치고 두 손으로 아이의 머리를 꺼내어 높이높이 받쳐 들었다. 그 머리는 이목이 수려하고 하얀 이에 붉은 입술을 지니고 있었다. 얼굴은 웃음을 띠고 있었으며 머리털은 마치 푸른 연기처럼 헝클어져 날리고 있었다. 검은 사람은 아이의 머리를 받쳐 들고 사방을 한 바퀴 빙 돌았다. 그러고 나서 솥 위로 손을 죽 뻗어 올렸다. 그는 입술을 움직이며 무슨 말인지 알 수 없는 몇 마디의 말을 중얼거리더니 이내 두 손을 놓았다. '풍덩' 하는 소리가 들리면서 아이의 머리가 물속으로 떨어졌다. 물보라가 동시에 튀어 올랐다. 족히 다섯 자 이상 높이 올랐다. 잠시 후에는 모든 것이 조용해졌다.

시간이 흘렀으나 아무런 기미가 없었다. 국왕이 먼저 조급해지기 시작했다. 이어 왕후와 후궁, 대신과 환관들도 모두 초조해졌다. 뚱뚱한 난쟁이 배우들은 벌써 비웃기 시작했다. 왕은 광대들이 비웃는 것을 보자 자기가 우롱당하고 있다고 느꼈다. 무사들을 돌아보며, 임금을 기만하는 저 나쁜 놈을 당장 솥에 처넣어 삶아 죽이라고 명령하려는 참이었다.

그런데 이때 물이 끓어오르는 소리가 들렸다. 숯불도 막 활활 타올라 그 검은 사람의 얼굴은 마치 달궈진 쇠가 연분홍빛으로 변하는 것처럼 검붉게 변했다. 왕이 다시 얼굴을 돌렸을 때 그는 벌써 하늘을 향해 두 손을 펼쳐들고 눈은 허공을 향한 채 춤을 추다 갑자기 날카로운 목소리로 노래하기 시작했다.

아아 사랑이여, 사랑이로구나, 사랑이로구나!

사랑이여, 피여, 허, 누구라서 홀로인가.

민초의 저승길이여, 한 사내 미친 듯 큰소리로 웃는다.

그는 백 개의 머리, 천 개의 머리를 가지고 논다네.

만 개의 머릴 쓴다네!

나 한 개의 머릴 쓰리니,

여러 사람 필요 없도다.

한 개의 머릴 사랑함이여, 피로다 오호라!

피로다 오호라, 오호라 아하,

아하 오호라, 오호라 오호라![14]

노랫소리를 따라 솥 아가리에서 물이 솟구쳐 올랐다. 물기둥은 위가 뾰족하고 아래가 넓어서 마치 작은 산 같았다. 그런데 물은 뾰족한 위에서부터 솥 밑바닥까지 쉴 사이 없이 왕복 선회 운동을 했다. 그 아이의 머리도 물을 따라 오르락내리락 하며 원을 그리며 돌다가 데굴데굴 스스로 곤두박질도 치곤 했다. 사람들은 그 머리가 재미있게 놀면서 웃는 얼굴 하는 것을 어렴풋 볼 수 있었다. 얼마 지나자 아이의 머리는 갑자기 물결을 거슬러 헤엄을 쳤다. 베틀북처럼 물기둥을 들며나며 빙글빙글 선회했고 물방울을 사방으로 튀겨 날아오르게 해 마당 가득히 뜨거운 비를 한 차례 뿌렸다. 한 난쟁이 배우가 별안간 소리를 지르며 손으로 자기의 코를 문질렀다. 불행하게도 뜨거운 물에 덴 것이었다. 참을 수 없는 아픔 때문에 비명을 지르지 않을 수 없었던 것이다.

검은 사람의 노랫소리가 멎자 그 머리도 물 중앙에 멈추어 섰고 머리를 왕좌로 향했다. 그 낯빛은 단정하고도 장엄하게 변했다. 이렇게 하여 여남은 정도의 숨 쉴 시간이 지나자, 아이의 머리는 다시 천천히 위아래로 움직이며 전율했다. 전율하며 움직임에 속도가 빨라지더니 솟구쳤다 숨었다 헤엄을 쳤다. 그러나 그 속도는 그렇게 빠르지 않았으며 태도는 점잖고도 늠름했다. 아이의 머리는 물가를 따라 높았다 낮았다를 반복하며 세 바퀴 헤엄을 쳤다. 그러더니 갑자기 커다란 두 눈을 부릅뜨고는, 칠흑 같은 눈망울을 유난히 반짝이는 것과 동시에 입을 벌려 노래를 부르기 시작했다.

왕의 은혜여, 호호탕탕 흐르고 흘러
원수를 이기고 이겼도다 원수를.
혁혁하다, 강대함이여!
우주는 유한하나 임금 세상 무궁토다.
다행히 나 여기 왔네, 푸르른 그 빛!

푸르른 그 빛, 서로 잊지 못하네.

다른 곳에 있었네, 다른 곳에 있었네.

당당하고 훌륭하도다!

당당하고 훌륭하다, 어허 허 얼씨구.

아하 돌아왔네, 아하 사죄하리, 푸르른 그 빛![15]

머리가 갑자기 물마루 끝에 올라가 멈추더니 몇 번 곤두박질을 한 후 위아래로 오르내리기 시작했다. 눈동자가 좌우를 잠시 바라보는데 그 눈매가 너무나 아름다웠다. 입으로는 여전히 노래를 부르면서.

아하 오호라, 오호 오호.

사랑이여 오호라, 오호라 아호.

하나의 머리를 피로 물들인다.

사랑이여 오호라.

나 한 개의 머릴 쓰리니,

그리하여 뭇사람 필요 없도다!

그는 백 개의 머리, 천 개의 머릴 쓰지만······.[16]

여기까지 노랠 하더니 머리는 가라앉았다. 그러고는 다시 떠오르지 않았다. 가사도 알아들을 수 없었다. 솟구쳐 오르던 물도 노랫소리가 작아짐에 따라 점점 낮아지더니 마치 썰물처럼 솥단지 밑으로 잦아들었다. 먼 곳에서는 아무것도 보이지 않게 되었다.

"어찌 된 거냐?"

잠시 후 왕은 참지 못하고 물었다.

"대왕,"

검은 사람이 엉거주춤 꿇어앉아 말을 했다.

"지금 그는 솥 밑에서, 신기하기 그지없는 원무를 추고 있는 중입니다. 가까이 오지 않으시면 보이질 않습니다. 원무는 반드시 솥 밑에서 추어야 하기 때문에 신도 그를 올라오게 할 묘술이 없습니다." 왕은 몸을 일으켜 계단을 내려왔다. 그는 뜨거운 열기를 무릅쓴 채 솥 옆에 서서 머리를 빼내 들여다보았다. 거울처럼 잔잔한 물만 보였다. 그 소년의 머리는 물 한가운데서 얼굴을 위로 향한 채 누워 있었고 두 눈은 왕의 얼굴을 보고 있는 중이었다. 왕의 눈빛이 그의 얼굴을 쏘아보자 아이의 머리가 금방 빙긋 웃었다. 그 웃음은 왕에게 일찍 어디서 본 듯한 느낌이 들게 했다. 그러나 누구인지는 단번에 생각나지 않았다. 놀라움과 의아한 생각이 든 바로 그때, 검은 사람이 등에 진 푸른 검을 뽑아 한 번 휘둘렀다. 번개처럼 왕의 뒷덜미를 뒤에서 그대로 내리친 것이다. '첨벙' 하는 소리와 함께 왕의 머리는 솥 안으로 떨어졌다.

원수끼리 만나면 본래 눈이 유난히 밝아지는 법, 하물며 외나무다리에서 만났음에랴. 왕의 머리가 물에 떨어지자마자 미간척의 머리가 맞받아 올라와 왕의 귀를 한입 이악스럽게 물었다. 순간 솥 안의 물이 끓기 시작하더니 부글부글 소리를 냈다. 두 머리는 물속에서 결사적으로 싸웠다. 스무 번가량 붙어 싸우더니 왕의 머리는 다섯 군데의 상처를 입었고 미간척의 머리는 일곱 군데의 상처를 입었다. 왕은 여전히 교활했다. 언제나 적의 뒤쪽으로 돌아갈 궁리만 했다. 잠깐 실수한 미간척은 왕에게 뒷덜미를 물려 머리를 빼낼 방법이 없게 되었다. 이번에는 왕의 머리가 미간척의 머릴 꽉 물고 놓아주지 않았다. 왕은 그저 야금야금 조금씩 먹어 들어갔다. 아파서 절규하는 아이의 울음소리가 솥 밖에서도 들리는 듯했다.

위로는 왕후로부터 아래로는 신하에 이르기까지 겁에 질려 옴짝달싹 못하던 분위기가 울음소리에 술렁거리기 시작했다. 마치 햇빛 없는 어둠의 비애를 느끼기라도 한 듯 그들의 피부에는 도톨도톨 소름이 돋았다. 그러나 그들은 또 신비로운 환희에 휩싸여 눈을 부릅뜨고는 마치 무엇인가를 기다리고 있는 것 같기도 했다.

검은 사람도 좀 놀라고 당황해하는 것 같았다. 그러나 낯빛은 변하지 않았다. 그는 보이지 않는 푸른 검을 쥐고 있는, 마른 나뭇가지 같은 자신의 팔을 아주 조용하게 위로 쭉 뻗고는, 솥 밑을 자세히 보기라도 하려는 듯 목을 길게 뺐다. 그런데 갑자기 팔이 굽어지면서 푸른 검이 날렵하게 그 자신의 뒷덜미를 내리쳤다. 검이 닿자 그의 머리가 잘려 솥 안으로 떨어졌다. '풍덩' 소리와 함께 하얀 물보라가 허공을 향해 사방으로 튀었다.

그의 머리는 물에 떨어지자마자 그대로 왕의 머리에 달려들어 왕의 코를 한 입에 물었다. 거의 빼낼 것 같은 기세였다. 왕은 참지 못해 "아이고" 비명을 지르며 입을 벌렸다. 미간척의 머리는 이 틈을 타 빠져나왔고 얼굴 방향을 바꿔 왕의 아래턱을 죽을힘을 다해 물어 버렸다. 그들은 왕을 놓아주지 않았을 뿐 아니라 온 힘을 다해 아래위로 찢어 놓았다. 왕의 머리는 다시는 입을 다물지 못하게 되었다. 그들은 마치 주린 닭들이 모이를 쪼아 먹듯이 왕의 머리를 마구 물어뜯었다. 왕의 머리는 물려서 눈이 찌그러지고 코가 납작해졌으며 온 얼굴이 상처로 비늘처럼 너덜거렸다. 처음에는 그래도 솥 밑에서 이리저리 마구 뒹굴었으나 나중에는 누워서 신음 소리만 냈다. 그리고 끝내는 아무 소리도 못 내고 숨도 단지 내쉬기만 할 뿐 들이쉬지 못하게 되었다.

검은 사람과 미간척의 머리도 천천히 입을 다물었다. 그들은 왕의 머리에서 멀어지더니 솥 안벽을 따라 한 바퀴 놀았다. 그러면서 왕이 정말 죽은 것인지 죽은 체하는 것인지를 살폈다. 왕의 머리가 확실하게 숨이 끊어진 것을 알게 되자 네 개의 눈은 서로 마주보며 씽긋 한 번 웃었다. 그리고 곧바로 눈을 감고는 얼굴을 하늘로 향한 채 물속으로 가라앉았다.

4.

연기는 사라지고 불은 꺼졌다. 물결도 일지 않았다. 이상한 고요함이 어전 위아래에 있던 사람들을 정신 차리게 했다. 그들 가운데서 누군가가 먼저 소리를 지르자 모두들 즉시 겁에 질려 연이어 소리치기 시작했다. 한 사람이 금솥을 향해 씩씩하게 걸어가자 모두들 앞 다투어 몰려갔다. 뒤에 밀린 사람들은 겨우 앞사람들의 목 사이 틈새로 안을 볼 수 있었다.

솥 안의 열기가 아직도 뜨거워 사람들 얼굴로 열을 뿜었다. 그러나 솥 안의 물은 거울처럼 잔잔했다. 물 위에 기름이 한 겹 떠 있어 수많은 사람들의 얼굴이 비쳤다. 왕후, 후궁, 무사, 늙은 신하, 난쟁이 배우, 환관…….

"아이고, 하느님! 우리 상감마마의 머리가 아직도 여기 안에 계시는구나, 아이고, 아이고!"

여섯번째 후궁이 별안간 미친 사람처럼 울부짖었다.

위로는 왕후로부터 아래로는 어릿광대 신하에 이르기까지 모두들 홀연히 제정신이 들었다. 그들은 황망하게 흩어지더니 어찌할 바를 몰라 허둥거렸다. 각각 네다섯 바퀴씩 빙빙 돌았다. 제일 지략이 있다는 늙은 신하 하나가 혼자 나서더니 손을 뻗어 솥 가를 만져 보았다. 그러나 온몸을 부르르 떨며 제꺽 물러섰다. 그는 두 손가락을 입에 대고 연신 후후 불었다.

사람들은 정신을 좀 가다듬고 나서 어전 문밖에 모여 상감의 머리를 건져 낼 방법을 상의했다. 거의 세 솥가량의 조밥이 익을 만한 시간이 흐르고 나서야 겨우 결론을 얻게 되었다. 그것은, 큰 주방에 가서 철사로 된 국자를 가져다가 무사들을 시켜 힘을 합해 머리를 건져 내자는 것이었다.

오래지 않아 도구들이 갖추어졌다. 철사국자며 조리며 금쟁반이며 행주들이 솥단지 옆에 놓여졌다. 무사들은 옷소매를 걷어붙이고 어떤 이는 철사국자로, 어떤 이는 조리로 일제히 정중하게 머리를 건지기 시작했다. 국자가 서로 부딪치는 소리, 조리가 솥을 긁는 소리가 들려왔다. 물은 국자가 휘젓는 대로 빙글빙글 돌고 있었다. 한참 후, 한 무사의 얼굴이 갑자기 엄숙해지더니 아주 조심스럽게 두 손으로 국자를 천천히 들어올렸다. 물방울이 국자 구멍으로 구슬처럼 흘러내리자 국자 안에는 새하얀 두개골이 나타났다. 모두들 놀라서 소리를 질렀다. 무사는 그것을 금쟁반 위에 놓았다.

"아이고! 우리 상감마마님!"

왕후, 후궁, 늙은 신하에서 환관에 이르기까지 모두 목 놓아 울기 시작했다. 그러나 얼마 지나지 않아 울음소리는 연달아 가며 그쳤다. 무사가 똑같은 머리뼈를 또 건져냈기 때문이다.

그들은 눈물로 흐려진 눈으로 사방을 둘러보았다. 무사들이 온 얼굴에 비지땀을 흘리면서 아직도 건져내고 있는 것이 보였다. 그후에 건진 것은 뒤범벅이 된 흰 머리칼과 검은 머리칼 뭉치였다. 그 밖에 흰 수염과 검은 수염인 듯한 짧은 것들도 몇 국자 건져냈다. 그후에 또 머리뼈 하나를 건져냈고 그후에는 비녀 세 개를 건져냈다.

솥 안에 물만 남았을 때에야 비로소 손을 멈추었다. 건져낸 물건들을 금쟁반 셋에 나누어 담았다. 한 쟁반에는 두개골, 한 쟁반에는 머리칼과 수염, 한 쟁반에는 비녀를 담았다.

"우리 상감마마는 머리가 하나뿐인데 어느 것이 우리 상감마마의 것이오?"

아홉번째 후궁이 초조해하며 물었다.

"그렇습죠……."

늙은 신하들은 서로 얼굴만 쳐다보았다.

"가죽과 살이 떨어지지 않았다면 쉽게 알아볼 수 있었을 것입니다."

한 난쟁이 배우가 꿇어앉아 말했다.

사람들은 하는 수 없이 마음을 조용히 가라앉히고 머리뼈를 자세히 살펴보았다. 그러나 그 머리뼈들은 색깔과 크기가 비슷하여 어린 아이의 머리조차 가려낼 수가 없었다. 왕후는 왕이 태자였을 적에 넘어져서 다친 상처 자리가 오른쪽 이마에 있는데 어쩌면 뼈에도 그 흔적이 남아 있을지 모른다고 말했다. 과연 난쟁이 배우가 한 두개골에서 그것을 발견했다. 모두들 기뻐하고 있을 때 다른 한 난쟁이가 약간 누런빛의 다른 두개골 오른쪽 이마에서도 비슷한 흔적을 발견했다.

"좋은 수가 있어요. 우리 상감마마의 코는 매우 높으셨어요."

세번째 후궁이 자신 있게 말했다.

환관들은 지체 없이 코뼈 연구에 착수했다. 그 가운데 하나가 확실히 좀 높은 것 같았다. 그러나 결국에는 다른 것과 별로 큰 차이가 없음을 알았다. 제일 야속한 것은 오른쪽 이마에 넘어져 다친 흔적이 없다는 것이다.

"게다가."

늙은 신하들이 환관에게 말했다.

"상감마마의 후두부가 이렇게 뾰족했었느냐?"

"소인들은 지금까지 상감마마의 뒷골을 유심히 뵌 일이 없어서……."

왕후와 후궁들도 제각기 생각을 더듬었다. 뾰족하다는 사람도 있었고 평평하다는 사람도 있었다. 빗질해 주던 환관을 불러다가 물어보았으나 한마디도 하지 못했다.

그날 밤 대신 회의를 열어 어느 것이 왕의 머리인지 결정하고자 했다. 그러나 결과는 여전히 낮과 마찬가지였다. 뿐만 아니라 수염과 머리칼에도 문제가 생겼다. 흰 것은 물론 왕의 것이다. 그러나 조금 희끗희끗한 검은 것도 있어 처리하기가 매우 곤란했다. 밤늦게까지 토의하여 겨우 불그스레한 수염을 몇 가닥 가려냈을 뿐이었다. 그런데 아홉번째 후궁이 항의를 했다. 그녀는 왕에게 샛노란 수염 몇 가닥 있는 걸 분명 본 적이 있는데 지금 어떻게 그런 수염이 한 올도 없을 수 있느냐는 것이었다. 그래서 그것 역시 원상태로 다시 돌아가 미해결 안건으로 둘 수밖에 없었다.

한밤중이 지났으나 아무런 결과도 보지 못했다. 그래도 사람들은 하품을 해가며 계속 토론했다. 닭이 두 회째 울 때가 되어서야 비로소 가장 신중하고 타당한 방법을 결정했다. 그것은 세 개의 두개골을 왕의 몸뚱이와 함께 금관에 넣어 매장할 수밖에 없다는 것이었다.

이레가 지나 장사 지내는 날이 되었다. 온 성안이 시끄러웠다. 성안의 백성들과 먼 곳의 백성들이 모두 국왕의 '대출상'을 구경하러 모여들었다. 날이 밝자 길에는 이미 남녀노소들로 가득 붐볐다. 그 사이사이에는 많은 제사상들이 차려 있었다. 아침나절이 되자 길을 정리하는 기사들이 말고삐를 느슨하게 쥐고 천천히 나타났다. 또 한참을 지나서야 깃발과 곤봉, 창과 활, 도끼 같은 것을 든 의장대가 나타났다. 그 뒤로는 북 치고 나팔 부는 네 대의 수레가 따랐다. 또 그 뒤로는 노란 천개天蓋가 울퉁불퉁한 길을 따라 흔들흔들 오르락내리락하면서 다가왔다. 그리고 영구차가 나타났다. 그 위에는 금관이 실려 있었는데 그 관 속에는 머리 세 개와 몸뚱이 하나가 누워 있었다.

백성들이 모두 꿇어앉자 제사상들이 한줄한줄씩 사람들 속에서 나타났다. 충성스런 몇몇 백성들은 그 대역무도한 두 역적의 혼백이 왕과 함께 제사를 받지 않을까 하는 마음에 한편으로는 분노하면서 한편으로는 눈물을 흘렸다. 그래도 어쩔 도리가 없었다.

그 뒤로는 왕후와 수많은 후궁들의 수레가 따랐다. 백성들이 그들을 보았으며 그들도 백성을 보았다. 그저 울고 있었다. 그 뒤로는 대신, 환관, 난쟁이 배우들의 무리가 따랐는데 모두 슬픈 체하는 표정을 짓고 있었다. 백성들은 더 이상 그들을 구경하지 않았다. 나중에는 행렬도 뒤죽박죽 붐벼서 그 꼴이 말이 아니었다.

1926년 10월[17]

주)_____

1) 원제는 「鑄劍」, 검을 벼리다라는 뜻. 처음에는 제목을 주인공의 이름을 따 「미간척」(眉間尺)이라고 하여 1927년 4월 25일, 5월 10일 반월간인 『망위안』(莽原) 제2권 제8, 9기에 처음 발표했다. 1932년 『자선집』을 출판하였을 때 현재의 제목으로 고쳤다.

2) 미간척의 복수에 대한 전설은 위진대 위(魏)나라의 조비(曹丕)가 지었다고 전해지는 『열이전』(列異傳)에 다음과 같은 기록이 있다. "간장과 막야는 초(楚)나라 임금에게 검을 벼려 주는 데 3년이 걸렸다. 자웅(雌雄)으로 벼려 낸 한 쌍의 검은 천하의 명물이

되었다. 그(간장)는 암검만 바치고 수검은 숨겼다. 그가 아내(막야)에게 말하길 '내가 검을 남산의 북쪽, 북산의 남쪽, 소나무가 자란 바위 밑에 감추어 두었소. 임금이 눈치를 채고 나를 죽일 것이오. 이제 당신이 아들을 낳거든 이 일을 알려 주시오'라고 했다. 검을 가지고 임금에게 가니 임금이 눈치를 채고 간장을 죽여 버렸다. 아내가 후에 아들을 낳으니 이름을 적비(赤鼻)라 짓고 그 일을 알려 주었다. 적비는 남산의 소나무를 베었으나 검을 찾지 못했다. 그러다가 우연히 집의 기둥 아래서 그 검을 발견했다. 초나라 왕이 꿈에 한 사람을 만났는데 미간이 세 치나 넓은 사람이 복수를 하겠다고 말했다. 왕은 급히 상금을 걸고 그 자를 잡으라고 명했다. 이에 적비는 주싱산(朱興山) 속으로 도망을 쳤다. 적비는 우연히 나그네를 만났는데 그가 복수를 대신 해주겠다고 했다. 그래서 적비는 자신의 목을 베어 초나라 임금에게 바치라고 했다. 나그네가 그 머리를 솥에 넣고 삶으라고 명했으나 머리는 삼일 낮과 삼일 밤이 되어도 춤을 추지 않았으며 익지도 않았다. 왕이 그 말을 듣고 구경을 가자, 나그네가 수검으로 왕의 머리를 베었다. 왕의 머리가 솥으로 떨어지자 나그네 역시 자신의 목을 베었다. 세 개의 머리가 모두 익은 다음에는 분별을 할 수가 없었다. 따로 나누어 장례를 지냈는데 그것을 일러 삼왕총(三王冢)이라고 부른다."(루쉰이 편집한 『고소설구침』古小說鉤沈에 근거) 또 진대의 간보(干寶)가 지은 『수신기』(搜神記) 권11에도 대체로 비슷한 내용의 기록이 있는데 비교적 상세하게 서술되어 있다. 예를 들면 미간척이 산속에서 나그네를 만난 부분 같은 것이 그렇다. "초나라 임금이 꿈에 미간이 넓은 소년을 만났는데 복수를 하겠다고 했다. 왕은 즉시 천금을 내걸고 그를 잡게 했다. 소년은 그 소문을 듣고 산속으로 도망을 가 울었다. 한 나그네가 그를 보고 어린 소년이 무슨 일로 그리 슬피 우는가 하고 물었다. 소년은 '저는 간장과 막야의 아들입니다. 초나라 임금이 저의 아버지를 죽였습니다. 저는 그 원수를 갚으려 합니다' 하고 대답했다. 나그네가 '듣자 하니 임금이 천금을 내걸고 너의 머리를 베어 오라 했다고 한다. 네가 네 머리와 검을 내게 주면 내가 대신 원수를 갚아 줄 수 있다'고 했다. 소년은 '대단히 고맙습니다'라고 하고는 제 스스로 머리를 베어 검과 함께 나그네에게 바치고 꼿꼿하게 서 있었다. 나그네가 '너를 저버리지 않겠노라'고 말하자 소년의 시체가 쓰러졌다." 이 밖에도 후한의 조엽(趙曄)이 지은 『초왕주검기』(楚王鑄劍記)에서도 『수신기』와 완전히 같은 내용이 전해진다.

3) 12간지에 의하면 밤 11시에서 새벽 1시까지를 자시(子時)라고 한다.

4) 청대 진원룡(陳元龍)이 편찬한 『격치경원』(格致鏡原) 권34에 『열사전』(列士傳)의 일

문(佚文; 사라진 문장)을 인용하여 이렇게 말하고 있다. "초나라 왕의 부인이 여름에 피서를 하던 중 쇠기둥을 끌어안았는데, 마음에 어떤 느낌 같은 것을 받았다. 마침내 임신을 하게 되었고 한 개의 쇳덩이를 낳았다. 초왕은 막야에게 쇳덩이를 벼려 쌍검을 만들도록 명했다."

5) 정화수(井華水)는 이른 아침 가장 처음 길어 올린 우물물을 말한다. 명대 이시진(李時珍)이 지은 『본초강목』(本草綱目) 5권의 정천수(井泉水) 「집해」(集解)에 의하면, "왕영(汪穎)이 말하길, 동틀 무렵 제일 처음 길어 올린 물을 정화수라고 한다"고 하였다.

6) 치성(齒城)은 성곽 위 성벽의 배열이 마치 이빨처럼 들쑥날쑥하게 만든 성을 말한다.

7) 원문은 '劵什子'로 경멸이나 혐오의 뜻이 담긴, '물건'이란 의미의 북방 방언이다.

8) 단전은 사람의 배꼽 바로 아랫부분을 가리키는 명칭이다. 도교에서는 이 부분에 상처를 입으면 치명적이라고 한다. 특히 중국인들은 이 부분을 남이 만지는 것에 대해 무척 민감하다.

9) 루쉰은 이 글을 쓰고 몇 개월 후에 『이이집』「새로운 시대에 빚을 놓는 법」(新時代的放債法)에서 비슷한 논조로 말을 하고 있다. 즉 중국의 구사회는 "일종의 정신적 자본가가 있어서", 훌륭한 언변 같은 것으로 "빚을 놓아" 그것을 "자본"으로 삼고 이에 대한 "보답"을 구하는, 이른바 "동정" 같은 일을 관행처럼 운용했다는 것이다.

10) 이 노래와 이후에 나오는 노래들은 모두 이해할 수 있는 부분과 이해할 수 없는 부분으로 이루어져 있다. 루쉰은 1936년 3월 28일, 일본 마쓰다 쇼(增田涉)에게 보낸 편지에서 이렇게 말하고 있다. "「검을 벼린 이야기」에서 특별히 이해하기 어려운 부분이 있다고 생각하진 않습니다. 그러나 주의해야 할 것은 그 속에 나오는 노래가 뜻이 분명하지 않다는 것이지요. 왜냐하면 이상한 사람과 잘려진 머리가 부르는 노래이기 때문에 우리같이 이런 보통 사람들은 이해하기가 어려운 것이지요." 위 노래는 초사(楚辭)체에 나오는 '혜'(兮; 중국어 발음 xi)를 매 구절의 중간에 사용하고 있으며 hu(乎), tu(屠), fu(夫), gu(孤), hu(呼)로 압운하고 있다.

11) 난쟁이 광대란, 옛날 군왕의 오락과 소일을 위해 온갖 재주를 부리고 익살스런 역을 전문적으로 담당했던, 체구가 왜소한 배우를 말한다.

12) 연지오자(宴之敖者)는 작가 루쉰이 만든 인명이다. 1924년 9월 루쉰이 편집한 『쓰탕전문잡집』(俟堂磚文雜集)이란 책의 서문(題記)에 연지오자라는 필명을 사용했다. 그러나 그후에는 다시 사용하지 않았다. 원원상(汶汶鄕)이란 루쉰이 만든 허구적인 지명이다. 원원(汶汶)이란 어둡고 밝지 않다는 의미이다.

13) 수탄(獸炭)이란, 짐승 형상을 한 목탄을 말한다. 옛날 중국의 부유한 집에서는 목탄 가루로 각종 동물 모습을 한 연료를 만들어 썼다. 동진(東晋) 배계(裵啓)의 『어림』(語林)에 다음과 같은 기록이 있다. "뤄수이(洛水)의 아래는 나무가 적었다. 목탄은 그저 밤톨 모양 정도에 그쳤다. 사치스런 부자들은 그 작은 목탄을 캐 가루를 만들어 다른 물질과 섞어 동물형상을 만들었다. 나중에 하소(何劭)의 무리들이 모두 모여 그것으로 술을 데웠다. 화기가 셀 뿐만 아니라 짐승들이 모두 입을 벌리고 있어 사람들을 위협했다. 뭇 사치한 자들이 이를 심히 좋아하여 모두 그것을 흉내 냈다."

14) 루쉰의 의도적인 압운이 계속된다. 이 노래에서는 hu(乎), wu(無), lu(盧), lu(顱), fu(夫), hu(呼)로 압운하였다.

15) 이 노래의 압운은 yang(洋), qiang(强), jiang(彊), guang(光), mang(忘), huang(皇)이다.

16) 이 노래의 압운은 hu(呼), fu(夫), lu(顱)이다.

17) 이 작품을 처음 발표하였을 때는 탈고 날짜를 기록하지 않았다. 지금 기록되어 있는 날짜는 『루쉰전집』에 수록될 때 보완, 기록된 것이다. 루쉰의 일기에 의하면 이 소설을 완성한 시기는 1927년 4월 3일이다.

관문을 떠난 이야기[1]

노자[2]는 마치 시든 나무토막처럼 멍하게 미동도 하지 않고 앉아 있었다.[3]

"선생님, 공구[4]가 또 왔습니다!"

그의 제자 경상초[5]가 귀찮은 듯 걸어 들어와 가만히 말했다.

"모시게……."

"선생님, 안녕하십니까?"

공자는 매우 공손하게 절을 하며 말했다.

"나야 늘 이러하네만."

노자가 대답했다.

"자네는 어떤가? 여기 있는 장서는 모두 읽어 보았겠지?"

"전부 읽었습니다. 그러나……."

공자는 매우 초조한 모습이었다. 그것은 이제까지 없었던 일이었다.

"저는 『시경』, 『서경』, 『예기』, 『악기』, 『역경』, 『춘추』 등 육경을 연구했습니다. 저로서는 상당히 오랫동안 연구하여 완전히 익혔다고 생각합니다. 일흔두 명의 군주를 찾아가 알현하였지만 아무도 채용해 주질 않았습니다. 정말, 사람이란 알 수 없습니다. 아니면 '도'道란 것이 알 수 없는 것일까요?"

"자네는 그래도 운이 좋은 셈이지."

노자가 말했다.

"유능한 군주를 만나지 않은 것 말일세. 육경 따위 같은 것은 단순히 선왕들의 발자취일 뿐이야. 그 발자취를 만들어 낸 자들 지금 다 어디에 있는가? 자네의 말도 이 발자취와 같은 것이지. 발자취야 신발로 밟아서 생긴 것이지만, 그렇다고 해서 발자취를 그대로 신발이라고 할 수야 없지 않겠나?"

그는 잠시 멈추었다가 다시 말을 계속했다.

"눈동자를 전혀 움직이지 않고 그저 마주보기만 해도 거위들은 저절로 새끼를 배고, 수컷이 위에서 바람으로 부르고 암컷이 아래서 바람으로 대답만 해도 벌레들은 새끼를 배지. 유類는 원래 한 몸에 암수를 갖추고 있기 때문에 저절로 새끼를 배는 것이지. 성性은 고칠 수 없고, 명命은 바꿀 수 없는 것이네. 시時는 멈추게 할 수 없고, 도道는 막을 수 없는 거라네. 도를 얻기만 하면 무슨 일이라도 할 수 있으나, 만일 그것을 잃으면 아무 일도 할 수 없는 것이네."[6]

공자는 머리를 한 대 얻어맞은 듯, 마치 시든 나무토막처럼 멍하게 넋을 놓고 앉아 있었다.

팔 분쯤 지난 뒤 그는 깊은 한숨을 내쉬더니 몸을 일으켜 작별 인사를 했다. 그는 늘 하던 것처럼 아주 정중히 노자의 가르침에 감사를 표했다.

노자는 결코 그를 붙잡지 않았다. 일어서서 지팡일 짚고 그를 도서관[7] 대문 밖까지 전송했다. 공자가 수레에 오르려 하자 그는 그제야 비로소 축음기 돌아가는 것처럼 말했다.

"선생 가시겠소? 차라도 좀 들지 않고 가겠소……?"

"예, 예."

공자는 대답하며 수레에 올랐다. 양손을 모으고 매우 공손하게 가로장[8]에 기대었다. 염유[9]가 허공에 채찍을 한번 휘두르며 "이랴!" 하고 외치자 수레는 움직이기 시작했다. 수레가 대문에서 십여 걸음 멀어지는 것을 보고서야 노자는 자기 방으로 돌아왔다.

"선생님, 오늘은 기분이 좋으신 것 같습니다."

경상초는 노자가 좌정하는 것을 보고 곁에 가 섰다. 그는 손을 아래로 내리고 공손하게 말했다.

"말씀도 적잖이 하시고……."

"자네 말이 맞아."

노자는 가볍게 한숨을 쉬고 좀 풀이 죽은 듯 대답했다.

"내가 정말 너무 많이 말했어."

그는 갑자기 무언가 생각난 듯 말했다.

"아, 그 공구가 내게 보낸 거위[10] 한 마리, 식초에 절여 말린 거겠지? 자네가 가져가 쪄 먹게나. 나야 어차피 이빨이 없어 씹을 수가 없다네."

경상초는 나갔다. 노자는 다시 조용해졌고, 눈을 감았다. 도서관 안은 아주 고요했다. 단지 대나무 장대가 처마에 부딪히는 소리만 들렸다. 경상초가 처마 밑에 걸어둔 거위고기를 내리는 소리였다.

석 달이 지났다. 노자는 여전히 미동도 하지 않고 고요하게 앉아 있었다. 마치 시든 나무토막처럼 멍하게.

"선생님, 공구가 왔는데요!"

그의 학생인 경상초가 이상하다는 듯이 들어와 가만히 말했다.

"그는 오랫동안 안 오지 않았습니까? 이번엔 또 무슨 생각으로······?"

"모시게······."

노자는 예전처럼 이 한마디만 했다.

"선생님, 안녕하십니까?"

공자는 매우 공손하게 절을 하며 말했다.

"나야 늘 이렇게만."

노자가 대답했다.

"오랫동안 못 만났는데, 방에만 들어앉아 공부만 했겠군?"

"별말씀을요."

공자는 겸손하게 말했다.

"외출을 하지 않고 생각해 보았습니다. 조금 깨달았습니다. 까마귀와 까치가 입을 맞추고, 물고기가 침을 바르며, 허리가 가는 벌이 다른 걸로 변합니다. 아우를 임신하니 형 된 자가 웁니다. 저는 오랫동안 변화 속에 몸을 던지지 않았습니다. 이래 가지고 어떻게 다른 사람을 변화시킬 수 있겠습니까……!"

"맞아, 맞아!"

노자가 말했다.

"선생은 깨달았구려!"

그리고 두 사람은 말이 없었다. 마치 두 토막의 나무처럼 멍하게.

약 팔 분쯤 지난 뒤 공자가 비로소 깊고 깊은 한숨을 쉬더니 몸을 일으켜 작별인사를 했다. 그는 늘 하던 것처럼 아주 정중하게 노자의 가르침에 감사를 표했다.

노자는 결코 그를 붙잡지 않았다. 일어서서 지팡이를 짚고, 그를 도서관 대문 밖까지 전송했다. 공자가 수레에 오르려 하자 그제야 비로소 죽음기처럼 말했다.

"선생 가시겠소? 차라도 좀 들지 않고 가겠소……?"

"예, 예."

공자는 대답하면서 수레에 올랐다. 양손을 모으고 매우 공손하게 가로장에 기대었다. 염유가 허공에 채찍을 한번 휘두르며 "이랴!" 하고 외치자 수레는 움직이기 시작했다. 수레가 대문에서 십여 걸음 멀어지는 것을 보고서야 노자는 자기 방으로 돌아왔다.

"선생님, 오늘은 기분이 별로 좋지 않으신 것 같습니다."

경상초는 노자가 좌정하는 것을 보고 그 옆에 가 섰다. 그는 팔을 내리고 공손하게 말했다.

"말씀도 적으시고······."

"자네 말이 맞아."

노자는 가볍게 한숨을 쉬고 좀 풀이 죽은 듯 대답했다.

"그런데 자넨 모르고 있군. 내 생각에 나는 떠나야 할 것 같아."[11]

"왜요, 선생님?"

경상초는 깜짝 놀랐다. 마치 청천벽력을 맞은 듯했다.

"공구는 내 말 뜻을 이해한 거야. 그의 속을 훤하게 알 수 있는 사람이 나뿐이라는 걸 알았으니 분명 마음을 놓을 수 없었을 게야. 내가 떠나지 않으면 아주 불편해지는 것이지······."

"그럼, 그거야말로 같은 길이 아닙니까? 그런데 어찌하여 떠나시려 하십니까?"

"아니야."

노자는 손을 흔들었다.

"우리는 역시 길이 같지 않아. 말하자면 같은 한 켤레의 신발이라 할지라도 나의 것은 모래땅을 밟는 것이고,[12] 그의 것은 조정朝廷에 오르는 것이지."

"그렇더라도, 선생님은 결국 그의 스승이십니다!"

"너는 내 밑에서 여러 해 공부를 하고서도 아직도 그렇게 고지식하구나."

노자는 웃었다.

"이것이 바로 타고난 성은 고칠 수 없고, 정해진 명은 바꿀 수 없다고 하는 것이다. 공구와 네가 다르다는 것을 넌 알아야 해. 그는 앞으로 다시 오지 않을 것이며, 다시는 나를 선생이라 부르지도 않을 것이다. 나를 늙은이라고 부를 게다. 뒤에서는 또 잔재주를 피울 테지."

"전 정말 생각지도 못했습니다. 그러나 선생님께선 사람 보는 눈이 틀림없으시니……."

"아니다. 처음에는 종종 잘못 보기도 하지."

"그러시다면."

경상초는 좀 생각을 하더니,

"우리가 그와 함께 좀……" 했다.

노자는 다시 웃더니 경상초를 향해 입을 벌렸다.

"봐라. 내 이빨이 아직 있느냐?"

노자가 물었다.

"없습니다."

경상초가 대답했다.

"혀는 아직 있느냐?"

"있습니다."

"알겠느냐?"

"선생님의 말씀은, 단단한 것은 빨리 없어지지만, 부드러운 것은 남는다는 뜻입니까?"[13]

"그렇다. 너도 짐을 싸 집으로 돌아가 마누라를 만나는 것이 좋을 게다. 다만 그전에 내 푸른 소[14]에 솔질을 좀 해두럼. 안장은 햇볕에 좀 말려 주고. 난 내일 아침 일찍 그걸 타고 떠나야겠다."

노자는 한구관[15]에 당도했으나 곧장 관문으로 통하는 큰길로 들지 않았다. 푸른 소의 고삐를 당겨 갈림길로 들어서 성벽 아래를 천천히 돌아 나갔다. 그는 성벽을 타고 넘을 생각이었다. 성벽은 그다지 높지 않았다. 소의 등에 올라서서 몸을 솟구치기만 하면 그런대로 기어오를 수 있는 높이였다. 그러나 그렇게 되면 푸른 소는 성벽 안쪽에 남게 되어 성 밖으로 끌어낼 방법이 없었다. 소를 끌어내리려면 기중기를 사용해야 하니 어쩔 수 없었다. 그 당시는 아직 노반이나 묵자는 태어나지 않았고,[16] 노자 자신도 그런 재미있는 물건이 생기게 될 거라는 것은 상상도 못 했다. 아무튼 그는 온갖 철학적 두뇌를 다 써 보았지만 방법이 없었다.

그러나 그가 더욱 예상하지 못했던 것은 그가 갈림길로 돌아 들어갔을 때 벌써 보초에게 발각되어 관문 관리에게 보고됐다는 것이다. 그 때문에 노자가 성벽을 일고여덟 장丈[17]도 채 돌지 못했을 때, 한 떼거리의 사람과 말이 뒤에서 쫓아왔다. 노자를 발견했던 보초가 말에 올라 앞장을 섰고, 그 다음에는 관문 관리인 관윤희[18]였다. 그는 네 명의 순경과 두 명의 검사관을 거느리고 있었다.[19]

"멈추어라!"

몇 명이 큰소리를 질렀다.

노자는 허둥지둥 푸른 소의 고삐를 당겼다. 그러나 그 자신은 미동도 하지 않았다. 마치 나무토막처럼 멍하게.

"아이고!"

쫓아오던 관리는 노자의 얼굴을 보자마자 경악의 소리를 지르더니, 곧장 안장에서 구르듯 내려와 손을 마주잡고 공손하게 말했다.

"전 누구신가 했더니 노담 관장님이셨군요. 정말 뜻밖이옵니다."

노자도 급히 소 등에서 내려왔다. 눈을 가늘게 뜨고 그 사람을 한 번 힐끗 보더니 우물우물 말했다.

"나는 기억력이 나빠서……."

"물론 그러시겠지요. 선생님께선 잊으셨겠지요. 저는 관윤희라고 합니다. 전에 『세수정의』税收精義를 찾기 위해 도서관에 갔다가 선생님을 찾아뵌 일이 있었습니다만……."

그때 검사관은 푸른 소 등에 있는 안장을 훌렁 뒤집어 보기도 하고, 검사봉으로 구멍을 뚫어 그리 손가락을 넣어 후벼도 보더니 아무 소리 없이 입술을 꽉 다문 채 그 자리를 떠났다.

"선생님께서는 성벽 둘레를 산보하시던 중이십니까?"

관윤희가 물었다.

"아니, 나는 나가고 싶소. 신선한 공기를 좀 쐬러……."

"그거 좋지요! 그거 대단히 좋습니다! 요즘은 누구나 위생에 신경을 쓰지요. 위생은 아주 중요한 것이지요. 그러나 이런 기회도 좀처럼 얻기 힘드오니, 부디 선생님께서 저희 관문에 며칠 머무르시며 선생님의 교훈 말씀도 좀 들려주시기를……."

노자가 아직 대답도 하기 전, 네 명의 순경이 일제히 몰려와 그를 소 등 위로 안아 올렸다. 검사관이 검사봉으로 소의 엉덩이를 한 번 치자 소는 꼬리를 감아올리고 걸음을 떼기 시작했다. 모두들 관문 입구를 향해 달려갔다.

관문에 당도하자 즉시 대청문을 열고 노자를 맞았다. 이 대청은 성 누각의 한가운데 있는 방이다. 창에서 바라보면 밖은 멀리 지평선이 낮게 깔린 황토빛의 누런 들판뿐이었다. 하늘은 푸르고 푸르렀으며 공기는 정말 좋았다. 이 웅장한 관문은 험준한 산비탈 위에 높이 자리를 틀고 앉아 있었다. 문 밖은 좌우가 모두 흙언덕이고 그 가운데 한 줄기 수레 다니는 길이 마치 양쪽 절벽 사이에 좁게 끼어 있는 듯했다. 정말 한 줌의 진흙 덩어리만으로도 봉쇄할 수 있을 것 같았다.[20]

모두 끓인 물을 마시고 이어 만두를 먹었다. 노자에게 잠시 휴식을 준 다음 관윤희는 그에게 강연을 해 달라고 세인했다. 노자는 이미 피할 수 없는 일임을 알고 있었다. 기꺼이 승낙했다. 한바탕 웅성거리더니, 방 안에는 강연을 들으러 모여 앉은 사람들로 점점 가득 찼다. 같이 온 여덟 사람 외에도 순경이 네 명, 검사관이 두 명, 보초가 다섯 명, 서기가 한 명, 그리고 회계와 주방장이 있었다. 몇몇은 붓과 칼, 목간[21]을 가지고 와 필기를 준비했다.

노자는 마치 나무토막처럼 멍청하게 한가운데 앉아 있었다. 잠시 침묵이 흘렀다. 이윽고 몇 차례 기침을 하더니, 흰 수염에 싸인 입술을 움직이기 시작했다. 사람들은 모두 숨을 죽이고 귀를 기울였다. 그의 느리고 느린 말소리만 들려왔다.

"말할 수 있는 도道는 영원불멸의 도가 아니요, 이름 붙일 수 있는 명名은 영원불멸의 명이 아니다. 무명無名은 천지의 시작이요, 유명有名은 만물의 어머니이니라……"[22]

사람들은 서로 곁눈질해 보면서 필기는 하지 않았다.

"고로 항상 무욕無欲으로써 도의 오묘함을 보며."[23]

노자는 계속해 말했다.

"항상 유욕有欲으로써 그 현상을 본다. 이 두 가지는 같은 데서 나왔으되 이름은 다르다. 같은 것, 이것을 일러 오묘하다 말한다. 오묘하고 오묘하도다. 모든 오묘함이 모두 그 문에서 나왔으니……."[24]

사람들은 괴로운 얼굴을 하기 시작했다. 어떤 사람은 손발을 어디다 둘지 모르는 것 같았다. 한 검사관은 크게 하품을 했고, 서기 선생은 마침내 끄덕끄덕 졸기 시작했다. 덜그럭 소리와 함께 칼과 붓, 목간이 손에서 바닥으로 굴러 떨어졌다.

노자는 알아차리지 못한 듯, 그러나 또 조금은 알아차린 듯하기도 했다. 왜냐하면 그는 이때부터 좀더 상세하게 말하기 시작했기 때문이다. 그러나 그는 이빨이 없었기 때문에 발음이 또렷치 않았고, 산시陝西 지방 방언에 후난湖南 음이 섞여 있어, '리'와 '니'가 분명하게 구분되지 않았으며, 게다가 무슨무슨 '이'라는 말을 쓰기 좋아해 사람들은 잘 알아들을 수 없었다. 그런 데다 예정된 것보다 시간이 더 늘어나자 강연을 들으러 온 사람들은 더더욱 고통스러웠다.

체면 때문에 사람들은 참을 수밖에 없었다. 그러나 나중에는 이리저리 비따닥하게 기대거나 눕지 않을 수 없게 되었다. 사람들은 각기 딴 생각을 하고 있었다. "성인의 도는 행하되 다투지 않는다"[25]라는 대목에 이르러 노자가 입을 다물었다. 그러나 누구 하나 몸 까딱하지 않았다. 노자는 잠시 기다렸다가 다시 한마디 덧붙였다.

"어흠, 끝났습니다!"

그제야 비로소 사람들은 깊은 꿈에서 막 깨어난 듯했다. 너무 오래 앉아 있어서 두 다리가 마비되어 금방 몸을 일으키지 못했다. 그래도 마음속으론 마치 대사면을 받기라도 한 듯 놀랍기도 하고 기쁘기도 했다.

그래서 노자도 사랑채로 안내되었고 휴식을 취하게 되었다. 그는 더운 물을 몇 모금 마신 뒤 미동도 하지 않고 앉아 있었다. 마치 나무 토막처럼 멍하게.

사람들은 다시 바깥에서 분분하게 논쟁을 했다. 오래지 않아 네 명의 대표가 노자를 알현하러 들어왔다. 그들은, 노자의 강연이 너무 빨랐고, 게다가 국어가 그다지 정확하지 않아 아무도 필기할 수 없었다고 하는, 대충 그런 말을 했다. 또 기록이 없다는 것은 대단히 유감천만한 일이므로 그에게 강연 내용을 좀 보완하여 써 달라고 했다.

"선상님 예, 무시기 뜻잉교. 지인 한토 모르것쏘."[26]

회계가 말했다.

"고마, 선상님이 직접 써 주잉쏘. 그라문 선상님이 짜다리 헷소리하싱 건 아닐낍니더. 그래 주실랍니꺼?"[27]

서기 선생의 말씀이다.

노자도 그들의 말을 잘 알아듣지 못했다. 그런데 다른 두 사람이 붓과 칼과 목간을 자기 앞에 늘어놓는 것을 보고는, 틀림없이 자기에게 강연 내용을 써 달라는 것이로구나 짐작했다. 그는 이 또한 피할 수 없는 일임을 알기 때문에 두말없이 승낙했다. 단지 오늘은 너무 늦었으므로 내일부터 착수하기로 했다.

대표자들은 노자의 결정에 만족하고 돌아갔다.

다음 날 아침, 날씨는 좀 어두침침했다. 노자는 마음이 불편했다. 그럼에도 강연 원고는 정리해야만 했다. 왜냐하면 그는 빨리 관문을 나가고 싶었고, 관문을 나가기 위해선 강연 원고를 써서 그들에게 내놓아야만 했다. 그는 자기 앞에 산더미처럼 쌓여 있는 목간을 힐끗 쳐다보았다. 더더욱 편치 않은 느낌이 드는 듯했다.

그러나 그는 역시 안색 하나 바꾸지 않고 묵묵히 앉아 쓰기 시작했다. 어제 한 말을 하나하나 떠올리며, 생각하고 생각하면서, 한구절 한구절 써 내려갔다. 그 당시는 아직 안경이 발명되지 않았었다. 그의 노안은 마치 한 줄기 실가닥처럼 가늘게 떠 있어 아주 힘든 듯했다. 더운 물을 마시고 만두를 먹는 시간 외에 그는 꼬박 한나절을 썼다. 그러나 5천 자도 채 못 썼다.

"관문을 나가기 위해서는 이것으로도 어떻게 대충 되겠지."

그는 생각했다.

그리하여 새끼줄을 가져다 목간을 엮어서 두 다발을 만들었다. 지팡이를 짚고 관윤희의 사무소로 가 원고를 넘겨주었다. 그리고 곧 출발하고 싶다는 뜻을 통고했다.

관윤희는 매우 기뻐했고 매우 감사해하였으며 또 매우 애석해했다. 좀더 머물러 주시지 않겠냐고 간곡하게 권했지만 그를 붙들 수 없다는 것을 알고는 곧바로 아주 슬픈 표정으로 그를 허락했다. 순경에게 명해 푸른 소에 안장을 얹게 했다. 그리고 선반에서 소금 한 봉지와 깨 한 봉지, 만두 열다섯 개를 손수 골라내 몰수해 두었던 흰 무명 부대에 넣어 여행 중에 양식이나 하라고 노자에게 주었다. 또한 그는 노자가 연로한 작가이므로 특별대우를 하고 있는 것이며,[28] 만일 나이가 젊었더라면 만두는 열 개뿐이었을 것이라고 밝히기도 했다.

노자는 거듭 사례를 하며 부대를 받아들고 일동과 함께 성루를 내려왔다. 관문 입구로 가서 다시 푸른 소를 끌며 걸어갈 참이었다. 관윤희는 한사코 소를 타라고 권했다. 한 차례 사양하다 노자는 마침내 올라탔다. 작별 인사를 하고 노자는 소머리를 돌려 험준한 산비탈의 대로를 향해 천천히 나아갔다.

이윽고 소는 걸음을 빨리했다. 사람들은 관문 어귀에 서서 눈으로 노자를 전송했다. 서너 길이나 멀어져 갔지만 하얀 백발과 누런 도포, 푸른 소와 흰 부대가 잘 보였다. 이윽고 먼지가 조금씩 일더니 사람과 소를 뒤덮어 모두 회색으로 만들어 버렸다. 다시 조금 지나자 뭉게뭉게 누런 먼지만이 시야에 들어올 뿐 아무것도 보이지 않게 되었다.

남은 사람들은 모두 관소로 돌아왔다. 마치 무거운 짐을 내려놓은 듯 어깨를 쭉 펴기도 하고 또는 무슨 진기한 물품을 얻기라도 한 듯 혀를 허허 내두르기도 했다. 꽤 여러 사람들이 관윤희를 따라 사무실로 들어갔다.

"이것이 원고인가?"

회계 선생이 목간 한 다발을 들어 올려 뒤집어 보며 말했다.

"글자는 그래도 깨끗이 썼구먼. 저잣거리에 가지고 가 팔면 틀림없이 살 사람은 있겠군."

서기 선생이 다가와 제1편을 소리 내 읽었다.

"'도를 도라 할 수 있는 것은 상의 도가 아니요'……흥, 여전히 그 타령이로군. 정말 듣기만 해도 골치가 아파, 지겨워……."

"골치 아픈 데는 조는 게 최고지요."

회계가 목간을 내려놓으며 말했다.

"하하하……! 정말 조는 수밖에 없더라고. 정말이지, 나는 그가 자기 연애담이라도 하는가 해서 들으러 갔던 거지. 처음부터 그런 엉터리 얘긴 줄 알았다면 난 절대 그렇게 한나절 동안 벌을 받으며 앉아 있진 않았을 거야……."

"그야 사람을 잘못 본 당신 탓이지."

관윤희가 웃으며 말했다.

"그 사람 어디에 연애담 같은 게 있겠나? 아예 연애라곤 해본 적이 없었을 텐데."

"나으린 어떻게 알아요?"

서기가 의아해하며 물었다.

"그것 보라구. 꾸벅꾸벅 조느라 '함도 없고 하지 않음도 없도다' 한 그의 말을 듣지 못한 자네 탓이야. 그 양반은 정말 '마음이 하늘보다 높고, 목숨이 종이같이 얇은' 그런 사람이야. '하지 않음이 없도다'를 하려면 '함이 없도다'가 되어야만 해. 사랑함이 있으면 사랑하지 않음이 없도다일 수 없을 텐데, 그래서야 어디 연애를, 감히 연애를 할 수 있겠냐구? 자네 자신을 좀 돌아보시라구. 지금이라도 처녀를 보기만 하면, 그저 잘생기고 못생기고 간에 눈을 게슴츠레 해가지고 마치

자기 마누라라도 본 것같이 굴겠지. 마누라를 얻으면 우리 회계 선생처럼 좀 단정해지려나."

창밖에 한줄기 바람이 일었다. 모두 좀 춥다고 생각했다.

"그 늙은이는 도대체 어디로 무얼 하러 가는 걸까?"

서기 선생은 기회를 노렸다가 관윤희의 말꼬리를 돌렸다.

"자기 말로는 사막으로 간다던데."

관윤희가 냉랭하게 말했다.

"갈 수야 있겠지. 그러나 바깥에는 소금도 없고 빵도 없고, 물조차도 구할 수 없을 텐데. 내 생각에 배가 고프면 나중에 다시 우리 여기로 돌아올 거야."

"그러면 또다시 책을 쓰라고 합시다."

회계 선생은 유쾌해졌다.

"그런데, 만두가 너무 많이 들겠군. 그때는 우리들이 신진 작가를 발탁하기로 생각을 바꾸었다고 말하면 돼. 원고 두 다발에 만두 다섯 개만 주어도 충분하겠군."

"그렇게는 안 될걸. 불평하며 화를 낼걸."

"배가 고픈데도 화를 내요?"

"이런 건 아무도 읽을 사람이 있을 것 같지 않아요."

서기가 손을 휘저으며 말했다.

"만두 다섯 개의 본전도 못 건져요. 가령 말이지요, 그의 말이 옳다고 한다면, 그럼, 우리 나리께선 관문 관리를 그만두셔야 비로소 하지 않는 것이 없게 되고 대단한 대인이 되시는 거겠지요……"

"그건 중요하지 않아."

회계 선생이 말했다.

"언젠가는 읽을 사람이 있을 거야. 실직당한 관문 관리와 아직 관문 관리가 되지 않은 은자隱子들이 얼마든지 있지 않은가……?"

창밖에선 한바탕 바람이 일었다. 황사가 말려 올라가 하늘을 캄캄하게 뒤덮었다. 그때 관윤희가 창밖을 내다보니 많은 순경들과 보초들이 아직도 거기 서서 멍청하니 그들의 한담을 듣고 있었다.

"거기 우두커니 서서 뭣들 해?"

그는 호통을 쳤다.

"해가 졌으니, 밀수꾼들이 성벽을 넘어 들어올 시간 아니야? 순찰을 돌앗!"[29]

문밖의 사람들이 휙 하고 흩어졌다. 방 안의 사람들도 더 이상 무슨 말을 하지 않았다. 회계와 서기가 나갔다. 그제야 관윤희는 옷소매로 책상의 먼지를 좀 털어 내고, 노자가 쓴 두 다발의 목간을 들어, 몰수해 온 소금, 깨, 삼베, 콩, 만두 등이 쌓여 있는 선반 위에 올려놓았다.

1935년 12월

주)_____

1) 원제는 「出關」. 1936년 1월 20일 상하이 『바다제비』(海燕) 월간 제1기에 처음 발표했다. 이 소설에 대한 작가의 설명은 『차개정잡문 말편』 「「관문을 떠난 이야기」에서의 '관문'」(「出關」的'關')을 참조.

2) 노자(老子, B.C. 약571~?)는 춘추시대 초나라 사람으로 도가학파의 창시자다. 『사기』
「노자한비열전」(老子韓非列傳)에 상세한 기록이 전해진다. "노자는 초나라 쿠현(苦
縣) 리향(厲鄉) 취런리(曲仁里) 사람이다. 성은 이(李)씨고, 이름은 이(耳), 자는 담(耼)
이다. 주나라 장서실(守藏室)의 사관이었다. 공자가 주나라로 가면서 노자를 찾아 인
사를 올렸다. 노자가 말하길 '그대가 말한 그 사람과 그 뼈는 모두 썩어 사라졌는데
오직 그 말만 들리는구려' 했다. …… 노자는 도와 덕을 닦았는데 그 가르침은 스스로
를 숨기고 이름을 내지 않는 것에 힘썼다. 주나라에 오랫동안 살다가 주나라가 쇠퇴
함을 보고 그곳을 떠났다. 관문에 이르렀을 때, 관문의 수장인 윤희(尹喜)가 '선생께
선 장차 은거하고자 하십니다. 저를 위해 글 좀 써 주십시오' 하고 부탁을 했다. 그래
서 노자가 상·하권으로 책을 써, 도덕의 의미를 오천여 자로 설명하고 떠났다. 그의
종적은 아무도 알 수 없었다." 현존하는 『노자』는 일명 『도덕경』이라고도 불리며 『도
경』(道經)과 『덕경』(德經) 둘로 나뉘어 있다. 전국시대 사람이 편찬했다고 전해지는
노자의 어록모음집이다.

3) 노자가 공자를 만난 것에 대한 기록은 『장자』(莊子) 「전자방」(田子方)편에 다음과 같
은 전설로 전해진다. "공자가 노담을 알현하니 노담은 막 머리를 감고, 머리칼을 늘어
뜨리고 말리고 있었다. 미동도 않고 있는 그 모습이 마치 사람이 아닌 듯했다. 공자가
그대로 기다리고 있자 젊은이가 와 아뢰었다. '공구시여, 눈이 어두우십니까? 아니면
신념이 그러하십니까? 예전에 선생님의 모습은 몸을 구부리시면 마치 고목과 같으
셔서, 만물을 버리고 사람을 떠나 마치 홀로 서 계신 듯하였습니다.'"

4) 공구(孔丘)는 공자의 이름이다.

5) 경상초(庚桑楚)는 노자의 제자다. 『장자』 「경상초」편에 나오는 기록이다. "노담의 문
하에 경상초라는 사람이 있었다. 편벽되게 노자의 도(道)만 추구하였고, 외이데(畏
壘)의 산 북쪽에 살았다."

6) 공자가 노자를 두 차례 만났다고 하는 전설은 『장자』 「천운」(天運)편에 다음과 같은
기록으로 있다. "공자가 노담에게 말했다. '저는 『시경』(詩經), 『서경』(書經), 『예기』
(禮記), 『악기』(樂記), 『역경』(易經), 『춘추』(春秋) 등 육경(六經)을 공부했습니다. 저로
서는 상당히 오랫동안 연구하여 완전히 익혔다고 생각합니다. 일흔두 명의 군주를
찾아가 선왕의 도를 논하고, 주남(周南)과 소남(召南)의 행적을 소상히 설명하였으
나 채용하는 군주는 한 명도 없었습니다. 정말, 사람이란 알 수 없습니다. 아니면 '도'
란 것이 알 수 없는 것일까요?' 노자가 말했다. '치세에 능한 군주를 만나지 않은 것은

다행이군. 육경이란 선왕들의 발자취일 뿐일세. 그 발자취를 만들어 낸 자들은 지금 어디에 있는가? 자네의 말도 이 발자취와 같은 것이지. 발자취야 신발로 밟아서 생긴 것이지만, 발자취를 어찌 신발이라고 할 수 있겠나? 거위들이 서로 바라봄에 눈동자를 움직이지 않고서도 풍화(風化)가 되고, 벌레들은 수컷이 위에서 바람으로 부르고 암컷이 아래서 바람으로 대답만 해도 풍화가 된다네. 유(類)는 원래 한 몸에 암수를 갖추고 있어서 풍화가 되는 것이지. 타고난 성(性)은 고칠 수 없고, 명(命)은 바꿀 수 없는 것이네. 시(時)는 멈추게 할 수 없고, 도(道)는 막을 수 없는 거라네. 도를 얻기만 한다면 못 할 일이 없다네. 그러나 만일 도를 잃으면 아무것도 할 수 없는 것이라네.' 공자가 외출을 하지 않고 석 달이 지난 후 다시 찾아와 말했다. '제가 깨달은 것이 있습니다. 까마귀와 까치가 화락하고, 물고기는 침을 바르며, 허리가 가는 벌은 다른 걸로 변합니다. 아우가 생기니 형 된 자가 웁니다. 저는 오랫동안 사람과 더불어 변화를 도모하지 않았습니다. 이래 가지고 어떻게 다른 사람을 변화시킬 수 있겠습니까……!' 노자가 말했다. '옳소. 그대는 깨달았구려.'" 위에 나오는 유는 『산해경』「남산경」(南山經)에 설명이 있다. "단아이산(亶爰山)에……짐승이 있었다. 그 모습이 마치 살쾡이 같으면서도 짧은 머리털이 있고 이름은 유라고 불렀다. 본래부터 암수가 한 몸에 있어 그것을 먹는 자는 질투를 하지 않았다." 풍화의 옛날 의미는, 암수 짐승들이 서로 유혹하고 새끼를 낳아 기르는 것을 말했다.

7) 『사기』「노자한비열전」에 의하면 노자가 주나라 궁궐의 "장서실의 사(史)"를 했었다고 한다. 장서실은 고대 중국의 제왕을 위해 도서와 문헌을 수장하던 장소다. 여기서의 '사'란 도서, 기록, 기후 등을 관장하던 사관을 말한다.

8) 원문은 횡판(橫板)이다. 고대에는 '식'(軾)이라고 했다. 수레칸의 앞에 설치한 가로막대로 수레에 탄 사람은 이 막대에 의지했고 인사를 할 경우에도 이 막대를 잡고 고개를 숙여 예를 표하곤 했다.

9) 염유(冉有)는 이름이 구(求)이고 춘추시대 노나라 사람이며 공자의 제자다. 『논어』「자로」(子路)편에 "공자가 위(衛)나라로 가자 염유가 수레를 몰았다"는 기록이 있다.

10) 옛날 중국의 사대부들이 상견례를 할 때 거위로 예물을 삼았다고 한다. 『의례』(儀禮)「사상견례」(士相見禮)에 "대부들이 만날 때 거위를 가지고 했다"는 기록이 있다.

11) 노자가 서쪽으로 한구(函谷)관을 나간 이유에 대해서 작가 루쉰은 『차개정잡문 말편』「「관문을 떠난 이야기」에서의 '관문'」에서 말하길, 공자의 몇 마디 말 때문이었다고 했다. 이는 장타이옌의 의견에 근거한 것이다. 장타이옌은 「제자학략설」(諸子

學略說)에서 이렇게 말하고 있다. "노자가 자신의 권모술수를 공자에게 전수하였다. 그러나 고서에서 확인하면 역시 모두 공자가 거짓되이 취한 것이다. 공자의 권모술수는 노자를 능가하는 것이 있다. 공자의 학문은 노자에게서 나왔으나 유가의 도는 그 형식을 달리하여 스승의 주장을 잘 받들어 모심을 중시하지 않으려 했다. 또 노자가 주장을 전복할까 걱정했다. 그래서 노자가 '까마귀와 까치가 화락하고, 물고기가 침을 바르며, 허리가 가는 벌이 다른 걸로 변합니다. 아우가 생기니 형 된 자가 웁니다[원주:이미 육경을 지었고, 학술이 모두 노자에게서 나왔으나 자신의 책이 먼저 만들어져 스승의 이름을 놓고 다투니 어쩔 도리가 없었다라는 의미]'라고 했다고 말했다. 노자는 겁을 먹고 하는 수 없이 그 사실을 왜곡하였다. 노자는 봉몽이 스승인 예(羿)를 쏜 일을 평소 슬프게 생각했다. 가슴에 불만이 있으면 그것을 겉으로 표현하고 싶은 법. 그런데 공자의 제자들은 편벽되게 동편 중국땅에 그것을 퍼뜨렸다. 주장이 아침에 나왔는데 수령이 저녁에 그것을 끊어 버릴 수 있었다. 그래서 노자는 서쪽으로 한구관을 나섰다. 진(秦)땅에 유학(儒學)의 무리가 없고 공자가 어쩌지 못할 것이라는 것을 알고는 그곳에서 『도덕경』을 저술하기 시작해 자신의 주장을 번복했다. 영을 발해 그 책이 먼저 세상에 나오게 되자 노자는 기어이 죽음을 면치 못하게 되었다. 마치 소정묘(少正卯)가 공자와 함께였고 공자의 문하생이었으나 엎치락뒤치락 그 명망을 다투다가 죽음에 이른 것처럼. 하물며 노자의 능가함이 그 윗전임에랴?"(1906년 『국수학보』國粹學報』 제2권 제4책) 소정묘는 노(魯)나라의 대부로, 공자가 노나라에 있을 때 주살되었다. 그런데 장타이옌의 이 주장은 하나의 추측일 뿐이다. 루쉰은 「「관문을 떠난 이야기」에서의 '관문'」에서 "나는 결코 이것이 분명한 사실이라고 믿지 않는다"고 한 바 있다.

12) 중국 서북 지역의 모래사막을 가리킨다. 『사기』「노자한비열전」에 보면, 남조 송나라 배인(裵駰)의 『집해』(集解)에서 한대 유향(劉向)의 『열선전』(列仙傳)을 인용하여 한 말이 나온다. "노자는 서쪽으로 갔다. …… (관윤희는) 노자와 함께 모래사막의 서쪽으로 갔다."

13) 노자와 경상초의 이 대화는 유향의 『설원』(說苑)「경신」(敬愼)편에 나오는 노자와 상종(常樅)의 대화에 근거했다. "상종이 병이 나자 노자가 문병을 갔다. 상종이 입을 벌려 노자에게 보이면서 말하길, '내 혀가 있느냐?' 하자 노자가 대답하길 '그러하옵니다.' 했다. '내 이빨이 있느냐?' 하자 노자가 말하길 '망가졌습니다' 했다. 상종이 다시 말했다. '자네는 그 연유를 아는가?' 노자가 대답하길, '혀가 그대로 있는 것은

그것이 유(柔)하기 때문이 아니겠습니까? 이가 망가진 것은 그것이 강(剛)해서이지 않겠습니까?' 상종이 말하길 '그러하다'고 했다." 전해지는 바에 의하면 상종은 노자의 스승이었다고 한다.

14) 푸른 소에 대한 전설은 사마정(司馬貞)의 『색은』(索隱)에서 『사기』 「노자한비오열전」에 대해 주석을 단 부분에 『열이전』(列異傳)을 인용한 말이 나온다. "노자가 서쪽으로 가니 관문의 수장인 윤희(尹喜)가 멀리 자주색 기운이 자욱한 관문을 바라보았다. 과연 노자는 푸른 소를 타고 떠났다."

15) 한구관(函谷關)은 지금의 허난성 링바오현(靈寶縣) 동북에 있다. 동쪽으로는 야오산(崤山)에서 시작하여 서쪽으로 통진(潼津)에 이르는 지역을 통칭하여 부르는 지명이다. 한구관의 성은 계곡에 있으며 전국시대 진나라가 지은 것이다.

16) 노반(魯般)이나 묵자(墨子)는 모두 춘추전국시대 사람으로 전쟁을 막기 위한 기계나 도구를 잘 만들어 내고 운용할 줄 알았다. 이 책의 「전쟁을 막은 이야기」 참조.

17) 장(丈)은 길이의 단위로 10척(尺)에 해당하고, 1척은 시대마다 그 길이가 달랐으나 대략 30cm 정도이다.

18) 관윤희(關尹喜)는 한구관의 관윤(關尹)이라고 전해진다. 『사기』 「노자한비오열전」에는 한구관 관리의 성명을 밝히지 않고 있다. '희'(喜)는 동사에 해당하지만 한나라 사람들은 이를 이름으로 여겨 관윤희라고 불렀다. 『장자』 「천하」(天下)편에서는 관윤, 노자 두 사람은 '박학다식한 옛날의 진인(眞人)'이라고 했고, 『여씨춘추』(呂氏春秋) 「불이」(不二)편에도 "노담은 유(柔)함을 숭상하였고 …… 관윤은 청빈함을 귀히 여겼다"는 기록이 있다.

19) 검사관은 관문을 통과하는 사람과 화물을 검사하던 말단 관리를 말한다.

20) 한구관의 지세가 좁고 험준한 것을 말한다. 아주 적은 병사로도 막을 수 있다는 뜻이다. "진흙덩어리"(泥丸)는 『후한서』(後漢書) 「외효전」(隗囂傳)에서, 왕원(王元)이 외효에게 한 말 속에 나온다. "저는 대왕을 위해 진흙덩어리로 동쪽 한구관을 봉쇄하길 청하옵니다." 고대 중국에서는 진흙으로 목간(木簡) 편지를 봉하곤 했다. 그래서 왕원이 진흙덩어리로 관문을 봉쇄하겠다는 비유를 쓴 것이다.

21) 아직 종이가 발명되기 전에 글씨를 쓰던 나무판을 목간(木簡)이라고 했다. 붓으로 먹을 찍어 대나무나 나무 막대기에 쓰기도 했다. 잘못 쓰면 칼로 깎아 내고 다시 써야 했으므로 칼, 붓, 목간이 함께 있어야 했다.

22) 원문은 "道可道, 非常道, 名可名, 非常名, 無名天地之始, 有名萬物之母"다. 노자의 저

술로 전해지는 『도덕경』의 첫 장이다.

23) 원문은 "常無欲以觀其妙"이다.

24) 원문은 "常有欲以觀其徼. 此兩者, 同出而異名. 同, 謂之玄, 玄之又玄, 衆妙之門"이다.

25) 원문은 "聖人之道, 爲而不爭"이다. 『도덕경』의 81장이다.

26) 이 말의 원문은 당시 중국의 남북방언이 마구 섞인 말로, "선생님이 무슨 말을 하신 것인지 나는 전혀 알아들을 수 없었습니다"라는 의미이다.

27) 이 말의 원문은 쑤저우(蘇州) 방언으로 "아무래도 선생님이 써 주시겠습니까. 써 주신다면 그래도 아주 헛소리하신 것은 아닌 셈이 될 겁니다. 그래 주시겠습니까?"의 의미이다.

28) 노작가에 대한 '특별대우'와 다음에 나오는 '신진 작가 발탁' 운운은, 이 글을 쓸 1930년대 당시, 중국의 출판 상인들이 작가들의 원고료를 제대로 지불하지 않으면서 상투적으로 쓰던 속임수 같은 말투였다. 루쉰은 이러한 세태를 간접적으로 풍자하고 있는 것이다.

29) 과거 밀수꾼들이 관문을 통과하면서 생기는 위험부담과 과세부담을 피하기 위해 순찰을 피해 몰래 성문을 넘어다녔다고 한다.

전쟁을 막은 이야기[1]

1.

자하[2]의 제자 공손고[3]가 묵자[4]를 찾아간 것은 이미 여러 차례 되었다. 그러나 늘 집에 있지 않아 만날 수 없었다. 그러다 아마 네번째인가 아니면 다섯번째였을 것이다. 문 어귀에서 딱 마주치게 되었다. 공손고가 막 도착했을 때, 묵자도 때마침 집으로 돌아왔던 것이다. 그들은 함께 방으로 들어갔다.

공손고가 묵자의 예우에 한참 사양한 후, 눈으로는 돗자리의 떨어진 구멍[5]을 보며 부드럽게 물었다.

"선생님은 싸우지 말 것을 주장하십니까?"

"그렇소!"

묵자가 말했다.

"그럼, 군자는 싸우지 않습니까?"

"그렇소!"

묵자가 말했다.

"개나 돼지도 싸우는데 하물며 사람이……."

"어허, 당신네 유학자들은 말할 때는 요순堯舜을 칭송하다가도 일할 때는 개, 돼지를 본받으려 하다니 정말 딱하군요, 딱해요!"[6]

묵자는 말하면서 일어나 부지런히 주방 쪽으로 뛰어갔다. 그러면서 말했다.

"당신은 내 생각을 이해하지 못하는군요……."

그는 주방을 통과해 뒷문 밖에 있는 우물가로 가더니 도르래를 돌렸다. 반 두레박의 우물물을 길어 받쳐 들고는 여남은 모금 마셨다. 그런 다음 두레박을 내려놓고 입을 훔쳤다. 뜰 한 모퉁이를 바라보다가 그는 갑자기 소리치며 불렀다.

"아렴,[7] 너 왜 돌아왔냐?"

아렴도 벌써 묵자를 보고 달려오고 있었다. 그는 묵자 면전에 이르자 단정하고 법도 있게 멈추어 섰다. 두 손을 모으고 '선생님' 하고 약간 격앙된 듯이 말을 이었다.

"전 하지 않기로 하였습니다. 그들은 언행이 일치하지 않습니다. 저에게 좁쌀 천 됫박을 주겠다고 약속하고선 오백 됫박밖에 주지 않았습니다. 그래서 전 떠날 수밖에 없었습니다."

"만일 천 되 이상 주었다면, 그래도 떠났겠느냐?"

"아닙니다."

아렴이 대답했다.

"그렇다면, 그들의 언행이 일치하지 않기 때문이 아니라 양이 적은 탓이로구나!"

묵자는 이렇게 말하며 주방으로 뛰어 들어가며 소리쳤다.

"경주자!⁸⁾ 내게 강냉잇가루를 반죽해다오!"

때마침 경주자가 방에서 걸어 나왔다. 아주 생기 넘치는 젊은이였다.

"선생님, 십여 일 비상식량으로 떡을 만드시려는 거죠?"

그가 물었다.

"오냐. 공손고는 갔겠지?"

"갔습니다."

경주자가 웃으며 대답했다.

"그는 몹시 성을 내면서 우리가 주장하는 겸애兼愛가 부모도 모르는 금수와 같은 거라고 했습니다."⁹⁾

묵자도 빙그레 웃었다.

"선생님은 초나라로 가십니까?"

"오냐, 너도 알고 있었느냐?"

묵자는 경주자에게 물로 강냉잇가루를 반죽하게 하고 자신은 부싯돌과 쑥대로 불을 일으켰다. 그것으로 마른 나뭇가지에 불을 붙여 물을 끓였다. 타오르는 불길을 묵묵히 바라보더니 묵자는 천천히 말을 이었다.

"나와 한 고향 사람인 공수반¹⁰⁾ 말이다. 하찮은 자신의 재간을 믿고 늘 풍파를 일으킨단 말이야. 그는 구거¹¹⁾를 만들어 초나라 왕에게 월나라 사람들과 싸우게 하더니, 그것도 모자라서 이번에는 또 무슨 운제[12]라는 것을 고안해 가지고선 송나라를 치라고 초나라 왕을 부추기고 있단 말이야. 송나라는 조그만 나라인데 어떻게 그런 공격을 막아낼 수 있겠냐 말이다. 아무래도 내가 가서 그를 좀 말려야겠어."

경주자가 강냉이떡을 이미 시루 위에 올린 것을 보고 그는 자기 방으로 돌아왔다. 벽장에서 소금에 절여 말린 명아주 한 움큼과 낡은 구리칼 한 자루를 더듬어 꺼냈다. 그리고 헌 보자기 하나를 찾아냈다. 경주자가 푹 익힌 강냉이떡을 받쳐 들고 들어오자 그것들을 모두 보따리 하나에 쌌다. 그는 옷도 별로 갖추어 입지 않았고 세숫수건도 챙기지 않았다. 그저 혁대를 좀 졸라매더니 마루에서 내려와 짚신을 신었다. 그리고 보따리를 둘러메고는 뒤도 돌아보지 않고 떠났다. 보따리에서는 아직도 더운 김이 모락모락 피어올랐다.

"선생님, 언제 돌아오세요?"

경주자가 뒤에서 소리쳤다.

"스무 날 정도 걸리겠지."

묵자는 걸어가며 짧게 대답했다.

2.

묵자가 송나라 국경에 들어섰을 때는 짚신 끈이 이미 서너 번 끊어진 뒤였다. 발바닥에 열이 나 걸음을 멈추고 살펴봤다. 신발 바닥은 닳아 큰 구멍이 뚫렸고 발에는 몇 군데 굳은살이 박히고 물집이 생겼다.[13]

그는 조금도 개의치 않았다. 그냥 계속 걸었다. 길을 따라가면서 좌우의 동정을 살폈다. 인구는 그래도 적지 않았다. 그러나 가는 곳마다 계속된 수재와 병란의 흔적이 남아 있었다. 사람들이 변하듯 그렇게 빠르게 변하지는 않았다. 사흘 동안 걸었으나 집 한 채, 나무 한 그루 보이질 않았다. 생기 있는 사람 하나 보이지 않았고 기름진 밭 한 뙈기를 볼 수 없었다. 이렇게 하여 묵자는 송나라의 서울에 도착했다.[14]

성벽도 몹시 헐어 있었다. 그러나 몇 군데는 새 돌로 수리를 했다. 성 둘레의 해자垓子 주변에는 진흙더미가 보였다. 누군가가 파낸 것 같았다. 그런데 마치 낚시라도 하고 있는 듯 몇몇 한가로운 사람들이 해자 가에 앉아 있는 모습이 보였다.

'그들도 아마 소문을 들었겠지.'

묵자는 생각했다. 낚시질을 하는 사람들을 눈여겨보았으나 그 속에 자기의 제자는 없었다.

그는 성안을 통과하여 빠져 나가기로 마음먹었다. 그래서 북관 가까이 이르러 중앙의 한 거리를 따라 곧바로 남쪽을 향해 걸어갔다. 성안도 몹시 스산했으나 아주 조용하기도 했다. 상점들은 모두 싸게 판다는 광고지를 내붙이고 있었다. 그러나 사는 사람들은 보이지 않았다. 상점 안에도 버젓한 상품 하나 없었다. 거리에는 가늘고 진득진득한 누런 먼지가 가득 쌓여 있었다.

'이 모양인데도 공격을 하겠다니!'

묵자는 생각했다.

그는 큰길로 걸어갔다. 가난한 모습들 말고는 아무것도 없었다.

아마도 초나라가 쳐들어올 거라는 소문을 들은 것이리라. 그러나 그들 모두는 공격을 받는 데 익숙해져 있었다. 살다 보면 공격은 당연히 받는 것이거니 하고 생각했지 그것을 특별한 일로 느끼지 않았다. 게다가 누구에게나 남은 것이라곤 한 가닥 목숨밖에 없었다. 입을 것도 먹을 것도 없어서 그 누구도 피난 가려 하는 사람이 없었다. 남관의 성루가 바라보이는 곳에 이르렀다. 이때 길 모퉁이에 십여 명이 모여 있는 것이 보였다. 누군가의 이야기를 듣고 있는 모양이었다.

묵자가 가까이 다가갔을 때, 말하고 있는 사람이 손을 허공에 내젓는 것이 보였다.

"우리는 그들에게 송나라 백성들의 기개를 보여 줍시다! 우리는 모두 죽으러 갑시다!"[15]

묵자는 그것이 자기의 제자 조공자曹公子의 목소리라는 것을 알았다.

그러나 그는 비집고 들어가 그를 부르지 않았다. 그저 총총히 남관을 나서 자신의 길을 서둘렀다. 다시 하루 낮을 걷고 한밤중까지 걸은 다음 쉬었다. 한 농가의 처마 밑에서 새벽까지 잠을 잤고, 일어나서는 다시 계속 걸었다. 짚신은 이미 너덜너덜해져서 신을 수가 없게 되었다. 보자기에는 아직 강냉이떡이 남아 있어 보자기를 쓸 수는 없었다. 그는 하는 수 없이 치마를 찢어 발을 싸맸다.

그러나 헝겊 조각이 얇은 데다 우툴두툴한 시골길은 그의 발바닥을 딱딱하게 자극해 걷기가 더 힘들었다. 오후가 되어 그는 작디작은 한 그루 홰나무 밑에 앉아 보자기를 풀어 점심을 먹었다. 다리도 좀 쉴 셈이었다. 그때 저 멀리서 키 큰 사내 한 명이 무겁게 보이는 작은 수레를 밀고 이쪽으로 오고 있는 것이 보였다. 가까이 다가온 그 사람은 수레를 세우고 묵자 앞으로 오더니 "선생님!" 하고 불렀다. 그는 숨을 헐떡이며 옷자락을 걷어 올려 얼굴 땀을 닦았다.

"그건 모래냐?"

묵자는 그가 자기의 학생 관검오管黔敖임을 알아보고 이렇게 물었다.

"그렇습니다. 운제를 막기 위한 것입니다."

"다른 준비는 어떻게 되었느냐?"

"삼麻과 재灰와 무쇠鐵들도 이미 다 모았습니다. 그런데 아주 어려웠습니다. 있는 사람은 내려 하지 않고, 내고 싶어 하는 사람은 가진 게 없었습니다. 또 빈말하는 사람들도 많았고요……."

"어제 성안을 지나다 조공자가 연설하는 걸 들었는데 여전히 '기개'가 어떠니 '죽음'이 어떠니 하고 시끄럽게 떠들어 대고 있더군. 허황된 소리 그만하라고 자네가 전해 주게. 죽는 것은 나쁜 일이 아니나 어려운 일이기도 해. 문제는 그 죽음이 백성들에게 이로워야 하네!"

"그와는 말하기 참 어려워요."

관검오가 쓸쓸하게 대답했다.

"이곳에서 이 년 동안 벼슬을 하더니 우리와 말도 안 하려 해요……."

"금활리禽滑釐는?"

"그는 너무 바빠요. 방금 전에 연노[16]를 시험하고 있었는데 지금은 아마 서문 밖에서 지형을 살피고 있을 겁니다. 그래서 선생님을 만나지 못했을 겁니다. 선생님은 공수반을 만나러 초나라에 가시는 겁니까?"

"그러하네. 그러나 그가 내 말을 들을는지는 아직 모르겠네. 자네들은 계속 준비를 하고 있게. 입으로 하는 성공을 바라지 말고."

관검오는 머리를 끄덕였다. 그는 묵자가 길 떠나는 것을 눈으로 한참동안 전송했다. 그러고는 작은 수레를 밀면서 삐걱거리며 성안으로 들어갔다.

3.

초나라의 잉청[17]은 송나라와 비할 바가 아니었다. 길은 넓고 집들도 즐비하게 늘어서 있었다. 큰 상점들 안에는 눈같이 하얀 삼베, 새빨간 고추, 알록달록한 사슴가죽, 토실토실한 연밥과 같은 좋은 물건들이 가득 진열돼 있었다. 행인들은 북방 사람들보다 몸집은 좀 작았으나 생기 있고 날래 보였으며 옷들도 아주 깨끗했다. 묵자의 행색을 이들과 비교해 보니 다 떨어진 옷에 헝겊으로 동여맨 두 발이 영락없이 말 그대로 거지꼴이었다.

다시 중앙을 향해 걸어가니 커다란 광장이 나타났다. 수많은 노점들이 펼쳐 있고 많은 사람들이 북적대고 있었다. 네거리의 교차로이면서 번화한 장터였다. 묵자는 선비인 듯한 늙은이를 찾아가 공수반이 거처하는 곳을 물어보았다. 그런데 애석하게도 말이 통하지 않아 도무지 알아들을 수가 없었다. 그래서 손바닥 위에 글을 써 그에게 막 보이려는 참이었다.

갑자기 '와' 하는 소리가 들리더니 모두들 노래를 부르기 시작했다. 알고 보니 그 유명한 새상령이 그녀의 노래가 된 '하리파인'[18]을 부르기 시작한 것이었다. 이에 온 나라의 사람들이 일제히 따라 부르는 것이었다. 조금 있자니 그 늙은 선비까지도 입에서 흥얼거리는 소리를 내기 시작했다. 묵자는 그 늙은이가 더 이상 자기 손바닥의 글자를 염두에 두지 않는 것을 보고 공수반의 '공'자를 절반쯤 쓰다가 걸음을 옮겨 다시 더 먼 곳으로 달려갔다. 그러나 어딜 가나 모두 노래를 부르고 있어 물어볼 틈이 없었다. 한참 지나서야 노래를 다 부른 모양인지 저편에서부터 차츰차츰 조용해져 갔다. 그는 한 목공소를 찾아가서 공수반의 주소를 물었다.

"구거를 만드는 그 산둥山東 어른, 공수 선생 말이오?"

누런 얼굴에 검은 수염이 난 뚱뚱한 주인은 잘 알고 있었다.

"멀지 않아요. 오던 길을 되돌아가서, 네거리를 지나 오른편 두번째 골목에서 동쪽으로 가다가 남쪽으로 가십시오. 그리고 다시 북쪽으로 모퉁이를 돌면 거기서 세번째 집이 그분의 댁입니다."

묵자는 손바닥에 받아썼다. 잘못 들은 곳이 있나 없나 주인에게 다시 보인 다음, 마음속에 단단히 기억해 두었다. 주인에게 감사 인사를 하고 그가 가르쳐 준 곳으로 곧바로 성큼성큼 달려갔다. 과연 틀림이 없었다. 세번째 집 대문 위에는, 아주 정교하게 조각한 녹나무 문패가 붙어 있었다. 거기에는 '노국魯國 공수반 집'이란 여섯 글자가 전서

체전서체(篆書體)로 새겨져 있었다.

묵자는 짐승 모양의 구리로 된 붉은 문고리를 잡아 땅땅 몇 차례 두드렸다. 문을 열고 나온 사람은 뜻밖에도 치켜세운 눈썹에 눈이 부리부리한 문지기였다. 그는 묵자를 보자마자 큰소리로 말했다.

"우리 선생님은 손님 안 받아! 구걸하러 오는 당신 같은 고향 사람들이 너무 많거든!"

묵자가 그를 쳐다보는 순간 그는 벌써 문을 닫아 버렸다. 다시 문을 두드렸으나 아무런 기척도 없었다. 그러나 묵자가 쏘아본 한 번의 눈길이 그 문지기를 불안하게 만들었다. 문지기는 어쩐지 마음이 편치 않았다. 안에 들어가 주인에게 아뢸 수밖에 없었다. 공수반은 곱자를 쥐고 운제(雲梯)의 모형을 재고 있었다.

"선생님, 또 어떤 고향 사람이 동냥을 왔는데요……. 좀 괴상한 데가 있는 사람입니다……."

문지기가 나직이 말했다.

"성이 뭐라든가?"

"그건 아직 묻지 않았습니다만……."

문지기는 당황해하고 있었다.

"어떻게 생겼던고?"

"거지 같았습니다. 서른 살쯤 돼 보이고, 큰 키에 검은 얼굴에……."

"아니! 그럼 틀림없이 묵적(墨翟)이다!"

공수반은 깜짝 놀라더니 크게 소리쳤다. 운제의 모형과 곱자를 내려놓고 층계를 뛰어 내려갔다. 문지기도 놀라서 급히 그를 앞질러 달려가 문을 열었다. 묵자와 공수반은 뜰에서 만났다.

"역시 선생님이셨군요."

공수반은 기쁘게 말하면서 묵자를 대청으로 안내했다.

"그동안 안녕하셨습니까? 여전히 바쁘시지요?"

"네. 늘 그렇지요……."

"그런데 선생님께서 이렇게 멀리 오시다니, 무슨 가르침이라도 있으신지요?"

"북방에 날 모욕하는 사람이 있소."

묵자는 차분하게 말했다.

"난 당신에게 그 사람을 죽여 달라고 부탁할 생각이오……."

공수반은 불쾌해졌다. 묵자는 계속해서 말했다.

"내가 당신에게 십 원을 드리리다!"

이 말에 주인은 정말로 화가 나 참을 수 없게 되었다. 공수반은 얼굴을 숙이고 냉랭하게 대답했다.

"저는 의를 숭상하기 때문에 사람을 죽이진 않습니다!"

"그렇다면 아주 좋습니다!"

묵자는 너무도 감동한 듯 몸을 똑바로 일으켜 세우더니 공수반에게 큰절을 두 번 했다. 그리고 아주 차분하게 말했다.

"그런데 몇 마디 드릴 말씀이 있습니다. 내가 북쪽에서 듣기로는 당신께서 운제를 만들어 송나라를 치려고 하신다던데, 송나라에 무슨 죄가 있습니까? 초나라에는 남아도는 것이 땅이고 부족한 것이 백성입니다. 부족한 것을 죽여 가면서 남아도는 것을 빼앗는 것은 지智라고 할 수 없습니다. 송나라에 죄가 없는데도 그를 치려고 하는 것은 인仁이라고 할 수 없습니다. 임금의 잘못을 알면서도 간언하지 않는다면 충忠이라고 할 수 없으며, 간언을 하고도 일을 이루지 못하면 강強이라고 할 수 없습니다. 의義를 위해 한 사람을 죽이지 않는다고 하면서, 많은 사람을 죽이려 하는 것은 유추類推의 이치를 깨쳤다고 할 수 없습니다. 선생은 어떻게 생각하시는지요……?"

"그건……."

공수반은 잠시 생각을 하더니 말했다.

"선생님의 말씀이 맞습니다."

"그럼, 그만둘 수 없겠습니까?"

"그건 안 됩니다."

공수반은 근심스럽게 말했다.

"전 벌써 왕에게 말씀을 드렸습니다."

"그럼, 나를 왕에게 데려가 주면 됩니다."

"좋습니다. 그런데 시간도 늦었으니 식사하고 가시지요."

그러나 묵자는 공수반의 말을 들으려 하지 않았다. 몸을 일으키며 일어설 생각을 했다. 묵자는 본래 가만히 앉아 있지 못하는 성미였다.[19] 그를 만류할 수 없음을 알고 공수반은 그를 데리고 즉시 왕을 만나 뵈러 가겠다고 승낙했다. 그러면서 그는 자기 방에 들어가 옷 한 벌과 신발을 가지고 나오더니 간곡하게 부탁했다.

"그런데 옷을 좀 갈아입으셔야겠습니다. 여긴 우리 고향과 달라서 뭐든지 사치하고 화려한 것에 신경을 씁니다. 아무래도 좀 갈아입으시는 것이…….”

“그렇게 합시다.”

묵자도 정중하게 말했다.

“실은 나 역시 떨어진 옷 입는 걸 좋아하는 건 아니외다……. 단지 갈아입을 겨를이 없어서…….”

4.

초나라 왕은 묵적이 북방의 성현이라는 것을 일찍부터 알고 있었다. 공수반의 소개가 있자 힘들이지 않고 곧바로 묵자를 만나 주었다.

묵자는 너무 짧은 옷을 입었기 때문에 마치 다리가 긴 해오라기 같았다. 그는 공수반을 따라 어전으로 들어갔다. 초나라 왕에게 인사를 올리고 조용하고 부드럽게 입을 열었다.

“지금, 좋은 가마를 마다하고 이웃집 헌 수레를 훔치려 하며, 수놓은 비단옷을 마다하고 이웃집 짧은 모적삼을 훔치려 하며, 쌀과 고기를 마다하고 이웃집 겨가 든 밥을 훔치려 하는 사람이 있습니다. 이런 사람은 어떤 사람이겠니까?”

“그건 틀림없이 좀도둑 병에 걸린 사람이겠구려.”

초나라 왕은 솔직하게 말했다.

“초나라의 땅은,”

묵자가 말했다.

"사방 5천 리이나 송나라의 땅은 겨우 5백 리밖에 되지 않습니다. 이것이 바로 가마와 헌 수레 같습니다. 초나라에는 윈멍雲夢 같은 고장이 있어서 코뿔소, 고라니, 사슴 따위의 짐승들이 득실거리고 양쯔 강揚子江과 한수이漢水 강에는 물고기, 자라, 악어와 같은 것들이 그 어디에 견줄 바 없이 많습니다. 그러나 송나라에는 이른바 꿩, 토끼, 붕어조차도 없습니다. 이것이 바로 쌀과 고기, 겨가 든 밥과 같습니다. 초나라에는 소나무, 가래나무, 녹나무, 예장나무 등이 있습니다. 그러나 송나라에는 큰 나무라곤 없습니다. 이것이 바로 수놓은 비단옷과 짧은 무적삼 같습니다. 그러므로 수인이 부기에 폐하의 관리들이 송나라를 치려는 것은 바로 이와 같은 것입니다."

"정말 그러하구려!"

초나라 왕은 머리를 끄덕이며 말했다.

"그러나 공수반이 벌써 나에게 운제를 만들어 주었으니 아무래도 치지 않을 수가 없게 되었소."

"그렇다고 승패를 단정할 수도 없을 것입니다."

묵자가 말했다.

"나뭇조각만 있으면 지금이라도 당장 시험해 볼 수 있습니다."

초왕은 신기한 것을 좋아하는 사람인지라 매우 기뻐하며 신하에게 빨리 나뭇조각을 대령하라고 분부했다. 묵자는 자기의 혁대를 풀어 공수반을 향해 활모양으로 휘게 해놓고는 그것을 성벽으로 가정했다. 그리고 수십 개의 나뭇조각을 두 몫으로 나누어 한 몫은 자기가 가지고 다른 한 몫은 공수반에게 주었다. 공격과 수비의 무기였다.

이리하여 두 사람은 각기 나뭇조각을 쥐고 마치 장기를 두듯이 싸우기 시작했다. 공격하는 나뭇조각이 전진하면 수비하는 나뭇조각이 막아서고 이쪽에서 퇴각하면 저쪽에서 달라붙었다. 그러나 초나라 왕과 곁의 신하들은 보아도 이해할 수가 없었다.

이렇게 일진일퇴하는 것만 보였는데 모두 아홉 차례였다. 아마도 공격하고 수비하는 쌍방이 아홉 가지로 전술을 바꾼 것이리라. 그러고 나서 공수반이 손을 놓았다. 그러자 묵자는 혁대의 활모양을 자기 쪽을 향하도록 바꾸어 놓았다. 아마도 이번에는 묵자가 공격하려는 모양이었다. 이번에도 일진일퇴하면서 서로 겨루었다. 그런데 3회차에 이르러 묵자의 나뭇조각이 가죽띠의 활모양 안으로 들어갔다.

초나라 왕과 신하들은 어찌된 영문인지 알 수 없었으나 공수반이 먼저 나뭇조각을 내려놓으면서 얼굴에 흥이 가시는 기색을 보이자, 그가 공격과 수비에서 모두 실패하였다는 것을 알아차렸다.

초나라 왕도 흥이 깨졌다.

"전 어떻게 하면 당신을 이길 수 있는지 알고 있습니다."

잠시 멈추었다 공수반이 계면쩍게 말을 이었다.

"그러나 전 말하지 않겠습니다."

"나도 자네가 어떻게 나를 이길 수 있다는 것인지 알고 있소."

묵자는 침착하게 대꾸했다.

"그러나 나도 말하지 않겠소."

"자네들은 뭘 말하고 있는 것인가?"

초나라 왕이 놀랍고 궁금해하며 물었다.

"공수반의 생각은,"

묵자가 몸을 돌려 왕을 향해 대답했다.

"저를 죽이려는 것일 뿐입니다. 저를 죽여 버리면 송나라에 수비하는 사람이 없게 되니 송나라를 공격할 수 있다고 생각한 것입니다. 그러나 저의 학생 금활리 등 삼백 명은 이미 저의 방어용 기계들을 가지고 송나라의 성안에서 초나라가 쳐들어올 것에 대비하고 있습니다. 그러므로 저를 죽인다 해도 역시 공격할 수 없을 것입니다!"

"정말 대단한 방법이오!"

초나라 왕은 감동하여 말했다.

"그럼, 나도 송나라를 치지 않겠소."

5.

송나라 공격을 말로 멈추게 한 묵자는 원래는 곧바로 노나라로 돌아갈 생각이었다. 그러나 공수반이 빌려 준 옷을 되돌려 주어야 했기 때문에 그의 집으로 다시 가는 수밖에 없었다. 시간은 벌써 오후가 되었다. 주인도 손님도 배가 고팠다. 주인은 당연히 점심식사——아니면 이미 저녁식사일 수도——를 하고 가라고 자꾸 붙들었고, 또 하룻밤 묵어가라고 권했다.

"아무래도 오늘 떠나야만 하겠습니다. 내년에 다시 올 때는 내 책을 가져다 초나라 왕에게 보여 드리겠소."[20]

묵자가 말했다.

"당신은 또 의를 실천하는 것에 대해 설법하려는 것 아닙니까?"

공수반이 말했다.

"육체적·정신적으로 고생고생하면서 위험에 처한 사람을 도와주고 곤경에 빠진 사람을 구해 주는 일은 비천한 사람들이 할 것이지 대인들이 할 노릇은 아닙니다. 그분은 군왕이올시다, 고향 친구!"

"그건 그렇지 않소. 비단과 삼베, 쌀과 보리 같은 것들은 모두 비천한 사람들이 생산한 것이지만 대인들도 다 필요로 합니다. 하물며 의를 행함에 있어서이겠습니까?"[21]

"그렇기도 합니다만."

공수반은 기분 좋게 대꾸했다.

"당신을 만나기 전에는 송나라를 쳐서 가질 생각을 했습니다. 그러나 당신을 만나고 나서는 송나라를 저에게 그냥 준다 해도 그것이 의롭지 않은 것이라면 저 역시 가지지 않겠습니다……."

"그럼 나는 정말 당신에게 송나라를 줄 수 있지요."

묵자도 기뻐하며 말했다.

"만일 당신이 한결같이 의를 행한다면 나는 당신에게 천하라도 양보하겠소!"[22]

주인과 손님이 담소하는 사이에 점심도 차려졌다. 생선과 고기와 술이 들어왔다. 묵자는 술도 마시지 않았고 생선도 먹지 않았으며 고기만 조금 먹었다. 혼자 술을 마시고 있던 공수반은 손님이 수저를 부지런히 놀리지 않자 불편했다. 하는 수 없이 고추라도 드시라고 권했다.

"드십시오, 드십시오!"

그는 고추장과 떡을 가리키며 공손하게 말했다.

"좀 드셔 보시지요. 맛이 괜찮습니다. 파는 우리 고향의 것만큼 좋지 않지만……."

술을 몇 잔 마시자 공수반은 더욱 유쾌해지기 시작했다.

"저는 배 위에서 싸울 때, 구거鉤拒를 쓰는데, 당신의 의義에도 구 거가 있습니까?"

공수반이 물었다.

"내 의의 구거는 당신 수전水戰의 구거보다 낫소."

묵자는 단호하게 대답했다.

"나는 사랑으로 끌어당기고鉤, 공경한 태도로 밀어내지요拒. 사랑 으로 끌어당기지 않음은 서로 친하지 않음이요, 공경한 태도로 밀어 내지 않는 것은 교활함입니다. 서로 친하지도 않고 교활하면 바로 사 람들은 떠나기 마련입니다. 그러므로 서로 사랑하고 서로 공경하는 것이 서로에게 이로움을 주는 것이지요. 이제 당신이 갈퀴鉤로 사람을 끌어당기면, 다른 사람도 갈퀴로 당신을 끌어당기려 할 것입니다. 당 신이 거역拒으로 밀어내면 다른 사람도 거역으로 당신을 밀어낼 것이 니, 이렇게 서로 끌어당기려 하고 서로 밀어내려 하는 것은 서로를 해 치는 것이지요. 그래서 나의 이 의의 구거가 당신 수전의 구거보다 훌 륭하다고 한 것입니다."[23]

"그런데 고향 친구, 당신 식대로 의를 행하다 정말 내 밥줄은 거 의 끊어지게 되었소!"

공수반은 뒤통수를 한 대 얻어맞고는 말투를 바꾸어 말했다. 그러나 아마 술기운이 있었기 때문이기도 하리라. 사실 그는 술을 마실 줄 모르는 사람이었다.

"그러나 송나라의 밥줄을 모두 끊어 버리는 것보다는 낫지요."

"그럼 난 이제부터는 장난감이나 만드는 수밖에 없게 되었구려. 고향 친구, 잠깐만 기다려 주십시오. 당신에게 장난감을 좀 보여 드리겠소."

그는 말하면서 벌떡 일어나더니 뒷방으로 달려갔다. 아마 궤짝을 뒤지는 모양이었다. 잠시 후 다시 나왔는데, 나무와 대쪽으로 만든 까치를 들고 나와 묵자에게 건네주면서 말했다.

"한번 날기만 하면 사흘 동안이나 날 수 있습니다. 정말 아주 신기한 거라고 할 수 있지요."

"그래도 목수가 만든 수레바퀴보다는 못하겠지요."

묵자는 그것을 보고 나서 자리에 내려놓으며 말했다.

"목수는 세 치의 나무를 깎아서 거기에다 오십 석의 무거운 짐을 실을 수 있게 합니다. 사람들에게 이로운 것이라야 훌륭하고 좋은 것입니다. 사람들에게 이롭지 못한 것은 졸렬하고 또 나쁜 것입니다."[24]

"아, 제가 또 잊었군요."

공수반은 또 한 대 얻어맞았다. 그는 그제야 비로소 정신을 차렸다.

"그것이 바로 선생님의 주장이라는 걸 진작 알았어야 했습니다."

"그러니까 당신이 한결같이 의를 행하기만 하면,"

묵자는 그의 눈을 들여다보면서 간절하게 말했다.

"훌륭할 뿐만 아니라, 천하라도 당신의 것이 될 것입니다. 참, 한 나절이나 당신에게 폐를 끼쳤습니다. 내년에 우리 다시 만납시다."

묵자는 이렇게 말하면서 작은 보따리를 집어 들고 주인에게 작별 인사를 했다. 공수반은 그를 붙들어 둘 수 없다는 것을 알았다. 그를 보내는 수밖에 없었다. 묵자를 대문 밖까지 바래다주고 방으로 들어온 그는 잠시 좀 생각하더니 운제의 모형과 나무까치를 모두 뒷방의 궤짝 안에 쑤셔 넣어 버렸다.

돌아가는 길에 묵자는 천천히 걸었다. 첫째로는 지쳐 있었고, 둘째로는 발이 아팠고, 셋째로는 양식이 떨어져 배고픔을 면하기 어려웠고, 넷째로는 일이 해결되어 올 때처럼 급하지 않았기 때문이었다. 그러나 올 때보다 더 재수가 없었다. 송나라 국경에 들어서자마자 두 차례 몸수색을 당했고 도성 가까이 와서는 또 의연금을 모집하는 구국대[25]를 만나 헌 보따리조차 기부해야만 했다. 남쪽 관문 밖에 이르러서는 또 큰 비를 만났다. 비를 좀 피할 생각으로 성문 밑에 잠시 서 있다가 창을 든 두 명의 순찰병에게 쫓겨났다. 묵자는 온몸이 흠뻑 젖게 되었고 그 바람에 코가 열흘 이상 막혀 버렸다.

1934년 8월

주)_____

1) 원제는「非攻」이다. 공격하지 않는다는 뜻이다.『새로 쓴 옛날이야기』에 수록되기 전에는 발표된 적이 없었다.

2) 자하(子夏, B.C. 507~?)는 성이 복(卜)이고 이름은 상(商)이다. 춘추시대 위(衛)나라 사람으로 공자의 제자다.

3) 공손고(公孫高)는 루쉰이 만든 허구적인 인물이다.

4) 묵자(墨子, B.C. 약 468~376)는 이름이 적(翟)이고 춘추시대 노나라 사람으로 송나라 대부를 지냈다. 묵가학파의 창시자다. 주된 사상은 보편애로서의 '겸애'(兼愛)와 경제적 분배로서의 '교리'(交利)를 주장한 것이며 전쟁을 반대했다. 이는 "온몸이 상하더라도 천하에 이로우면 그것을 행하리라"고 한 맹자의 정신을 구현하고 있다. 그의 저작으로 전해지는 것은『묵자』53편이 있다. 그중 대부분은 제자들이 기술한 것으로 전해진다. 이 소설「전쟁을 막은 이야기」는『묵자』「공수」(公輸)편에서 그 소재를 취했다.

5) 묵자는 절용(節用)을 주장하고 사치를 반대했다.『묵자』의「사과」(辭過)편과「절용」편 등에는 궁궐, 의복, 음식, 배와 수레 등의 절약에 대한 그의 주장이 피력되어 있다.

6) 묵자와 자하 제자들과의 대화는『묵자』의「경주」(耕柱)에 나온다. "자하의 제자들이 묵자를 보고 물었다. '군자는 싸우지 않습니까?' 묵자는 '군자는 싸우지 않습니다'라고 대답했다. 자하의 제자들이 말하길, '개와 돼지들도 싸우는데 어찌 용사가 싸우지 않을 수 있습니까!' 했다. 묵자가 말하길, '가련하도다. 말로는 탕왕과 문왕을 칭찬하면서도 실천함에 있어서는 개와 돼지에 비유하니 가련하도다!'라고 했다."

7) 아렴(阿廉)은 루쉰이 지어낸 인물이다. 본문의 이야기는『묵자』의「귀의」(貴義)에 나오는 기록이다. "묵자가 (제자 중) 한 사람에게 위나라에서 벼슬을 살게 했다. 그가 갔다가 돌아왔다. 묵자가 말하길 '어찌 돌아왔는가?' 하자 대답하여 말하길 '저와 언약한 것을 지키지 않았나이다. 그들이 저에게 천 뒷박을 주겠다고 했는데 저에게 오백 뒷박을 주었습니다. 그래서 떠났습니다.' 묵자가 묻기를, '자네에게 천 뒷박을 넘게 주어도 자네는 떠나겠는가?' 했다. 대답하되 '떠나지 않겠습니다' 했다. 묵자가 말했다. '그렇다면 약속을 지키지 않아서가 아니라 적게 주었기 때문이로군.'"

8) 경주자(耕柱子)와 다음에 나오는 조공자(曹公子), 관검오(管黔敖), 금활리(禽滑釐)는 모두 묵자의 제자들이다.『묵자』의「경주」(耕柱),「노문」(魯問),「공수」(公輸) 등에 나온다.

9) 『맹자』「등문공하」(滕文公下)편에서 맹자가 묵자를 비판한 말이다. "묵씨의 겸애에는 부모가 없다. 부모와 임금이 없는 것은 금수다."(墨氏兼愛, 是無父也. 無父無君, 是禽獸 也.) 묵자의 겸애사상은 자신을 사랑하듯 다른 사람을 차별 없이 널리 사랑하는, 이른 바 보편애를 말한다.

10) 공수반(公輸般)은 춘추시대 노나라 사람이다. 반(般)은 반(班)으로 쓰기도 한다. 『묵 자』에서는 반(盤)으로 썼다. 여러 가지 기계를 잘 발명해서 고서에서는 그를 '재주 꾼'(巧人)으로 불렀다.

11) 구거(鉤距)는 전쟁용 무기다. 쇠갈퀴같이 생겨서 주로 도망가는 적선을 끌어당기는 도구로 썼다.

12) 운제(雲梯)는 구름사다리다. 성을 공격할 때 사용하는 긴 사다리를 말한다.

13) 묵자가 길을 재촉한 상황에 대해서는 『전국책』(戰國策) 「송책」(宋策)에 다음과 같은 기록이 있다. "공수반이 초나라를 위해 기계를 만들고 그것으로 송나라를 치게 했 다. 그 말을 들은 묵자는 발에 굳은살과 물집이 생기는 것을 아랑곳하지 않고 공수 반을 만나러 갔다." 또 『회남자』 「수무훈」(修務訓)에도 이런 기록이 있다. "옛날에 초 나라가 송나라를 치려 하자 묵자가 이를 듣고 슬퍼하며 노나라에서 초나라로 갔다. 열흘 낮과 밤을 걸어 발에 굳은살과 물집이 생겼지만 쉬지 않았으며 옷을 찢어 발을 싸매고 잉청(郢城)에 도착했다."

14) 송나라의 서울 상추(商丘)를 말한다. 지금의 허난성에 있다.

15) 조공자(曹公子)의 이 연설은 루쉰이 당시 국민당 정부를 은근히 풍자한 것이다. 1931년 일본이 '9·18'사변을 일으켜 중국 동북 지역을 공격하였을 때, 국민당은 무 저항주의를 채택하고 있었다. 그러면서도 겉으로는 정략적으로 비분강개한 공론 (空論)을 유포하였다.

16) 연노(連弩)는 기계의 힘을 이용해 한꺼번에 여러 개의 화살을 연달아 쏘게 만든 화 살을 말한다.

17) 잉청은 초나라의 수도다. 지금의 후베이성(湖北省) 장링(江陵) 경내에 있다.

18) 새상령(賽湘靈)은 루쉰이 전설 속에 나오는 샹수이(湘水)의 여신인 상령에 근거하여 만든 가공 인물이다. 상령은 북과 비파를 잘 다루었다고 한다. 『초사』(楚史) 「원유」 (遠游)편에 "상령에게 북과 비파를 다루게 하고 해약(海若)에게 풍이(馮夷)를 추게 했다"는 기록이 있다. '하리파인'(下里巴人)은 초나라에서 유행한 가곡의 이름이다. 『문선』(文選)에 수록된 송옥(宋玉)의 「초왕에게 묻다」(對楚王問)에는 다음과 같은

기록이 있다. "한 나그네가 잉청에서 노래를 불렀는데 그가 처음 '하리파인'을 부르자 온 나라에서 그를 따라 불렀다. 부르는 사람이 수천 명 되었다."

19) 묵자가 한 장소에 오래 앉아 있지 못하는 것에 대해서는 『문자』(文子) 「자연」(自然) 편과 『회남자』「수무훈」편에 각각 "묵자가 앉았던 자리는 더워지지 않았다"는 말과 "묵자에게는 화로가 없었다"라는 기록이 있다. 앉았던 자리가 더워지기 전에, 화롯불을 피울 사이도 없이 일어나 길을 떠났다는 이야기이다. 『문자』는 노자의 제자가 지은 것으로 전해지고 있다.

20) 묵자가 초왕에게 책을 헌정한 것에 대해서는 청대 손이양(孫詒讓)이 지은 『묵자한고』(墨子閒詁) 「귀의」(貴義)편에서 당나라 여지고(余知古)의 『저궁구사』(渚宮舊事)를 인용하여 말한 것이 있다. "묵자가 잉청에 이르러 초 혜왕(惠王)에게 책을 올렸다. 왕이 그 책을 받아 읽고는 '좋은 책이다'라고 했다." 『저궁구사』의 기록에 의하면 묵자가 책을 바친 것은 초나라를 설복하여 송나라를 공격하지 못하게 한 이후였다고 한다(손이양의 『묵자전략』墨子傳略 참조).

21) 의(義)의 실천에 대한 묵자와 공수반의 대화는 『묵자』「귀의」편에 나온다. "묵자가 남으로 초나라를 찾아가 초나라 헌혜왕(獻惠王)을 만나려 했다. 헌혜왕이 나이가 많다고 거절하고 목하(穆賀)를 시켜 묵자를 만나게 했다. 묵자가 목하에게 이야기하자 목하가 크게 기뻐하며 묵자를 보고 '당신의 주장은 참으로 훌륭합니다. 그러나 임금은 천하의 대왕인데 어찌 천한 인간이 만든 것을 받아들이려 하겠습니까?' 했다. 묵자가 말했다. '받아들일 수 있습니다. 예를 들면 약은 풀이지만 천자가 먹으면 병을 고칠 수 있습니다. 어찌 풀이라 하여 먹지 않을 수 있습니까? 지금 농부들이 대인들에게 토지세를 바치고 대인들은 그것으로 술을 빚고 제곡을 차려 하느님과 신에게 제사를 올립니다. 어디 천한 사람이 만든 것이라 하여 받지 않겠습니까?'" 묵자가 목하에게 대답한 이 말의 의미를 소설 속에서는 공수반과의 대화로 고쳤다.

22) 이 대화는 『묵자』「노문」편에 나온다. "공수반이 묵자에게 말했다. '내가 선생님을 만나기 전에는 송나라를 얻고 싶었습니다. 그런데 선생을 만난 후에는 송나라를 나에게 준다 해도 그것이 불의라면 가지지 않겠습니다'라고 했다. 묵자가 말했다. '저를 만나기 전에 선생이 송나라를 가지고 싶었는데 저를 만난 후 선생이 송나라를 주어도 그것이 불의한 것이라면 가지지 않겠다고 하니 이젠 내가 송나라를 선생에게 주겠습니다. 선생이 의의 실천에 힘쓴다면 저는 천하라도 양보하겠습니다!'"

23) 이 대화 역시 『묵자』「노문」편에 나온다. "공수반은 노나라에서 남쪽의 초나라로 건

너가 처음 수전에 쓰는 무기로 구강(鉤强)을 만들었다. 퇴각하는 자는 구로 끌어당기고 달려드는 자는 강으로 막아 냈으므로 구강의 우세에 힘입어 적을 압도할 수 있었다. 초나라 군사는 우세하고 월나라 군사는 우세하지 못했다. 초나라는 그것을 가지고 월나라를 여러 차례 패배시켰다. 재주가 좋은 공수반이 묵자에게 이렇게 말했다. '나의 수전에는 구강이 있는데 선생의 의에도 구강이 있는지 모르겠습니다.' 묵자가 대답했다. '내 의의 구강은 선생의 수전의 구강보다 낫습니다. 나의 구강은 이렇습니다. 사랑으로 끌어당기고 공경으로 밀어냅니다. 사랑으로 끌어당기지 않으면 친분이 없고 공경으로 밀어내지 않으면 경멸하게 됩니다. 경멸하면 친분이 없어져 이내 흩어집니다. 서로 사랑하고 서로 공경하면 피차에 모두 이롭습니다. 이제 선생이 남을 걸어 당겨 못 가게 하면 남도 선생을 끌어당겨 못 가게 할 것이며 선생이 남을 밀어내 거리를 유지하면 남도 선생을 밀어내 거리를 유지할 것입니다. 서로 걸어 끌어당기고 서로 밀어내면 피차에 모두 해롭습니다. 그러므로 나의 의의 구강은 선생 수전의 구강보다 낫습니다.'" 쑨이양의 『묵자한고』에 의하면 '구강'은 '구거'로 써야 한다고 한다. 구거는 무기의 일종으로 구로는 퇴각하는 적선을 끌어당기고 거로는 달려드는 적선을 밀어낼 수 있다.

24) 나무까치와 수레에 대한 대화는 『묵자』「노문」편에 나온다. "공수반이 참대와 나무를 깎아 까치를 만들었는데 사흘 동안 떨어지지 않고 날았다. 공수반은 그것을 스스로 훌륭하다고 생각했다. 그래서 묵자가 공수반에게 이렇게 말했다. '선생의 까치는 목수가 만든 수레바퀴보다 못합니다. 그것은 그저 세 치 너비의 나무를 깎은 것이지만 50석의 무게를 감당할 수 있습니다. 그러므로 공이 있는 것은, 사람에게 이로워야 훌륭하다고 할 수 있습니다. 사람에게 이롭지 못한 것은 졸렬한 것입니다.'"

25) 구국대 이야기는 1930년대의 국민당의 모금운동을 겨냥하여 비판한 것이다. 국민당은 당시 일본의 침략에 맞서 정면으로 싸우기보다는 무저항주의의 화친정책으로 일관했다. 그러면서 한편으로는 '구국'이라는 이름하에 국민당이 통제하고 있던 각지의 여러 민중단체로 하여금 의연금을 모집하도록 강권을 행사했다.

죽음에서 살아난 이야기[1]

넓은 황야. 군데군데 언덕이 있다. 제일 높은 언덕이라야 고작 예닐곱 자 정도. 나무는 없다. 온 천지에 어지러운 잡초뿐이다. 잡초 사이로 사람과 말이 밟아서 생긴 한 줄기 길이 있다. 길에서 멀지 않은 곳에 물웅덩이가 하나 있고, 멀리 집이 보인다.

장자[2] (검게 야윈 얼굴에 희끗희끗한 구레나룻, 머리에는 도관[3]을 쓰고 무명 두루마기를 입었다. 채찍을 들고 등장) 집을 나선 후 물 한 모금 마시지 못했더니 목이 타는군. 정말 장난 아니게 목이 마르군. 차라리 나비로 변하느니만 못해. 그런데 여긴 꽃도 없잖아……. 아! 여기 못이 있었군. 운이 좋군, 운이 좋아. (그는 물웅덩이 가로 뛰어가 물 위에 뜬 부초를 헤집고 손으로 물을 움켜 십여 모금 마신다.) 어, 시원하다. 그럼 슬슬 떠나 볼까. (걸으면서 사방을 본다.) 아니! 이건 해골이! 어떻게 된 일이지? (채찍으로 잡초를 헤쳐 나가다가 무언가를 두드리며 말한다.)

그대, 생을 탐하고 죽음을 무서워해 무리한 일 억지로 하다 이 지경이 되었는가? (톡톡) 아니면 거처를 잃고 칼을 맞아서 이 꼴이 되었는가? (톡톡) 아니면 한바탕 난리를 피우다 부모처자에게 죄 짓고 이 꼴이 되었는가? (톡톡) 그대는 자살이 약자의 행위[4]임을 몰랐던가? (톡톡톡!) 아니면 그대 먹을 게 없고, 입을 게 없어 이 꼴이 되었는가? (톡톡) 아니면 나이 들어 죽어 마땅하여 이 꼴이 되셨는가? (톡톡) 아니면……. 아니, 이거야말로 내가 멍청하군. 혼자 연극하는 거 같군. 대답할 리 없잖아. 초나라가 여기서 멀지 않으니 서두를 필요는 없어. 사명대신[5]께 그의 형체를 복원하고 그의 살을 돋아나게 해 달라고 청해 봐야지. 그와 좀 잡담을 나눈 뒤 그를 다시 고향으로 돌려보내 혈육들을 만나게 해주자. (그는 채찍을 내려놓고 동녘을 향하더니 하늘을 향해 양손을 모으고 목청을 높여 큰소리로 외치기 시작한다.)

지성으로 비나이다, 사명대천존[6]이시여……!

(한바탕 음산한 바람이 일더니 봉두난발을 한 귀신, 대머리 귀신, 마른 귀신, 뚱뚱한 귀신, 남자 귀신, 여자 귀신, 늙은 귀신, 젊은 귀신이 수없이 나타난다.)

귀신 장주,[7] 네 이 바보 같은 놈! 수염이 하얗게 새어 가지고서 아직도 깨닫질 못했느냐? 죽으면 계절도 없고, 주인공도 없다. 천지가 봄날이니 황제라 해도 이보다 홀가분하진 않을 거다. 쓸데없는 참견 말고 어서 초나라로 가 네 볼일이나 보거라…….

장자 너희들이야말로 바보 귀신들이다. 죽어서도 아직 깨닫지 못하다니. 삶이 곧 죽음이요, 죽음이 곧 삶임을 알아야 하느니. 노예가 주인이고 주인이 노예이기도 하느니. 나는 생명의 근원에 도달한 사람이라, 너희 애송이 귀신들의 짓거리엔 끄떡도 안 한다.

귀신 그렇다면, 한번 망신 좀 당해 봐라…….

장자 초왕의 성지聖旨가 내 머리 위에 있노니, 너희 애송이 귀신들 아무리 들고 일어나도 무섭지 않아! (다시 하늘을 향해 두 손을 모으고 목청을 높여 외치기 시작한다.)

　　지성으로 비나이다. 사명대천존이시여!

　　천지현황, 우주홍황. 일월영측, 진숙렬장

　　조전손리, 주오정왕, 풍진저위, 강심한양[8]

　　태상노군급급여율령! 칙! 칙! 칙![9]

(한바탕 맑은 바람이 불어오고, 사명대신이 등장한다. 도관을 쓰고, 무명 두루마기에 검게 야윈 얼굴, 희끗희끗한 구레나룻, 손에 채찍을 들고 몽롱한 가운데 동쪽에서 나타난다. 귀신들은 모두 사라진다.)

사명 장주야, 네가 나를 찾는 것은 또 무슨 장난을 치려 함이냐? 물을 실컷 마시더니 분수를 잊고 설치고 싶어진 게냐?

장자 신은 초왕을 알현하러 가는 길이었습니다. 이곳을 지나다가 퀭한 해골 하나를 발견했습니다. 그런데 아직 머리 모양은 남아 있습니다. 틀림없이 부모와 처자가 있을 텐데, 여기서 죽어 있으니 정말 슬프고 가련하기 그지없습니다. 사명대천께 간절히 청하오니 그 형체를 돌려주시고 육신을 소생케 하시와 그를 살려 집으로 돌려보내 주옵소서.

사명 하, 하! 네 본심에서 나온 말이 아니로다. 네 배가 아직도 덜 불러 심심한 일을 찾고 있는 게로구나. 진지하지도 않고, 장난도 아니고. 넌 네 갈 길이나 가거라. 내 일에 참견하지 말아라. 알겠느냐. '삶과 죽음에는 명命이 따로 있는' 법.[10] 나도 내 맘대로 하기 어려우니라.

장자 대천존이시여, 아니옵니다. 사실 어디에도 삶과 죽음은 없습니다. 이 장주는 일찍이 꿈에 나비로 변한 적이 있었습니다.[11] 훨훨 나는 나비 말이옵니다. 깨어났더니 장주가 되었습니다. 아등바등거리는 장주이옵니다. 도대체 장주가 나비로 변했었는지, 아니면 나비가 꿈에 장주로 변했었는지 아직까지 분간할 수가 없습니다 이렇게 보면, 이 해골은 현재가 살아 있는 것이고, 다시 살아난 후가 오히려 죽게 되는 것인지 어찌 알겠습니까? 부디 대천존이시여, 조금만 융통을 부려 주십시오. 사람이 원만해야 하는 것처럼 신 역시 완고할 필요가 없는 것입니다.

사명 (미소 지으며) 너 역시 주둥이만 살아 있고 실천은 못 하는 놈이로고. 사람이지 신이 아니로고……. 그럼, 좋다. 네 소원대로 해주지. (사명, 채찍으로 풀숲 속을 향해 잠시 가리키더니 사라진다. 가리켰던 곳에서 한 줄기 불빛이 일더니 한 사내가 벌떡 일어난다.)

사내 (대략 30세 정도, 커다란 체격에 자주빛 얼굴. 시골 사람 같다. 전신을 발가벗어 실오라기 하나 걸치지 않았다. 주먹으로 눈을 한참 비비더니 정신을 좀 차린다. 장자를 유심히 본다.) 너 콰이니?

장자 콰이? (미소를 지으며 다가와 그를 뚫어지게 본다.) 당신은 어쩌다 이렇게?

사내 아아, 잠들었었구나. 당신은 어쩌다 이렇게? (양쪽을 살피더니 외치기 시작한다.) 아니, 내 보따리와 우산은? (자기 몸을 보고는) 아, 아니, 내 옷은? (쭈그리고 앉는다.)

장자 좀 진정하시오. 당황하지 마시오. 당신은 지금 막 살아난 것이오. 당신 물건은, 내 생각에 벌써 썩어 버렸거나 아니면 누가 주워 갔을 거요.

사내 당신 뭐라 했소?

장자 좀 물어봅시다. 당신의 성은 뭐고 이름은 뭐요. 어디 사람이오?

사내 나는 양자장楊家莊의 양대楊大라 하오. 학명學名은 필공必恭이라 하오.

장자 그렇다면 당신은 여기 무얼 하러 왔소?

사내 친척을 찾아가는 길이오. 깜빡하여 그만 잠이 들어 버렸소. (조급해지기 시작한다.) 내 옷은? 내 보따리와 우산은?

장자 좀 진정하시오. 당황해하지 말고……. 내 다시 묻겠는데, 당신은 언제 적 사람이오?

사내 (의아해하며) 뭐요……? '언제 적 사람'이라니 무슨 소리요……? 내 옷은……?

장자 쯧쯧, 당신이란 사람은 죽어 마땅한 어리석은 자 같군. 그저 제 옷 걱정만 하고 있다니. 정말 철저한 이기주의자로고. 당신 '자신'도 잘 모르면서. 어디 옷 타령할 정신이 있는가? 그래 내 먼저 좀 묻겠네만, 언제 적 사람이오? 허허, 이해를 못 하는 모양이로고……. 그렇다면, (좀 생각을 하더니) 내 그대에게 묻겠는데, 당신이 전에 살아 있었을 때 마을에 무슨 사건이라도 있었는가?

사내 무슨 사건? 있었지. 어제 아이阿二 아줌마가 아칠阿七 할머니와 싸웠지.

장자 더 큰 사건은!

사내 더 큰 사건……? 그건, 양소삼이 효자로 표창을 받았지…….

장자 효자 표창이라, 큰 사건이 분명하긴 한데……. 그런데 고증하기가 어렵군……. (좀 생각을 하더니) 무슨 더 큰 사건, 그래, 모두가 큰 소동을 벌였다거나 하는 그런 사건은 없었는가?

사내 소동이라고……? (생각을 하면서) 응, 있다, 있어! 서너 달 전이었지. 아이를 죽여 그 혼을 빼내 녹대[12)]의 주춧돌을 다지는 데 넣기로 했다 해서 모두 놀라 혼비백산해 가지고, 서둘러 부적주머닐 만들어 가지고, 애들한테 채워 주고…….

장자 (놀라면서) 녹대? 언제 적 녹대인가?

사내 바로 서너 달 전에 착공한 녹대요.

장자 그렇다면 당신은 주왕紂王 무렵에 죽은 거로군. 이거 정말 대단하군. 당신은 죽은 지 오백여 년이 넘었소.

사내 (약간 화를 낸다.) 선생, 내 당신과 초면인데, 농담하지 마시오. 나는 여기서 잠시 잠을 잤을 뿐이오. 무슨 오백 년간 죽어 있었다느니, 무슨 그런 해괴한 말을. 나는 일이 있어 친척을 찾아가는 길이오. 얼른 내 옷과 보따리, 우산을 돌려주시오. 당신과 농담하고 있을 겨를이 없소이다.

장자 천천히, 천천히. 내게 좀 연구할 시간을 주오. 당신은 어떻게 잠을 자게 된 거요?

사내 어떻게 잠들었냐고? (생각을 하면서) 이른 아침 내가 여길 지나가는데 순간 머리 위에서 꽝하는 소리가 나는 듯하더니 눈앞이 깜깜해지고 그리고 그만 잠들어 버렸소.

장자 아팠는가?

사내 아프지 않았던 것 같소.

장자 음……. (좀 생각을 해보더니) 음……, 이제 알겠다. 당신은 분명 상商나라 주왕 때, 혼자 이곳을 지나가다 길 막는 강도를 만났을 것이고, 그놈이 뒤에서 당신을 때려눕혀 죽게 하고는 모든 걸 다 뺏어 도망간 거요. 지금 우리는 주대周代요. 오백여 년이 지난 거요. 그러니 어디가 옷을 찾겠소. 알겠소?

사내 (눈을 크게 뜨고 장자를 보면서) 난 전혀 모르겠소. 선생, 터무니없는 소릴랑 집어치우고 내 옷과 보따리, 우산을 돌려주시오. 나는 중요한 일로 친척을 찾아가는 길이오. 당신과 농담하고 있을 시간이 없다질 않았소!

장자 이 사람 정말 은혜를 모르는군…….

사내 누가 은혜를 모른다는 거요? 난 물건을 잃었고, 이곳에서 당신을 잡았으니 당신에게 묻지 않고 누구에게 묻겠소? (일어선다.)

장자 (조급해하며) 자자, 내 말을 다시 들어 보시오. 당신은 원래 해골이었는데, 내가 불쌍히 여겨 사명대신께 청해 당신을 다시 살려낸 거라고. 당신도 좀 생각해 봐. 몇백 년 전에 죽었는데 옷 같은 게 어디 남아 있겠소! 나는 지금 당신더러 내게 감사하라고 이러는 게 아니야.

좀 잠시 앉으라구. 내게 주왕 시절 이야기나 좀…….

사내 허튼 수작! 그런 말은 세 살배기 어린애라도 안 믿겠소. 난 서른

세 살이란 말이오! (걸어오면서) 당신…….

장자 내게는 정말 그런 능력이 있다구. 치위안漆園 땅의 장주라고 하면

당신도 알 것이오.

사내 모르겠어. 그런 능력이 있다 한들, 그게 무슨 좆 같은 거요? 당신

날 순전히 발가벗겨 놓고, 살려냈다고? 무슨 소용이야? 어떻게 친척

을 찾아가라고? 보따리도 사라졌는데……. (약간 울먹이더니, 달려와

장자의 소매를 움켜쥔다.) 당신의 허튼 수작을 내 믿을 것 같아? 여기

당신밖에 없으니 당신에게 달라는 건 당연해! 내 당신을 잡아 보갑에

게 넘겨야겠어![13)

장자 잠깐, 잠깐, 내 옷은 낡았어. 약해, 잡아당기면 안 돼. 내 말 좀 들

어봐. 먼저 옷에 대해 생각을 좀 돌려 봐. 옷이란 있든 없든 상관없는

게야. 옷이 있는 게 옳을 수도 있고, 옷이 없는 게 옳을 수도 있지. 새에

겐 깃털이 있고, 짐승에겐 털이 있지만 오이나 가지는 벌거숭이잖아.

이것이 이른바 '저것도 하나의 시비是非요, 이것도 하나의 시비'라는

거지. 물론 옷이 없는 것을 옳다고는 말할 수 없겠지만, 그렇다고 옷이

있어야만 옳다고 당신 어떻게 말할 수 있겠어……?

사내 (화를 내며) 니에미 나발 불고 있네! 내 물건 돌려주지 않으면 내

널 때려 죽일 테다! (한 손으로 주먹을 불끈 쥐어 들어올리고, 다른 한 손

으로는 장자를 꽉 붙잡는다.)

장자 (궁색한 나머지 다급하게 방어하며) 네 감히 난폭하게 굴다니! 이

손 놔라! 그렇지 않으면 사명대신께 청해 널 다시 죽음으로 돌려보내리라!

사내 (냉소하며 물러선다.) 좋아, 너 날 다시 죽게 해봐. 그렇게 못하면 너 내 옷과 우산, 보따릴 돌려줘야 해. 그 속에 엽전이 쉰두 개, 설탕이 반 근, 대추가 두 근…….

장자 (엄숙하게) 너 후회하지 않지?

사내 네놈이나 후회해라!

장자 (단호하게) 그럼 좋아. 이렇게 멍청한 놈은 원래 꼬락서니대로 돌려놓아야 해. (얼굴을 동쪽으로 돌리고, 하늘을 향해 양손을 모으더니, 목청을 높여 소리치기 시작한다.)

　　지성으로 비나이다, 사명대천존이시여!

　　천지현황, 우주홍황. 일월영측, 진숙렬장.

　　조전손리, 주오정왕. 풍진저위, 강심한양.

　　태상노군급급여율령! 칙! 칙! 칙!

　　(아무런 변화가 없다. 한참이 지났다.)

　　천지현황! 태상노군! 칙! 칙! 칙! …… 칙!

　　(아무 변화가 없다. 한참 지난 뒤, 장자는 주위를 둘레둘레 보다가 천천히 손을 내린다.)

사내 나 죽은 거야?

장자 (풀이 죽어서) 어찌된 일인지 모르겠네. 이번에는 효험이 없으니…….

사내 (덤벼든다.) 그렇다면 더 이상 잔소리 늘어놓지 마. 내 옷 물어내!

장자 (뒷걸음질 친다.) 감히 내게 손을 대려고? 이 철리哲理도 모르는 야만인 같으니!

사내 (그를 움켜쥐며) 이 뻔뻔한 놈아! 이 날강도 놈아! 내 우선 네놈의 도포를 벗기고, 네 말을 빼앗아 내 잃어버린 걸 보상받으리라…….

(장자는 한편으로 저항하며 한편으로 다급하게, 도포 소맷자락에서 호루라기를 꺼내 미친 듯 세 번 불었다. 사내는 깜짝 놀라 동작을 늦춘다. 이윽고 멀리서 순경 한 사람이 뛰어온다.)

순경 (뛰어오며 소리친다.) 저놈 잡아라! 놓치지 마라! (그가 다가왔다. 덩치가 큰 노魯나라의 사내다. 큰 몸집에 큰 키, 제복과 제모를 착용하고 손에는 경찰봉을 들었다. 빨간 얼굴에 수염은 없다.) 이놈 잡아라! 이놈……!

사내 (다시 장자를 바싹 움켜쥐고) 이놈 잡아라! 이놈!

(순경이 달려들어 장자의 멱살을 잡고 한 손으로 경찰봉을 치켜든다. 사내는 손을 놓고 몸을 약간 구부리며 두 손으로는 아랫배를 가린다.)

장자 (경찰봉을 제지하고 머리를 꼬면서) 이거 무슨 짓이냐!

순경 무슨 짓이냐고? 흥! 네가 모르겠다고?

장자 (화를 내며) 어떻게 널 불렀는데, 날 붙잡는단 말이냐?

순경 뭐라고?

장자 내가 호루라기를 불어…….

순경 남의 옷을 빼앗고도 자기가 호루라길 불었다고? 이 미친놈!

장자 나는 길을 가던 사람이다. 저 사내가 여기에 죽어 있기에 그를 살려줬는데, 도리어 내게 시비를 걸어 내가 지 물건을 가져갔다는 거야.

당신 내 모습을 좀 봐라. 내가 남의 물건을 빼앗을 사람 같은가?

순경 (경찰봉을 거두며) '사람을 알고 얼굴은 알아도 그 마음속은 모른다' 했다. 누가 알겠는가. 일단 서^署로 가자.

장자 그건 안 돼. 난 초왕을 알현하러 길을 서둘러야만 해.

순경 (깜짝 놀라 손을 놓으며, 장자의 얼굴을 찬찬히 살핀다.) 그럼 당신은 치위안 땅의 그……

장자 (기뻐하며) 그렇다! 내가 치위안의 관리, 장주다. 당신은 어찌 아는가?

순경 요즘 우리 서장님께서 항상 당신 말씀을 하셨지요. 당신이 돈 벌러 초나라에 갈 것인데, 아마 이곳을 지나가실지 모른다고요. 저희 서장님도 은사^{隱士}이신데, 그저 편의상 잠시 관직을 겸하고 계신 겁니다. 항상 선생님의 문장을 애독하고 계십니다. 「제물론」^{齊物論}을 읽어 보면 뭐였더라 그, "사는 것이 죽는 것이고, 죽는 것이 사는 것이라. 가^可한 것이 불가^{不可}한 것이고, 불가한 것이 가한 것이"었던가요? 정말 상류의 문장이십니다.[14] 정말 좋아요! 선생님, 저희 경찰서로 가셔서 좀 쉬시지요. (사내는 깜짝 놀라 풀숲으로 들어가 웅크려 앉는다.)

장자 오늘은 이미 늦었소. 난 가야 할 길이 있으니, 지체할 수가 없소. 돌아오는 길에 댁의 서장을 꼭 방문하리다.

(장자는 그렇게 말하면서 걸어가 말 위로 기어오른다. 채찍을 막 때리려고 하는데, 그 사내가 갑자기 풀숲에서 뛰어나와 말 재갈을 움켜잡는다. 순경도 덩달아 사내의 팔을 잡는다.)

장자 왜 또 달라붙지?

사내 당신이 가 버리면 난 아무것도 없게 돼. 난 어떻게 하라고? (순경을 보며) 보세요, 순경 나으리…….

순경 (귓등을 긁으면서) 이러시면 정말 난처한데……. 그런데 선생님, 제가 보기엔, (장자를 보며) 선생님이 그래도 좀 넉넉하오니, 옷가지 하나만이라도 하사하심이, 그가 앞이라도 좀 가릴 수 있게…….

장자 그야, 물론 어렵지 않지. 옷이란 본래 내 것이랄 것도 없는 법. 하지만 지금 난 초왕을 알현하러 가는 길이라, 두루마길 입지 않고 갈 수도 없고, 그렇다고 속적삼을 벗고 달랑 두루마기만 입고 갈 수도 없는 일…….

순경 맞습니다. 정말 하나도 벗을 수 없겠군요. (사내를 향해) 손 놔라!

사내 난 친척을 만나러 가야 해…….

순경 시끄러워! 더 이상 귀찮게 하면 내 널 서로 끌고 갈 테다! (경찰봉을 치켜들며) 꺼져!

(사내는 도망치고 순경은 그 뒤를 쫓아 잡초 덤불 속으로 사라진다.)

장자 안녕, 안녕.

순경 안녕히 가십시오, 안녕히. 선생님 편안히 가십시오!

(장자는 말에 채찍을 가하고 이내 출발한다. 순경은 뒷짐 지고 서서 차츰 멀어져 가는 그를 전송한다. 장자가 먼지 속으로 사라지자 그제야 천천히 몸을 돌려 원래의 길 위로 걸어 나온다.)

(사내가 갑자기 풀숲에서 뛰쳐나와 순경의 옷자락을 붙잡는다.)

순경 뭐 하는 짓이야!

사내 난 어떻게 해?

순경 그걸 내가 어떻게 알아.

사내 난 친척을 찾아가야 하거든…….

순경 가면 될 게 아니야?

사내 옷이 없소.

순경 옷이 없으면 친척 집을 방문할 수 없나?

사내 네가 그를 놓아주었지. 이젠 너도 슬그머니 빠져나가려고 해. 난 방법이 없어. 당신을 잡고 방도를 찾는 수밖에. 당신한테 안 묻고 누구한테 물어? 보라구. 이 꼴로 내가 어떻게 살아가겠나!

순경 내 너에게 말하지만, 자살은 약자의 행위야!

사내 그렇다면 나에게 방법을 찾아줘!

순경 (옷자락을 뿌리치며) 생각나는 방법이 없다니까!

사내 (순경의 옷자락에 매달리며) 그렇다면, 날 서로 데려가 줘!

순경 (옷자락을 뿌리치며) 그게 말이 돼? 벌거벗은 채로 어떻게 길을 걷는단 말야? 손 놔!

사내 그럼, 나에게 바지 좀 빌려 줘!

순경 나는 이 바지 하나밖에 없어. 이걸 네게 빌려 주면 내 꼴은 뭐가 돼. (힘껏 뿌리친다.) 떼 쓰지 마! 손 놔!

사내 (순경의 목에 달라붙는다.) 기필코 널 따라가겠어!

순경 (궁색하고 다급하게) 안 돼!

사내 그럼, 놓아주지 않을 거야!

순경 너 어쩔 셈인데?

사내 네가 날 서로 데려가 달란 말이야!

순경 내 정말······. 널 데려간다 해도 별수가 없다니까. 떼 쓰지마. 이

것 놔! 안 그러면······. (열심히 몸부림친다.)

사내 (더욱더 세차게 달라붙으면서) 안 그럼, 난 친척에게 갈 수가 없어.

사람 노릇도 할 수가 없어, 대추 두 근에 설탕 반 근······. 네가 그놈을

놓아줬으니, 내 너와 사생결단을······.

순경 (몸부림치며) 떼 쓰지 마! 손 놔! 안 그럼······. 안 그럼······. (그는

말하면서 호루라기를 더듬거려 꺼낸다. 그러고는 미친 듯이 불어 댄다.)

1935년 12월

주)_____

1) 원제는 「起死」. 이 문집에 수록되기 전, 다른 간행물에 발표된 적이 없다.

2) 장자(莊子, 약 B.C. 369~286)는 이름이 주(周)이고 전국시대 송나라 사람으로 칠원

리(漆園吏)를 지낸 적이 있다. 중국 도가사상의 대표인물이다. 그의 저작으로 지금까

지 전해지는 것은 『장자』 33편이다. 이 소설 「죽음에서 살아난 이야기」의 기본 소재

는 『장자』 「지락」(至樂)편에 나오는 다음의 우언을 바탕으로 했다. "장자가 초나라로

가다 해골을 보았다. 앙상하게 마른 모양을 하고 있었다. 그는 말채찍으로 치면서 물

었다. '너는 인생의 욕망을 탐하고 도를 잃어버려 이 꼴이 되었는가? 나라를 망쳐 도

끼형을 당해 이 꼴이 되었는가? 악한 짓을 하다 부모처자에게 죄 지은 게 창피해 이

렇게 되었는가? 춥고 배가 고파 이렇게 되었는가? 수명을 다하여 이렇게 되었는가?'

말을 마치고 장자는 해골을 베고 누웠다. 밤중에 해골이 꿈에 나타나 말했다. '당신이

말하는 모습은 마치 변사(辯士)와 같군. 당신 말하는 걸 보면 모두 살아 있는 인간의

걱정거리로군. 죽고 나면 모두 없어지고 마는 것이라네. 당신은 죽음의 이야기를 듣

고 싶지 않은가?' 장자가 말했다. '그렇소.' 해골이 말했다. '죽으면 위로는 군주가 없

고 아래로는 신하가 없다네. 또 사철의 변화가 없으니 더위나 추위의 고통도 없다네. 비록 남면(南面)하는 천자의 즐거움이 있다 한들 이 즐거움만 못하지.' 장자는 그 말을 믿을 수 없어 물어보았다. '만일 내가 운명을 주재하는 사명(司命)의 신께 부탁하여 네 몸을 다시 살아나게 하고 너의 뼈와 살과 피부를 돋아나게 해 네 부모처자와 마을 친지들에게 돌아가게 해준다면 너는 이를 원하겠는가?' 해골은 얼굴을 찌푸리며 대답했다. '내 어찌 남면한 왕의 즐거움을 버리고 인간의 수고로움을 다시 거듭하겠는가?'"

3) 도관(道冠)은 도사의 모자를 말한다. 노장을 대표로 하는 도가학파는 종교가 아니며 장자 역시 도사가 아니다. 그러나 도가사상이 후대 도교의 탄생에 깊이 영향을 미쳤기 때문에 도교에서는 노자를 도교의 시조로 받들어 모시게 되었고 그를 '태상노군'(太上老君)이라는 존칭으로 불렀다. 여기서도 장자를 도사의 행장으로 그리고 있다.

4) 이 소설이 쓰인 1930년대 중국 사회는 봉건적인 예교(禮教)의 속박을 이기지 못해 자살하는 사람들이 계속 늘어나고 있었다. 이들에 대해 일부 문인들이 그러한 자살의 사회적 원인과 억압의 구조에 대해서는 거론하지 않으면서 단순히 "자살은 약자의 행위"라고 말하곤 했다. 이 부분은 루쉰이 이들 문인들을 풍자, 비판하고 있는 것이다. 『꽃테문학』 「친리자이 부인 일을 논한다」(論秦理齋夫人事), 『차개정잡문 2집』 「'사람들의 말이 두렵다'를 논함」(論人言可畏) 참조.

5) 사명대신(司命大神)은 인간의 생사를 주관한다고 전해지는 전설 속의 신이다. 사명은 중국 고서에 별(星)의 이름으로 나온다.

6) 사명대천존(司命大天尊)에서 천존은 신선에 대한 존칭이다.

7) 장주(莊周)는 장자의 이름이다.

8) 앞의 원문은 '天地玄黃, 宇宙洪荒, 日月盈昃, 辰宿列張'이다. 『천자문』(千字文)의 처음 구절을 나열하여 마치 도사가 외우는 것처럼 쓴 것이다. 뒤의 원문은 '趙錢孫李, 周吳鄭王, 馮秦褚衛, 姜沈韓楊'이다. 중국의 여러 성씨(姓氏)를 나열하여 마찬가지로 도사가 외우는 주문인 것처럼 썼다. 일반 도사들이 외우는 주문은 아니다.

9) 원문은 '太上老君急急如律令! 敕! 敕! 敕!'이다. '태상노군'은 도교의 시조를 말하고 '급급여율령'은 도사들이 주문을 외울 때 주문의 말미에 사용하던 상투어로서 법률이나 명령처럼 신속하게 집행할 필요가 있다는 의미다. 원래 율령이란 말은 한대의 공문에 자주 쓰던 상용어인데 도사들이 이를 모방하여 주문의 말미에 썼다. '칙'은 원래 황제의 명령을 적은 조서 혹은 칙서를 말하는데 여기선 주문에 쓰이는 명령어로

서 사용했다.

10) 공자의 제자인 자하(子夏)의 말이다. 『논어』「안연」(顏淵)편에 나온다. "생과 사는 명(命)이 따로 있고 부귀는 하늘에 달려 있다."

11) 『장자』「제물론」(齊物論)에 나오는 얘기다. "옛날 장주가 꿈에 나비가 되었다. 훨훨 날아다니는 나비였다. 스스로 즐겁게 느끼면서도 자기가 장주임을 알지 못하였다. 갑자기 꿈에서 깨어나니 자기는 엄연한 장주였다. 장주가 꿈에 나비가 된 것인지, 나비가 꿈에 장주가 된 것인지 알 수 없었다."

12) 옛날 미신에 큰 건물을 지을 때는 아이들을 죽여 그 영혼을 바쳐야만 잘 지어진다고 했다. 녹대(鹿臺)는 은나라 주(紂)임금 때의 각종 보물을 저장하던 창고 이름이다.

13) 보갑제도(保甲制度)는 송대에 시작되었다. 1930년대 초 국민당 정부는 민중통제의 수단으로 각 지역에 보갑제도를 실행했다. 1931년 7월 난창(南昌)의 임시 군영에서 공표한 「보갑조례」와, 1932년 8월 허난, 후베이, 안후이에서 공표한 「각현편사보갑호구조례」(各縣編査保甲戶口條例)의 규정에 의하면 열 가구를 한 갑(甲)으로 삼아 갑장(甲長)을 두고, 다시 열 갑을 한 보(保)로 하여 보장(保長)을 두었다. 이는 모든 호구가 서로 감시하는 연좌법제도를 말한다. 이 제도는 1934년 11월 전국적으로 시행되었다. 루쉰이 이 소설을 쓴 것이 1935년 12월이므로 작가가 의식적으로 이 용어를 사용하여 국민당의 보갑제도를 비난한 것으로 보인다.

14) '상류의 문장'이란 표현은 린위탕(林語堂)이 『우주풍』(宇宙風) 제6기(1935년 12월)에 발표한 「담배부스러기」(烟屑)에 나온다. "나는 최상류의 글과 최하류의 글 읽기를 좋아한다. …… 상류의 글이란 부처, 노자, 공자, 맹자, 장자의 글과 같은 것이고, 하류의 글이란 민요, 동요, 민가, 맹인의 노래 같은 것이다."

해제 | 『새로 쓴 옛날이야기』에 대하여

이 책은 루쉰의 세번째 소설집으로 1922년부터 1935년 사이에 쓴 역사소설 8편이 수록되어 있다. 1936년 1월, 상하이 문화생활출판사에서 바진巴金이 주편한 '문학총간'의 하나로 처음 출판되었고, 루쉰 생전에 모두 7쇄나 간행되었다. 루쉰이 이 소설집을 쓰기 시작해 책으로 묶기까지는 13년이라는 다소 긴 시간이 걸렸다. 이 책을 쓰게 된 전후의 루쉰 생각과 그 이후의 과정에 대해서는 이 책의 「서언」에서 저자자신이 상세히 언급하고 있어 여기서는 논외로 한다.

『새로 쓴 옛날이야기』는 수많은 옛날이야기와 옛날 사람들 속에 루쉰의 사상과 현실비판의 이야기가 숨은 그림처럼 박혀 있는 소설집이다. 특히 루쉰 만년의 무르익은 역사관과 철학, 점점 더 짙어 가던 익살과 해학이 녹아 있는 소설집이다. 보물을 찾듯 숨어 있는 시대의 아이콘들을 찾아가며 읽어야 소설 읽기의 제맛이 난다.

1. 창작 시기

작품들이 창작된 시기를 보는 것이 작품세계를 이해하는 첫걸음이 될수 있다. 『새로 쓴 옛날이야기』에 수록된 소설들의 창작연대는 세 시기로 나눈다. 첫번째 시기는 「하늘을 땜질한 이야기」를 쓴 1922년, 두번째 시기는 「달나라로 도망친 이야기」와 「검을 벼린 이야기」를 쓴 1926년, 세번째 시기는 나머지 5편 즉 「전쟁을 막은 이야기」, 「홍수를막은 이야기」, 「관문을 떠난 이야기」, 「고사리를 캔 이야기」, 「죽음에서 살아난 이야기」를 쓴 1934년과 1935년이다. 요약하면 1기 1922년, 2기 1926년, 3기 1934년과 1935년이다. 8편 가운데 5편이 3기에 나온 것이 특이하며 그 가운데서도 4편이 1935년에 몰아서 창작되었다. 루쉰이 1936년 10월에 죽었으니 그는 죽기 1년 전에 마치 묵은 숙제를 해결하듯 이 소설집을 서둘러 완성한 것이다.

「하늘을 땜질한 이야기」를 쓴 1922년은 소설집 『외침』의 마지막작품을 쓴 시기이고 1919년 고조되었던 5·4 반제·반봉건 운동이 퇴조기에 이른, 이른바 '5·4 신문화운동 퇴조기'에 해당한다. 돤치루이段祺瑞 정부가 군경을 동원하여 시위 진압에 나섰지만 시위 군중에 굴복하여 '21개 조항' 파기를 약속했고 이로 인해 약해진 중앙 정부의틈을 타 각지에서 군벌 간의 전쟁이 다시 일어났다. 1911년 신해혁명이후 약화된 국민당 정부를 이끌고 있던 쑨원은 1920년 혁명의 근거지를 광저우로 옮기고 비상대총통에 취임했다. 전국 각지는 천하대권을 장악하고자 하는 군벌들이 남북으로 나뉘어 각축을 벌이는 혼전의국면으로 접어들었다.

루쉰은 1924년부터는 훗날 소설집 『방황』에 실린 단편소설들을 쓰기 시작했으며 루쉰 정신세계의 내밀한 고백체 기록이라고 할 수 있는 『들풀』을 집필하기 시작했다. 「달나라로 도망친 이야기」와 「검을 벼린 이야기」를 쓴 1926년 하반기 루쉰은, 3·18 참사의 배후 주동자라는 죄목으로 국민당 정부가 내린 체포령을 피해 도피하고 있었다. 1926년 7월 샤먼으로 내려갔고 다시 1927년 1월 광저우로 옮겨간 시기가 이때다. 도피하는 과정에서 그는, 1926년 회고 형식의 산문이라 할 수 있는 『아침 꽃 저녁에 줍다』를 완성했고, 1927년에는 광저우에서 그동안 쓴 산문시들을 모아 『들풀』을 출판했다. 그는 왜 이 시기에 회고조의 글들과 고백체의 시들을 썼는가? 이 시기는 1926년 3·18 참사로 죽어 간 제자들에 대한 애통과 비분이, 국민당의 반민중적이고 반민족적인 정치 행태에 대한 분노와 증오가 극에 달해 있었다. "내가 이런 무료한 글이나 쓰고 있을 때 많은 청년들은 총에 맞고 칼에 찔렸다. 아아, 사람과 사람 사이의 영혼은 통하지 아니한단 말인가", "먹으로 쓴 거짓은 결코 피로 쓴 사실을 덮어 가릴 수 없다. 피로 진 빚은 반드시 같은 피로 갚아야 한다"(『화개집속편』, 「꽃 없는 장미 2」)고 분노하고 있었다. 그는 "젊은이가 늙은이의 임종기사를 쓰는 것이 아니라, 반대로 늙은이가 젊은이의 사망기사를 써야 하는"(『화개집속편』, 「류허전 군을 애도하며」) 시대의 아이러니에 괴로워했고, "눈앞에 비정상적인 상황이 펼쳐져 마음을 들쑤셔 놓은 듯 어지러웠다"고 고백했다. "사람이 해야 할 일 중에 추억만 남아 있다면 그 생애는 무료해졌다고 해야 할 것"(『아침 꽃 저녁에 줍다』, 「머리말」)이라고 자조·탄식했다. 수배를 피해 도피하는 중에 정착한 샤먼대학에서의 적막과 고독감, 다시 옮겨 간 혁명의 도시 광저우에서 목도한 중국의 암담한 현실과 불투명한 민족의 미래, 진보적인 청년집단 내부의 폭력과 분열상, 그러한 가운데 처해 있던 무력한 자신에 대해 깊어 가는 좌절감, 그리고 복수심. 이러한 정서는 「달나라로 도망친 이야기」의 예羿와 「검을 벼린 이야기」의 연지오자宴之敖者의 아우라에 그대로 어른거리고 있다. 외부와의 소통이 여의하지 않은 정치 상태에서 그는 회고조로 보이는 작품 속으로 들어가 옛사람과 옛일들을 불러내고 유년의 기억을 불러내 자신과의 소통을 도모한 듯하다. 그는 회고의 공간에서 스스로를 위무했으며 다가올 시간을 위해 전의戰意를 재정비했다. 『새로 쓴 옛날이야기』의 소설 형식이 그러하고 『아침 꽃 저녁에 줍다』의 수필과 『들풀』 산문시의 내용과 형식이 그러하다.

　『새로 쓴 옛날이야기』의 세번째 시기인 1934년과 1935년은 루쉰이 상하이에 정착하여 잡문으로 자신의 주장을 편, 이른바 루쉰 생애의 제3기(1927~1936)에 속한다. 그 가운데서도 후반부에 속하며 루쉰이 죽기 1, 2년 전에 해당한다. 중국 본토에 대한 일본 침략이 포문을 연 1931년 9·18 사변, 일본군이 상하이를 침공한 1932년 1·28 사건, 일본 관동군에 의해 벌어진 1933년의 러허熱河 작전 등으로 중국 사회는 전쟁이 상시화되고 있었고 민중의 삶은 피폐할 대로 피폐해진 상태였다. 중국 민중의 민족주의와 애국주의가 한층 고조되어 가는 시기이기도 했다. 그러나 국민당의 굴욕적인 외교정책과 기만적인 화친정책으로 민족문제의 해결은 점점 더 미궁의 회로에 빠져들고 있었다. 1921년 공산당 창건 이후 근근이 명맥을 이어 나가고 있던 공산주의 운동이, 국민당에 의한 공산당 포위토벌 작전에 밀려 징강산井岡山 근거지를 포기하고 대장정에 오른 시기가 1934년 10월이다. 도시에서는 대낮에도 공산당 토벌이란 명목으로 백색테러가 자행되었고 제대로 된 재판 절차도 없이 억울한 생명들이 형장의 이슬로 사라지곤 했다. 국민당의 대일본 정책의 반민중성과 이에 기생한 지식인들의 기회주의적 언론과 행태를 겨냥한 루쉰 필봉의 분노와 날카로움은 나날이 그 예리함을 더해 가고 있었다. 이 시기 루쉰은 수많은 필명을 써 가며 오로지 펜과 잡문에만 의지해 거의 독불장군처럼 싸우고 있었다. 그의 글 속에 담긴 독기毒氣는 점점 더 거세지고 있었고 급기야 그의 몸까지 갉아먹고 있었다. 1935년 루쉰의 폐병은 이미 악화될 대로 악화되어 출국하여 치료할 필요가 있다는 권고를 받는 형편에 이른다. 이 해 루쉰은『새로 쓴 옛날이야기』에 실린 소설의 반에 해당하는 4편을 일필휘지로 완성하듯 탈고하기에 이른다. 그는 왜 이토록 서둘러 이 역사소설들을 썼던 것일까?

2. 과거와 현재의 자유로운 넘나듦

『새로 쓴 옛날이야기』의 소설들은 후기 루쉰의 사유방식이 얼마나 과거와 현재를 자유롭게 넘나들었는지를 보여 준다. 「달나라로 도망친 이야기」는 샤먼 시기 적막감 속에서 아무런 일을 할 수 없었던 자기 자신을, 일상 속으로 몰락한 활쏘기의 영웅 예의 운명을 통해 조롱하고자 한 것이다. 예를 배반한 봉몽逢蒙과 상아嫦娥를 등장시켜 당시 청년들로부터 받은 상처, 이용당하고 배반당했던 심정을 간접적으로 토로했으며, 궁술의 명인 예에 대해 옛 전사로서의 영웅적 기개와 자태를 아직은 완전히 잃지 않게 묘사함으로써 새로운 적을 찾아 나서고자 한 자신의 갈망과 전의를 은연중 보여 주고 있다. 작가의 현실 의지를 암묵적으로 은유하고 있는 것이 이 소설 곳곳에 보인다. 「검을 벼린 이야기」의 연지오자 역시 루쉰의 모습과 철학이 그대로 반영된 인물이라 할 수 있다. 타인의 상처로 인해 자신이 상처를 입는 연지오자는 억울한 인민대중의 복수를 대행하는 설화 속 인물이다. 그는 폭군의 학정하에 있는 모든 대중의 고통을 통찰하고 이를 대신 복수하다 죽어 간다. 자기 이익의 목적이 없는 순수한 전사의 형상이다. 이 복수의 결전 묘사에 할애하고 있는 루쉰의 상세하고도 끔찍한 세부묘사는 당시 작가의 분노와 복수심의 깊이를 반증하고 있는 듯하다. '연지오자'宴之敖者는 1924년부터 루쉰이 종종 사용했던 필명으로 '연'宴자는 '집안宀의 일본日 여자女에게서', '오'敖자는 '내쫓긴'出放의 뜻을 지닌 조자造字다. 동생 저우쮀런周作人과 그의 일본인 아내와의 불화로 인해 집을 나온 자신을 조롱하여 만든 필명이다.

또 가장 비현실적인 주제와 분위기를 묘사하고 있는 듯한 「하늘을 땜질한 이야기」는 정치현실로 인해 억눌린 작가 자신의 창작 욕망과 의지를, 어떻게 고대의 신화 속 창조신이란 틀을 빌려 와 그 속에 불어넣고 있는지를 보여 준다. 루쉰이 여와를 새롭게 주조한 것에 대해 한 평론가는 이렇게 말하고 있다. "루쉰도 창조자였기 때문이다. 루쉰은 현대 중국의 여와였다. 그 역시 새로운 우주, 새로운 세계, 새로운 중국을 창조하고자 했으며 중화민족의 영혼을 다시 주조하고자 했다. '자유평등, 민주과학, 개성해방, 진화발전, 현대문명'이라는 '오색의 돌'을 녹여서 허물어진 지 오래된 '하늘'을 보수하고자"(왕푸런王富仁, 「창조자의 고민의 상징」創造者的苦悶的象徵) 했기 때문이라고. 여와 형상을 통해 루쉰은 우주에 가득한 창조 에너지가 그 힘을 발휘할 수 없게 되었을 때 창조신이 느끼는 무료함과 따분함, 일을 하기 시작하면서 생기는 경이로운 '의욕과 기쁨', 그리고 일하고 난 후의 피로감과 초조감 등을 마치 신의 세계가 아닌 인간세계의 현실인 양 표현하고 있다.

「관문을 떠난 이야기」에서 루쉰은 '힘도 없고 하지 않음도 없다'無爲而無不爲는 논지를 편 노자사상을 과장되게 묘사하고 있다. 현실 속에 그것이 미치는 부정적인 영향을 풍자하고자 함이다. 1930년대 중국은 내륙 깊숙이 쳐들어온 일본 공격에 전면전으로 대항해야 하는 풍전등화의 민족위기에 놓여 있었다. 그럼에도 국민당 관료와 군부, 일부 지식인들은 '유柔함이 강剛함을 이길 수 있다'느니 '저항하지 않는 것이 바로 저항하는 것'이라느니 '싸우지 않고 이기는 것이 최상의 승리'라느니 하는 도가의 논리를 들며 침략자와 화친정책으로 일관했다. 루쉰은 고인들에 대한 자신의 태도가 그다지 공경스럽지 못하다고 스스로 고백한 바 있다. 한 편지에서는 '조상들의 나쁜 무덤을 파헤치고' 싶다고도 했다. 이 소설에서 그는 정중하고 겸손하며 공손해 보이는 듯한 노자를 묘사하면서, 시종일관 시든 나무토막처럼 말없이 멍하게 앉아 있다고 몇 차례 반복하고 있다. 루쉰의 장난기가 발동하는 부분이다. 노자의 강의를 듣는 민중들의 졸고 있는 광경 묘

사는 노자철학이 얼마나 민중과 거리가 먼 것인가를, 얼마나 추상적
이며 관념적인 것인가를 재미있게 보여 주고 있다. 그는 아쉬움 없이
노자를 관문 밖으로 쫓아 버렸다. 관문 밖은 소금도, 빵도, 물도 없는,
중화문명권의 바깥세계다. 노자가 남긴 강연록 『도덕경』은 관리들이
몰수해 온 콩, 소금 등과 함께 먼지 가득한 선반 위에 처박히는 것으로
묘사된다. 물론 루쉰은 다른 글에서 자신이 노장의 영향을 깊이 받았
다고 말한 바 있으며 그들의 사상이 지닌 학술적 가치를 부정하진 않
았다. 장자의 문장은 "열고 닫힘이 무변광대하고 위용과 자태가 무궁
무진하다"고 극찬한 바도 있다(『한문학사강요』漢文學史綱要). 그러나 그
들의 논리가 현실적으로 악용 혹은 오용되는 것에 대해서는 비판과
풍자를 참지 않았다.

　「죽음에서 살아난 이야기」 역시 1930년대 지식인 사이에 회자된
장자 사상의 '무시비관'無是非觀을 겨냥한 것이다. 저 역시 옳기도 하고
그르기도 하며 이 역시 옳기도 하고 그르기도 하다는 무시비관은 분
명하고 명료한 과학정신과 이성주의에 반하는 것으로 루쉰이 보기에
이런 상대주의는 당시 중국 민중의 각성과 올바른 시비 판단을 방해
하는 것들이었다. 옷이란 것은 있어도 좋고 없어도 그만이라고 설교
하던 장자가, 딱한 처지에 있는 벌거벗은 사내에게 자신의 옷 한 가지
도 벗어 주지 못하는 꾀죄죄한 인격을 보인다. 급기야는 낭패를 당하
게 되고 줄행랑을 치게 된다. 장자의 꼴이 말이 아니다. 루쉰은 장자를
그렇게 만듦으로써 도가적 관념론이 현실 속에선 아무 소용이 없음을
과장, 극대화시키고 있다. 모두 현재의 당면문제를 과거의 거울에 비

추어 그 허상과 거짓을 도드라지게 만들어 내는 창작방법이다.

신화, 전설, 역사 속 인물을 등장시켜 옛이야기를 서사하고 있는 듯한 『새로 쓴 옛날이야기』의 모든 작품은 이렇듯 가장 현실적인 렌즈를 사용하고 있는 작품이라 할 수 있다. 옛이야기에 작가의 강렬한 애증을 투영함으로써 옛 인물과 옛 사건으로 하여금 현재의 인물과 현재의 사건으로 보이게 만드는 기법이다. 이것은 일종의 몽타주기법이라 할 수 있다. 두 개의 렌즈를 겹치게 하거나 병렬시켜 새로운 상과 의미망을 만들어 내는 것을 몽타주라고 한다면, 『새로 쓴 옛날이야기』는 현재의 사선과 인물들, 현재의 인이들을 고대의 사건들과 겹치게 배치한다. '옛일'舊事을 새로 쓴新編 것이면서 동시에 '새로운 일'新事을 낡은 것에 담아 쓴舊編 것이라 할 수 있다. 여와는 창작의 억압을 받고 있었던 당시 루쉰의 창조적 열정과 반봉건적 비판의지를 대변하고 있는 인물이며, 예와 연지오자는 열악한 정치 상황 속에서 도피생활을 했던 당시 루쉰의 처지와 증오, 비애와 복수심, 전투의지를 반영하고 있는 인물이다. 단순히 신화와 전설 속에 나오는 여와와 예, 연지오자가 아닌 것이다. "역사 이야기의 형식으로 쓰고 있지만 1930년대 처음 그 소설들을 읽었을 때 나는 그 속에 나오는 사람과 사건들이 생생하게 내 주위에 살아 있는 듯한, 내가 있는 이 사회에서 활동하고 있는 듯한 착각이 들었다. …… 하나하나 모두 낯익었고 매일매일 만나는 사람들처럼 그들의 목소리와 얼굴, 웃는 모습들이 눈앞에 완연했다."(탕타오唐弢, 「『새로 쓴 옛날이야기』에 대해」關于『故事新編』) 발표 당시에 『새로 쓴 옛날이야기』를 읽었던 사람의 회고담이다. 발표 당시 중국인들에게 이 소설 속 인물들이 얼마나 리얼하게 와 닿았는지를 보여 주는 예다.

그는 자신의 과거와 민족의 과거를 회고하는 가운데 민족문화의 퇴적층으로부터 창작의 소재를 길어 올려 '새로운 것을 창조하는' 創新 수단과 방법을 모색했다. "바로 이런 과거와 현재를 동일한 것으로 파악하는 사고방식은 그로 하여금 예리한 안목을 가지게 했고 그러한 안목으로 과거를 바라보아" 현재의 사건을 재해석하게 만들었다. 1930년대 초반부터 루쉰이 야사류를 다시 읽기 시작한 것과 1930년대 중반 이후의 산문에 보이는, 현재의 작은 사건을 통해 고서의 기록을 끌어내고, 다시 그 기록을 가지고 현재를 해석하는, '과거와 현재의 넘나듦'을 자유자재 구사했던 것은 상호 연관이 있다(왕샤오밍王曉明, 『직면할 수 없었던 인생 ― 루쉰전』無法直面的人生-魯迅傳). 루쉰 만년에 이르러 더욱 성숙의 경지에 이르게 된, 이런 '과거와 현재의 자유로운 넘나듦'이라는 사유 습관과 이를 현실적으로 유효한 실천 내지 창작의 방법과 연결시킨 것은 루쉰이 지닌 새로운 문화창조자로서의 능력을 유감없이 보여 주는 부분이다. 이런 면에서 『새로 쓴 옛날이야기』는 루쉰이 앞서 발표한 두 소설집과 확연하게 그 성격을 달리한다.

3. 기이한 상상력의 세계

이 소설집에는 루쉰의 다른 작품에서 보기 힘든 기이한 상상력의 세계가 펼쳐진다. 일찍이 상상력이 갖는 문화적인 힘과 창조적인 힘에 대해 남다른 주목을 한 루쉰은 리얼리즘 기법으로 일관한 첫번째와 두번째 소설집 『외침』, 『방황』과 달리 여기서는 자신의 상상력을 유감 없이 발휘하고 있다. 그 가운데서도 「하늘을 땜질한 이야기」는 압권이라 할 수 있다. 첫 페이지에 등장하는 여와의 눈에 처음 들어온, 해와 달과 별이 뜨고지는 태고시대의 아름다운 우주 공간의 모습, 바닷속으로 걸어 들어가는 여와의 분홍 살빛이 천지간에 퍼져 나가는 광경은 거대하고도 장엄한 판타지 화면을 보고 있는 듯하다. 인류 탄생 이전 천지에 가득 차 있었을 창조신의 에너지를 신비롭고도 황홀하게 상상하여 보여 준다. 이는 루쉰의 분방하고 신화적인 상상력과 회화적이고 미적인 상상력이 만들어 낸 화면이라 할 수 있다. 고서에 기록 된, 7편 정도의 연관 없는 단편 기록들에 근거하되 "루쉰은 그것들을 재편, 피와 살이 살아 있는 완성된 이야기를 만들어 냈다. 이는 풍부한 상상력과 높은 수준의 조직적 창조력이 없이는 불가능"한 일이다(리 허린李河林, 「작가의 전기소설과 다른 『새로 쓴 옛날이야기』를 가지고 신 편 『루쉰전집』의 주석문제를 논함」由『故事新編』'不如作者前期小說'談到新編『魯 迅全集』的注釋問題). 그는 이 소설에서 인류를 창조했고 인류를 위해 무 너진 하늘을 보수했으며 그로 인해 소진되어 죽어 가는 위대한 창조 여신에 대해 유감없는 애정과 찬사를 보내고 있다.

　「달나라로 도망친 이야기」 역시 몇 개의 단편적인 역사 기록에 근거하여 예, 상아, 봉몽의 형상을 만들었다. 생계를 걱정하는 일상 속 의 범부로 전락한 영웅 예를 통해서 "이제는 아무 싸울 대상이 없어져 버려 '무대상'無對象의 곤경에 빠지게 된 점, 그리고 자신의 기본적인 생계조차도 유지하기 어렵게 된 점"을 부각하고 있다. "자질구레한 일상생활의 굴레 속에서 그의 정신은 점차 평범해져 갔고 내면의 무료와 권태, 배반과 버림당함으로부터 생긴 고독과 비애에서 그는 벗어나지 못하고 있다. 영웅은 이제 무예가 쓸모없는 처지에 있을 뿐만 아니라, 나아갈 곳도 없고, 돌아갈 곳도 없는, '아무것도 없는 곳'無物之陣에서 방황"(첸리췬錢理群, 「『새로 쓴 옛날이야기』해설」『故事新編』解說)하고 있다. 아내 상아의 비웃음과 노파의 비웃음, 제자 봉몽의 배반과 비아냥 속에서 예는 과거의 영광을 회고하며 탄식하고 한숨 쉰다. 그는 제자의 습격을 받아 바보처럼 말에서 떨어지기도 하고 식사를 걸러 배가 고프기도 하다. 몰락한 영웅의 비감이 소설 전편에 가득 넘친다. 그러나 예는 사랑하는 아내가 선약仙藥을 훔쳐 먹고 혼자 달로 달아났다는 것을 알고는 불같이 분노하게 되고 옛날의 전의戰意를 회복하게 된다. 달을 향해 활을 당기는 거대한 바위 같은 예의 몸과 번개가 치는 듯한 형형한 눈빛, 날랜 손동작에 대한 작가의 애정 어린 묘사는 루쉰 특유의 섬세한 상상력이 만들어 낸 기이하고도 신비로운, 그리고 강렬한 힘이 느껴지는 명장면이다.

　「검을 벼린 이야기」에서의 루쉰 상상력은 특이하다 못해 그로테스크하다. 그의 상상력이 만든 사건 묘사는 소설 서두에서부터 시작한다. 미간척이 복수를 하기에는 아직 나이가 너무 어리고 감성과 성격이 여리고 유순하다는 것을 표현하기 위해 쥐를 잡는 사건을 묘사한다. 그 과정을 징그러울 정도로 적나라하게 묘사하면서 미간척의 심리변화를 추적한다. 검은 숲에서 나타난 굶주린 이리떼들이 미간척의 시신을 몇 입에 먹어 치우고 남은 뼈까지 모조리 씹어 먹어 치우는 모습, 왕의 대전 앞에서 전개되는 기괴한 물놀이와 복수의 장면에 이르면 그 기괴함이 극에 달한다. 20세기 야수파의 그로테스크한 화면 같기도 하고 선혈이 낭자한 전율과 공포의 괴기영화 같기도 하다. 물이 펄펄 끓는 가마솥 안에 목 잘린 세 개의 머리가 서로 물어뜯으며 싸우는 광경. 이는 당시 루쉰 영혼을 지배한 어둠의 깊이와 귀기鬼氣가, 깊어 가던 복수의 염원과 함께 상상의 힘을 빌려 밖으로 표출된 것으로 보인다.

「고사리를 캔 이야기」에서 루쉰은 백이와 숙제의 마지막 삶을 그리고 있다. 그들은 중국인들이 절개와 지조의 성인으로 수천 년 동안 추앙해 온 인물들이다. 루쉰은 1925년 교육장관 장스자오章士釗가 외친 '독경구국'讀經救國을 겨냥하여 중국 역대의 지식인들이 걸핏하면 선왕의 도가 기록된 경전들을 읽어야 한다고 주장하는 것을 비판했다. 경전 속의 대의大義가 어떠니 하면서 그것을 정성껏 받들어 모시는 것을 지상의 과제로 생각하는 것은 수구적인 전통 폐습일 뿐이라고 역설했다(『화개집』, 「민국 14년의 경전 읽기」十四年的讀經). 루쉰은 그러한 연장선에서 주나라 무왕의 개혁과 민중을 위한 새로운 정치를 이해하지 못한 채 시대에 맞지 않는 진부한 언행을 일삼는, 그러면서도 주나라 곡식을 입에 대지 않는 것을 무슨 큰 지조인 양 착각했던 백이와 숙제를 풍자하고 있다. 그들이 살고 있는 양로원의 모습, 전쟁이 진행되면서 달라진 거리의 풍경, 부상병들이 길가에 앉아 들려주는 전장戰場 이야기, 산으로 들어가다 만난 도적떼의 약탈 행위, 고사리를 돌에 찧어 정성스레 익히는 모습 등등에서 소설가로서의 루쉰 상상력은 리얼하게 진행된다. 이렇듯 몇 개의 단편적인 신화와 전설의 기록을 근거로 하여 그 내용은 하나도 바꾸지 않되 거기에 자신의 감정과 생각이 은밀하게 스며들도록 가상의 줄거리를 만들고 생생하게 살아있는 듯한 인물을 주조해 내는 것. 이러한 루쉰의 서사 능력은 그로 하여금 20세기의 중국이라는 시간과 공간을 넘어 새로운 예술세계를 창작한 문학의 전범으로 자리하게 만들었고 지금도 그의 작품을 읽게 만든다. 그런데 그러한 창작을 통해 루쉰이 이야기하고자 하는 것은 무엇이었을까?

그는 고대의 훌륭한 사람들, 여와, 예, 우임금, 연지오자, 묵자를 찬미하고 있다. 이들 옛날의 훌륭한 사람들을 오늘의 중국인들이 본받기를 희망했다. 소박하게. 그는 또 고대의 나쁜 사람들 그리고 옛날에도 있었을 '오늘의 나쁜 사람들'을 부정하고 비판했다. 옛날을 빌려 오늘을 비유하고 옛날을 풍자하여 오늘을 풍자했다(리허린의 앞의 글). 그는 일찍이 '사실'의 기록이 곧 풍자이며 풍자의 생명은 '진실'에 있다고 말했다(『차개정잡문 2집』, 「풍자를 논함」論諷刺). 상상의 세계 묘사를 통해 암묵적으로 당시 현실의 '사실'을 기록하는 방법으로 그는 자신의 풍자론을 펼치고 있는 셈이다. 비현실적이면서 사실적이고 신화적이면서 역사적인 공간의 창조이자 그러한 인물의 창조다. 이러한 작업을 통해 루쉰은 심각한 현실 문제를 신화적 시공 속으로 돌려보내 그것의 무가치성을 도드라지게 표현했을 뿐 아니라 세속에서 발생한 사건을 신화 속에 집어넣어 낯설게 하기를 하고 있다. 기이한 상상력을 동원하여 낯설게 하기를 시도한 것이다. 이를 통해 그는, 시대의

문제를 구체적인 역사 풍경 속으로 끌고 들어가 역사 발전에서 진정
으로 올바른 답은 무엇인지 그 길을 고민하고자 했다.

4. 두 개의 세계

루쉰은 『새로 쓴 옛날이야기』의 인물 형상을 주조함에 있어 분명한
포폄褒貶 의식을 갖고 있었다. 그래서 이 소설집 안에는 분명하게 대비
되는 두개의 세계가 공존하고 있다. 하나는 푸르고 검은 빛의 세계다.
새파랗게 벼린 검을 지고 아비의 원수를 갚으러 가는 소년의 세계, 검
고 상마른 복수의 대리인 연지오자의 세계다. 우禹와 그를 따르는 말
없는 일꾼들의 세계이며 강냉이떡과 짚신에 의지해 전쟁을 막느라 동
분서주하는 묵자의 세계다. 그들은 한결같이 검게 타고 마르고 키가
크며 말이 없고 부지런하다. 솔직담백하고 침착하며 신중하고 강인한
힘이 느껴지는 세계다. 협객의 세계이며 노동자의 세계다. 루쉰은 이
세계에 자신의 사랑과 희망을 쏟아부었다. 또 다른 세계는 위선과 희
극의 세계다. 이기심과 비겁함, 유치함과 졸렬함이 난무하는 세계다.
이 세계는 루쉰이 증오한 위선과 가식의 지식인이 출몰하고 교수와
관료, 배반자와 보수논객들이 약진하는 세계다. 루쉰의 비꼼과 유머,
해학과 풍자가 곳곳에 물결치는 세계다. 약자를 위해 끊임없이 일한,
푸르고 검은 빛의 세계에 속한 사람을 위해선 그 세부묘사에 있어 한
없는 연민과 동정과 긍정을 보이다가도, 이중적이고 위선적인 인격을
지닌 지식인이나 부패한 관료집단을 만나면 루쉰은 과장된 해학과 폭
로, 풍자의 방법으로 그들을 코믹하고 우스꽝스럽게 처리해 버린다.

「홍수를 막은 이야기」에서도 그는 매우 분명한 계급적 관점에서 두 세계를 대비시키고 있다. 하나는 문화산을 중심으로 한 벼슬아치와 관방학자들의 세계이고 다른 하나는 우禹와 그의 동료, 일반 민중들로 구성된 검은 살갗의 하층민 세계다. 전자는 루쉰이 증오했던 추악한 현실세계의 인물 집단이며 반민중적이고 허례와 허식에 사로잡힌 이기적인 지식인 집단과 관료 집단이다. 루쉰은 조롱투의 어조로 그들의 노예적 근성과 위선에 대해 혹독한 비판의 필치를 가하고 있다. 반면 후자의 세계는 평민 하층을 위해 사심 없이 일하는 우의 무리들로 홍수를 막기 위해 동분서주 일할 뿐만 아니라 관료들의 온갖 반대에도 불구하고 새로운 방법 ── 물을 막는 것이 아니라 소통시키는 방법 ── 을 사용해 홍수를 막는 데 성공한다. 루쉰은 간결하고 함축적인 필치로 이 두 세계를 대비시키고 있다. 역사 발전의 동력이 누구에게 있는 것인지를 극명하게 드러내고 있는 이야기다.

루쉰은 노동하는 사람에 대해 한없는 애정과 연민을 보냈으며 자신 역시 노동의 주체로서 쉼 없이 일했다. 우는 물론 여와, 예, 연지 오자, 묵자에 대한 루쉰의 애정은 그들이 약자를 위해 일하는 역사의 동량棟樑이라고 생각했기 때문이다. 그는 그들을 이상적인 전사이자 이상적인 목민관으로 보았다. 그가 「하늘을 땜질한 이야기」에서 여와의 죽은 모습을 그린 뒤 "천지사방에는 죽음보다 깊은 정적이 감돌았다"고 고즈넉한 표현을 부기하고 있는 것은 창조자에 대한 루쉰의 조사弔辭이며, 「달나라로 도망친 이야기」의 비극적인 영웅 예의 말로에 대해, "어떤 이들은 나으리께서 아직도 전사시라고 말합니다", "어떤 때는 정말 예술가 같으십니다"라고 하는 하인들의 말을 덧붙이고 있는 것은 예에 대한 연민과 위로의 헌사獻辭이기도 하다. 이타정신으로 자신을 희생한 인물에 대한 루쉰의 존경과 애정의 찬사라고 하겠다. 어린 소년을 대신해 복수하다가 죽어 가는 검은 사람 연지오자, 그가 부르는 복수의 노래는 복수와 사랑의 이중변주이면서 연지오자의 복수와 사랑이 보편애普遍愛에 닿아 있음을 보여 주고 있는 부분이다. 미소년으로 대변되는 인민과 약자의 복수를 위해 자신의 죽음을 노래하는 연지오자에게서 작가 루쉰의 '약자'弱者와 '어린이'孺子에 대한 사랑과 그들이 입은 상처에 대한 동정과 연민의 감정을 읽을 수 있다. 루쉰은 자신이 편집한 자선집에『새로 쓴 옛날이야기』가운데서 유독「달나라로 도망친 이야기」와「검을 벼린 이야기」두 편을 넣고 있어, 이 두 편에 대해 가졌던 남다른 애정을 보여 주고 있다.

　　루쉰은 중국 전통윤리의 금욕주의가 인간의 본능과 욕망을 억압한 것은 인간의 창조적 생명을 억압한 것과 다름없다고 생각했다.「하늘을 땜질한 이야기」에서 "전욱顓頊과 공공共工으로 대표되는 봉건 정객政客, 군벌, 야심가들은 더 이상 창조력을 갖고 있지 않은 사람들이다. 그들은 도시를 공격하고 토지를 빼앗으며 권력을 쟁탈하고 인민을 잔혹하게 학살했다. 여와가 창조한 이 세계를 나누어 갖고 약탈하고 있다. …… 그들은 여와에 의해 창조돼 세상에 나왔으나 오히려 여와를 모독하고 있으며 자연과 본능의 산물이면서 자연과 본능을 하찮은 것으로 무시"(왕푸런의 앞의 글)하고 있는 것이다. 이는 그것이 문화의 식이든 사회적 제도이든 혹은 관습이든, 어느 시대를 막론하고 인간의 자연스러운 존재 '근본'의 문제를 호도하는 것이며 인간다운 삶을 왜곡시키는 것들이라고 루쉰은 생각했다. '약자를 해방하는 일', '인생을 개조하는 일', '정신을 각성시키는 일'로 구체화되었던 루쉰의 철학은 이를 방해하는 모든 것과 전면전을 했다. 약자의 해방과 평등, 평화적 공존에 반하는 모든 것을 거부하고 저항하고 싸웠다. 반전통론자였던 루쉰은 전통 속에서도 굴원屈原, 혜강嵇康, 완적阮籍 등 시대에 저항했던 인물들을 즐겨 찾아 읽었다. 그가 좋아한 모든 사상가들은 중국 문화 속에서 '전통에 저항'한 비주류 인물들이다. 당시의 주류적 사상과 질서를 반대하고 중심의 집단에서 멀리 벗어난 인물들이다.

이러한 저항 주체가 갖게 되는 의식 가운데 중요한 것 중 하나가 평민의식이다. 루쉰이 일생 동안 추구했던 도덕적 인격으로서의 "평민의식에는 '백성을 주인으로 삼는'爲民作主 전통의 민본사상뿐만 아니라 서방 인도주의의 근대사상이 들어 있다"(장푸구이張福貴, 「엘리트의식과 평민의식: 초기 인문정신이 지닌 당대성의 두 가지 의미」精英意識與平民意識: 早期人文精神當代性的兩種意義). 그것은 약자를 부축하여 고르지 못한 것을 고르게 만들고, 폭력적인 권력집단을 전복시키고자 희망했던 루쉰 특유의 저항과 실천 문제의 근간에 놓여 있던 의식이었다. 『새로 쓴 옛날이야기』에서 루쉰이 예찬하고자 한 묵자, 우, 연지오자 등은 저항의 주체였으며 평민을 위해 평생토록 일한 일꾼들이었다. 그러나 이들은 루쉰 소설 속에서 멋있는 영웅으로 그려지지 않았다. 창조의 여신인 여와도, 활쏘기의 영웅인 예도 얼핏 '익살'油滑스러워 보이는 루쉰 필치 아래서 신도 영웅도 아닌 평범한 인물로 변해 있다. 영웅의 세속화이자 평민화라고 할 수 있다(정자젠鄭家建,「'익살'의 새로운 해석—『새로 쓴 옛날이야기』신론(1)」油滑新解—『故事新編』新論之一). 작가 스스로 창작의 폐해가 되는 것을 알면서도『새로 쓴 옛날이야기』전편에 사용하고 있는 이 '익살'의 기법은 영웅과 숭고미를 거부하고 전통적인 귀족의식과 근대적인 엘리트의식을 혐오한 루쉰식의 평민의식이 만든 또 다른 의미의 새로운 창작방법이라고 할 수 있다.

한편 루쉰은 이 소설집에서 여성의 세계 내지 여성성에 주목하고 있다. 그래서 분명한 의식을 갖고 고의로 여성성의 이미지를 부각시킨 서사를 하고 있다. 루쉰이「하늘을 뗌질한 이야기」에서 그리고 있는 여와의 형상은 노동하고 생산하고 파손된 것을 수선하는 주체로서의 여성성 이미지이기도 하다. 여와를 통해 루쉰이 어떤 여성성을 예찬하고 있다고 본다면 이 소설 말미에서 여와의 두 다리 아래에서 여와의 발가락을 찌르고 있는 봉건 유로遺老의 형상은 루쉰이 그토록 혐오해 마지않았던 당시 사회의 위선적이고도 금욕적인 체하는 거짓 군자들의 모습, '정인군자'正人君子들이다. 그 유로가 여와에게 청산유수처럼 늘어놓는 말의 내용을 보면 그 인물이 상징하고 있는 지점에 보수적인 남성 집단이 있음은 말할 나위 없이 명백하다. "벌거벗고 음탕함에 빠지는 것은 덕德을 잃고 예禮를 무시하는 것이며, 정도正道를 저버리는 것이니 금수의 짓이라. 나라에 형벌이 엄하노니, 이를 금하노라"라고 읊조린다. 이 남자에 대해 여와는 "눈을 흘겼다. …… 그녀는 이제 이런 것에게 말을 걸어 보았자 통하지 않을 게 분명하다는 것을 알"고 있고 그래서 "그녀는 더 이상 입을 열지 않고" 하늘을 보수하는 일에만 전념한다. 루쉰은 이 소설을 개작하면서 자신도 모르게 '익살'(장난기)이 발동하여 이 옛 의관 입은 사내 형상을 여와의 다리 가랑이 아래 첨가해 놓은 것이라고 나중에 회고했다. 그리고 그것이 소설의 전체 서사구조를 훼손할 것임을 잘 알고 있다고 스스로 토로했다(『새로 쓴 옛날이야기』, 「서언」). 그러나 꾀죄죄하고 왜소한 봉건적인 남성상과 무너진 하늘을 보수하느라 땀을 흘리며 수고하는 거대한 여성상을 의도적으로 대립하여 배치해 놓은 이 부분은, 창조하고 수리하고 복구하고 있는 노동 주체로서의 여성성에 대한 루쉰의 애정과 찬사가 암암리에 빛을 발하는 지점이라고 볼 수 있다. 이는 이 소설집에 보이는 대립된 두 세계의 하나이기도 하다.

또, 「고사리를 캔 이야기」에서 백이와 숙제의 위선과 허구성을 가장 적나라하게 폭로하는 클라이맥스 부분에 루쉰은 한 여성을 배치하고 있다. 당당하고 용기 있게 '말하는' 여성에 대한 루쉰의 관심이 작동되는 부분이다. 주나라를 피해 서우양산에 들어간 백이와 숙제가 주나라 곡식을 먹지 않고자 했기 때문에 고사리만 먹다 죽었다고 하는 역사적 이야기는 익히 들어 알고 있는 바와 같다. 소설 속에서 이들을 구경하러 온 마을 사람 가운데, 스무 살가량의 아금阿金이라는 여자가 있다. "그 여자는 매우 영리한 듯 벌써 알아들은 것 같았다. 그녀는 잠시 냉소를 짓더니 이내 정의롭고 늠름하게 단도직입적으로 말했다. '당신들이 먹고 있는 이 고사리는 우리 성상폐하의 것이 아니란 말인가요?'"라고. 그녀의 명쾌한 말 한마디는 '선왕의 도'를 운운하면서 자신을 기만하고 남을 기만하고 있는 인물들, 유교 사회에서 수천 년 동안 성인으로 추앙받아 온 인물들에게 강한 결정타를 날리는 역할을 하고 있다(첸리췬의 앞의 글). 전통의 질곡에서 밝은 세계로 탈출하는 첫걸음은 다른 것이 아니라, 바로 '보고' 바로 '말하는' 용기에 있음을 역설해 온 루쉰 철학이 그대로 반영된 장면이다. 이러한 소설 내용은 역사적 사실의 진위 여부와는 무관하게 루쉰의 작가적 상상력이 창조해 낸 것이라 할 수 있으며 서사하는 인물에 대해 작가가 견지했던 분명한 포폄의식이 만들어 낸 결과물이라 할 수 있다.

5. '이후'의 문제

루쉰은 곳곳에서 '이후'의 문제를 거론하였다. 혁명이 성공한다면 그 성공 '이후'에 일어날 일들, 예수가 민중을 위해 죽었다면 그 죽음 '이후'에 일어날 일, 러시아혁명이 성공한다면 그 이후에 일어날 일 등등. 『새로 쓴 옛날이야기』에서도 활쏘기의 영웅인 예가 재해를 물리친 '이후'의 일과 묵자가 전쟁을 막는 데 성공하고 귀국한 '이후'의 일, 우가 치수에 공을 세워 우임금이 되고 난 이후, 세상에 태평성세가 도래한 '이후'의 광경이 묘사된다. 왜 루쉰은 어떤 사건이 일단락되고 한 갈등이 원만하게 해결된 대단원에서 글을 '깔끔하게' 마무리하지 못하고 마치 '사족'蛇足처럼, 그 '이후'의 일들을 더 그리고자 미련을 부린 것인가. 얼핏 보아 없어도 그만인, 없었더라면 소설적 완성도가 더 높았을 것 같아 보이는 이 '이후'에 대한 이야기는 루쉰 특유의 역사인식이 낳은 또 다른 세계다.

「홍수를 막은 이야기」에서 치수에 성공하고 개선하여 돌아온 우를 백성들은 온 나라가 떠나갈 듯 환호하며 환영한다. "만인이 환호작 약하는 가운데 우가 물을 다스렸던 진짜 싸움은 하나의 이야기로 변 해 간다. 그리고 그 이야기는 다시 신화로 변해 비현실적인 이야깃거 리가 되어 간다. 하층 인민을 위한 우의 모든 노력과 희생은 수식되고, 조작되고, 공연되었으며 그러면서 그 진정한 의의와 가치는 점차 소 멸되어 간다. 맨 마지막에 이르러, 백성들은 모두 우의 행위를 본받아 야 할 것이며, 그렇지 않을 경우에 즉시 죄를 지은 것으로 간주하겠다 는 고요의 명령이 발했을 때, 우리는 우가 이미 정치에 이용되는 도구 로 변해 버린 것을 볼 수 있다. 독자들은 이 이야기의 마지막 부분인, '이리하여 마침내 태평의 시대가 도래했다. 온갖 짐승들이 모여들어 춤을 추었으며 봉황새도 날아와서 어울려 장관을 이루었다'에 이르 게 되면" 갑자기 미묘한 감정, 무언가 설명하기 불편한 감정에 휩싸이 게 된다(첸리췬의 앞의 글). 인민을 위한 영웅의 진실한 노력은 시간이 지나면서 사람들에 의해 수식되고 서사되고 역사화된다는 것, 그리 고 정치에 이용된다는 것, 시간의 흐름에 따라 변형되고 희석되고 왜 곡되어 간다는 것, 그것에 대한 루쉰의 생각이 녹아 있다. 인간 역사에 대한 루쉰 특유의 허무감이 배어 있는 부분이다.

「검을 벼린 이야기」에서 이야기의 주제인 복수는 복수가 완성된 이후에 다시 전개된다. 복수를 한 사람과 복수를 당한 사람이 모두 함 께 솥 안에서 죽은 '이후', 그들의 시신과 뼈는 분간하기 어려울 정도 로 변해 서로 엉겨 있다. 그리고 이러한 대복수의 최후는 대대적인 장 례식으로 변하고 있다. 검은 사람과 미간척은 그들의 시신과 머리가 각기 다른 곳에 있을 뿐만 아니라 머리는 적의 머리와 함께 나란히, 살아남은 사람들에 의해 고증의 대상이 된다. 고증의 대상이 될 뿐만 아니라 사람들의 입에 오르내리고 구경거리가 된다. 공연이 되고 있는 것이다. 군중들 ── 루쉰은 그들을 영원한 구경꾼이며 역사의 영원한 승자라고 말했다 ── 은 이 대대적인 장례를 '광란의 축제'로 변화시킨다. 소설의 마지막에서 백성들은 왕후와 후궁들을 구경하고, 왕후와 후궁들은 수레 안에서 백성들을 구경한다. "구경꾼들 스스로가 공연을 하기 시작할 때가 되면, 이미 복수한 사람과 복수를 당한 사람은 동시에 잊혀진다. 복수 그 자체조차도 잊혀지고 버려진다. 복수의 숭고함, 신성함, 시적인 아우라는 소설 마지막에서 완전히 소멸되고 해체된다." 그러므로 이 소설의 주제인 "'복수'는 오히려 복수가 완성된 '이후'에 시작되는 것이다"(첸리췬의 앞의 글).

마찬가지로 「전쟁을 막은 이야기」의 묵자는 송(宋)나라를 치려는 초(楚)나라를 제지하는 역사적 과업을 성사시키고 고국으로 돌아온다. 그는 고국으로 돌아오는 길에 국경 수비대에게 몸수색을 당했을 뿐만 아니라 의연금을 모집하는 구국대를 만나 그 가난한 보따리마저 기증해야 했다. 또 비를 피해 들어간 성문 밑에서는 순찰병에게 쫓겨나야 했다. 민중을 위해 큰일을 해냈으나 영웅으로 추앙되기는커녕 그 공조차 사람들은 알아주지 않는다. 그는 민중에게 인정받지 못했을 뿐만 아니라 여기저기서 낭패를 당하게 된다. 이러한 묵자의 마지막 모습은 읽는 사람으로 하여금 슬픔과 어떤 부조리함을 느끼게 한다. 그러나 루쉰은 이런 것을 통해 '민중을 위해 목숨을 던진' 모든 사람들이 필연적으로 짊어지게 될 어떤 운명 같은 것을 암시하고자 한 것은 아닐까. 조지프 캠벨Joseph Campbell은 『천의 얼굴을 가진 영웅』*The Hero with a Thousand Faces*에서, 고향을 떠나 여행을 하고 고난을 극복한 후 고향으로 돌아가는 것이 영웅성의 특징이라고 했다. 그러나 대부분의 영웅은 자신의 고향에서 대접을 받지 못한다는 것이 영웅의 운명이자 영웅서사의 패러다임이기도 하다. 루쉰은 다른 글에서 이렇게 말하고 있다. "예언자, 즉 선각자는 모두 고국에서 용납되지 못하고 동시대 사람들로부터 박해도 받는다. 큰 인물 역시 항상 그러하다. …… 만약 공자나 석가모니, 예수 그리스도가 아직 살아 있다면 그 신도들은 아무래도 두려워할 것이다. …… 위대한 인물이 화석이 되고 사람들 모두 그를 위인이라고 부를 때가 되면 그는 이미 꼭두각시로 변한 것이다. 어떤 부류의 사람들이 말하는 위대하다느니 보잘것없다느니 하는 것은 그가 자기에게 이용할 효과가 크냐 작으냐를 가리키는 것"(『화개집속편』, 「꽃 없는 장미」)일 뿐이다.

알다시피 루쉰 역시 그의 사후 40여 년 동안, 1936년부터 문화대혁명이 종료되는 1970년대 말까지 후손들에 의해 서사되고 공연되었다. 공산당에 의해 그의 인물됨은 본받아야 할 모범으로 추앙되었고 그의 글들은 자유로운 독서가 허락되었다. 문화대혁명 기간 내내 중국인들이 읽을 수 있는 것으로 허락된 책은 마오쩌둥 문집과 루쉰 문집뿐이었다. 그는 한 인간으로서가 아닌 영웅으로 과장되어 활용되었다. 루쉰은 아마 자신에게도 죽은 '이후'란 것이 있으리라고는 생각하지 못했을 것이다.

우리는 앞에서 루쉰이 왜 죽음이 임박한 상황에서 그리 서둘러 다섯편을 추가 창작하면서까지 이 소설집을 완성했을까를 물었다. 그것은 아마도, 1840년 아편전쟁으로 인한 서구충격 이후, 백 년 가까이 계속된 중국인들의 전통 탈피, 근대 개혁, 민족 해방의 대장정에도 불구하고, 여전히 완강하게 변하지 않고 있는 현실, 여전히 곳곳에 똬리를 틀고 있는 전통 귀신들과 수구守舊 귀신들, 인간의 보편적 이기심과 정치 모리배들의 패거리문화와 반민중성, 제국주의 침략 앞에 속수무책으로 자리를 내어주고 있는 노예근성의 관료와 군부, 농민과 홍군이 주축이 된 공산주의 운동이 국민당 포위를 피해 수천 킬로미터에 달하는 대장정을 마치고 저 멀리 산시지구에 해방구를 마련했다고는 하지만, 그 미미해 보이는 혁명의 물결이 중화민족의 근대 백 년에 걸쳐 누적된 문제들을 해결해 줄 수 있을지 없을지 미지수인 현실, 눈앞에 일상으로 벌어지는 상하이 조계지의 절망적인 현실…… 들과 관계가 있지 않을까. 청년 루쉰을 지배했던 역사적 절망감은 불행히도 만년 루쉰에게서도 사라지지 않고 있었다. 그는 평생 모든 것을 부정하고 모든 것을 의심했다. 회의하고 회의했다. 다만, '우선 내가 할 수 있는 일'에 최선을 다한 사람일 뿐이다. 심해진 병세 속에 그는 자신이 이상으로 생각한 인물들을 역사 속에서 생환시키고자 한 것이다. 또한 자신이 문제적이라고 생각한 인물들도 반면교사로 희화화시켜 현재에 재등장시키고자 한 것이다. 그런 인물 이야기를 통해 소설을 읽는 독자들에게 어떻게 살아가야 하는지, 어떤 인물들이 역사발전의 진정한 주인인지를 전달하기 희망한 것은 아닐까. 좀 거창하게 말한다면 모순과 부조리의 중국 근현대사가 그에게 던진 물음에 대해, 자신의 삶이 그에게 던진 물음들에 대해, 그는 전 생애의 무게를 실어 소설로 답을 하고 있는 것이다. 필명으로 발표되던 1930년대 잡문에서 보이는, 생애의 후기로 가면서 더 짙어진 적에 대한 증오심과 복수심, 적나라한 비꼼과 날선 독설들이 이 소설집 속에서는 사랑과 용서, 여유와 유머, 해학과 풍자의 옷을 입고 때로는 무겁게, 때로는 가볍게 녹아 있다. 루쉰은 1930년대 상하이 조계지의 정치적 압박과 언론의 탄압 속에서 마치 판타지의 세계로 열리는 자신만의 창窓을 가지고 있는 듯, 수시 역사 속으로 들어가 정신적 자유와 '언론의 자유'를 만끽하고 있었으며 이 소설집은 그것의 결과물이다.

소설 제목들을 원문 그대로 직역하면 「하늘을 보수하다」, 「달나라로 달아나다」, 「홍수를 다스리다」, 「고사리를 따다」, 「검을 벼리다」, 「관문을 떠나다」, 「공격을 비난하다」, 「죽음에서 살아나다」가 된다. 여기서는 각 편명 뒤에 모두 '이야기'를 붙여 해석했다. 루쉰은 평생, 인간의 정신에 호소하는 이야기의 힘을 믿었고, 또 말년에도 그 이야기 서사에 전념하고자 한 작가라는 점을 강조하고자 해서이다.

옮긴이 유세종